KURT LEHMKUHL

Fundsachen

STRESS HOCH ZWEI Statt den Ruhestand im idyllischen Huppenbroich endlich genießen zu können, muss sich Rudolf-Günther Böhnke mit zwei Problemen herumschlagen: Nachdem der pensionierte Kriminalhauptkommissar Walter Frosch vor einem Selbstmord am Überlauf des Rursees bewahrt hat, sieht er es als seine Pflicht an, ihm zu helfen. Denn Unbekannte versuchen, von Frosch 500.000 Euro zu erpressen, die er in einem herrenlosen Tresor am Westwall in der Nordeifel gefunden hat. Zeitgleich droht Böhnke Ungemach in Huppenbroich. Ein Kölner will sein geerbtes Grundstück unbedingt mit Thuyas bepflanzen statt mit Buchen und stößt dabei auf Widerstand. Mehrfach werden die Setzlinge gerodet, sodass Böhnke den Auftrag erhält, die Täter zu ermitteln. Plötzlich schlägt ihm in Huppenbroich das Misstrauen der Einwohner entgegen. Um seinen guten Ruf zu retten, muss er die Thuya-Mörder überführen und erlebt dabei eine faustdicke Überraschung.

Kurt Lehmkuhl, 1952 in der Nähe von Aachen geboren, studierte Jura in Bonn und lebt heute in Erkelenz. Er ist als Redakteur beim Zeitungsverlag Aachen beschäftigt. Bislang sind 19 Kriminalromane sowie mehrere Kriminalgeschichten von ihm erschienen. »Fundsachen« ist der sechste Fall für seinen Aachener Exkommissar Rudolf-Günther Böhnke.

Bisherige Veröffentlichungen im Gmeiner-Verlag:
Printenprinz (2013)
Kardinalspoker (2012)
Dreiländermord (2010)
Nürburghölle (2009)
Raffgier (2008)

KURT LEHMKUHL

Fundsachen

Kriminalroman

GMEINER SPANNUNG

Besuchen Sie uns im Internet:
www.gmeiner-verlag.de

Im Ehnried 5, 88605 Meßkirch
Telefon 07575/2095-0
info@gmeiner-verlag.de

1. Auflage 2015

Herstellung: Mirjam Hecht
Umschlaggestaltung: U.O.R.G. Lutz Eberle, Stuttgart
unter Verwendung eines Fotos von:
© Bildagentur Zoonar GmbH / shutterstock.com
Druck: GGP Media GmbH, Pößneck
Printed in Germany
ISBN 978-3-8392-1677-4

Personen und Handlung sind frei erfunden.
Ähnlichkeiten mit lebenden oder toten Personen
sind rein zufällig und nicht beabsichtigt.

1.

»Was ist bloß in Belgien los?« Die Überschrift in der Tageszeitung lenkte den neugierig gewordenen Leser auf eine skurrile Geschichte im Bereich der deutsch-belgischen Grenze zwischen Roetgen und Monschau, obwohl sie auf den ersten Blick eine politische Streiterei zwischen der flämischen und der wallonischen Volksgruppe des Königreichs vermuten ließ. Dort war, wie die Zeitung durchaus süffisant berichtete, auf dem über belgisches Staatsgebiet führenden Teilstück der Bundesstraße 258 zwischen Konzen und Fringshaus in Fahrtrichtung Monschau schon vor Tagen ein am Straßenrand abgestellter Pkw aufgefallen. Pendler auf dem morgendlichen Weg zur Arbeit nach Aachen und der abendlichen Rückkehr nach Hause in die Eifel hatten einen alten Ford Scorpio bemerkt. Das Fahrzeug stand zwar halb auf der Böschung und dem Entwässerungsgraben, behinderte aber den Verkehrsfluss auf dieser Schnellstraße ohne Seitenstreifen. Unmittelbar hinter der Straße begann der dichte, bereits auf belgischem Territorium liegende Wald.

Mehrere Autofahrer hatten ihre Beobachtung sofort der deutschen Polizei gemeldet, die wiederum, wegen der unzweifelhaften Zuständigkeit, die belgischen Kollegen in Eupen informiert hatten. Nicht untätig, hatten die Ordnungshüter aus dem deutschsprachigen Kanton

Belgiens das Fahrzeug inspiziert und prompt wieder die deutschen Kollegen ins Spiel gebracht. Im Rahmen der grenzüberschreitenden Amtshilfe sollten sie anhand des deutschen Kennzeichens den Fahrzeughalter ermitteln. Immerhin war in erster Linie der Halter für den Abtransport des offensichtlich fahruntüchtigen Scorpio zuständig und nicht der belgische Polizeiapparat.

»Ordnung muss halt sein«, kommentierte der Berichterstatter in seinem Artikel; erst wenn der Halter nicht herangezogen werden könnte, würde das Auto von Amts wegen von der Bundesstraße entfernt. Ob der deutsche Staat oder das belgische Königreich für die Abschleppkosten aufzukommen habe, wäre eine Frage, die erst danach zu klären sei; ebenso, wie die Frage, wer das Auto eventuell als Fundsache für sich beanspruchen könnte, wenn kein Halter oder Fahrer ermittelt würde.

Wenige Stunden nach ersten Meldungen und noch während der deutsch-belgischen Polizeiermittlungen waren die Kennzeichen von dem herrenlosen Wagen von Unbekannten abmontiert worden.

»So blöd kann der Besitzer doch gar nicht sein«, lästerte der Journalist genüsslich.

Der Zeitungsbericht am folgenden Tag gab dem Fund des verlassenen Scorpio eine neue Dimension. Der Wagen war über Nacht in Brand gesteckt und abgefackelt worden. Die Freiwillige Feuerwehr aus Roetgen hatte wegen Gefahr in Verzug den Löscheinsatz vorgenommen, ohne auf die zuständige Feuerwehr aus Eupen zu warten, das Wrack von der Schnellstraße entfernt und zum Bauhof der Gemeinde geschleppt. Wichtiger als die Aufklärung der Brandursache war nach dem Einsatz die Lösung des finanziellen Problems: Wer hatte für die Kosten aufzukommen? Der Kanton Eupen, die Gemeinde Roetgen oder der Halter des Wagens? Die Wahrscheinlichkeit, die Brandstifter ausfindig zu machen und zur Kasse zu bitten, wurde von der Wehrleitung als sehr gering eingeschätzt. Absolut sicher war sich der Einsatzleiter im Gespräch mit der Zeitung aber, dass der Wagen bewusst und gezielt abgefackelt worden war. Eine Selbstentzündung sei trotz oder wegen der frühlingshaften Temperaturen ausgeschlossen. Ein rasches Eingreifen der Rettungskräfte sei unerlässlich gewesen, damit der Brand sich nicht auf die Bäume und das Hohe Venn ausbreiten konnte.

Man werde selbstverständlich am Ball bleiben, versicherte die Zeitung, und weiter über diesen merkwürdigen Zwischenfall berichten. Bisher sei der Halter des Fahrzeugs nicht ermittelt und es war weiterhin unklar, warum der Fahrer den Scorpio ausgerechnet an dieser Stelle der Schnellstraße abgestellt hatte, anstatt ihn auf einem der vielen Parkplätze in wenigen Kilometern Entfernung abzustellen. Die Spekulation, der Autofahrer hätte wegen eines plötzlichen dringenden Bedürfnisses angehalten und sich in die Büsche geschlagen, wurde schnell verworfen. In 300 Meter Umkreis gab es weder Spuren eines Menschen noch einer menschlichen Hinterlassenschaft, behauptete der Berichterstatter unter Berufung auf die Feuerwehr.

»Wer ist der Tote im Hohen Venn?« Von einer dramatischen Wendung im Zusammenhang mit dem abgewrackten Scorpio sprach die Zeitung wieder einen Tag später und berief sich auf die belgischen Kollegen vom Grenz-Echo in Eupen. Das deutsche Blatt hatte deren Berichterstattung wortwörtlich übernommen.

In dem Artikel war vom Fund einer männlichen Leiche die Rede. Nach Angaben der Polizei war der Mann erschossen worden. Die Tötung musste nach Ansicht der Gerichtsmediziner ungefähr eine Woche her sei. Der Zeitpunkt deckte sich nahezu mit dem, an dem der Scorpio zum ersten Mal aufgefallen war. Prompt kam als Schlussfolgerung die nächste Frage: »Gehört dem Toten im Venn der abgestellte Wagen auf der Bundesstraße im Niemandsland?«

Wer der Tote war, schrieb die Zeitung nicht. Man habe den Mann bislang nicht identifizieren können, so wurde ein Polizist zitiert. Er habe keine Papiere bei sich getragen und weise keine markanten Merkmale auf. Mit anderen Worten, so folgerte die Zeitung, handelte es sich wohl um einen unbescholtenen Bürger, dem Anschein nach um einen Deutschen.

Die Polizei hingegen wollte sich zu derartigen Spekulationen verständlicherweise nicht äußern. Es gebe keine Vermisstenmeldung, die in Verbindung mit dem Toten gebracht werden könne. Für die Ermittler gab es nach derzeitigem Stand nur wenige Fakten: Ein unbekannter Mann war von Spaziergängern im Venn tot aufgefunden worden. Er war mit einem Schuss aus einem Gewehr getötet worden.

In einem Nachtrag zu dem Artikel berichtete die Zeitung von zwei vermeintlichen Zeugen aus Welkenraedt, die sich genau daran erinnern konnten, bei einem ihrer fast alltäglichen Spaziergänge im Venn einen lauten Knall gehört zu haben. Unmittelbar danach hätten sie einen Mann beobachtet, der durchs Unterholz gehastet sei. Damals hätten sie nicht an ein Verbrechen gedacht und sich nur gewundert. Nach den Nachrichten im Rundfunk am Vormittag hätten sie sich dann am Nachmittag bei der Gendarmerie gemeldet und ihre damalige Beobachtung mitgeteilt.

Fast schon mit Bedauern berichtete die Zeitung von der Weigerung der belgischen Polizei, zum Zwecke der Identifizierung ein Foto des Toten veröffentlichen zu lassen. Die Leiche würde in der Gerichtsmedizin untersucht, meinte ein Polizeisprecher. Nach der Untersuchung würde die Ermittlungsbehörde über das weitere Vorgehen entscheiden sowie darüber, ob gegebenenfalls die Öffentlichkeit informiert werden sollte.

Was damit gemeint war, durchschauten nur die wenigsten Zeitungsleser. Das Gesicht des Toten war nach einer Woche in der freien Natur nicht mehr in einem Zustand, den man der Öffentlichkeit zumuten konnte. Tiere hatten sich daran zu schaffen gemacht. Ob sich mit plastischen und kosmetischen Mitteln das Gesicht wiederherstellen ließ, war mehr als zweifelhaft.

Einer der wenigen, der diese Problematik erkannte, war Rudolf-Günther Böhnke; kein Wunder, war er doch bis zu seiner vorzeitigen Pensionierung als Kriminalhauptkommissar Leiter der Abteilung für Tötungsdelikte im Aachener Polizeipräsidium gewesen. Aber das war einmal. Nun las er mit gehöriger Distanz zu seinem damaligen Beruf die Zeitungsberichte über den

Wagen und den Toten im Venn. Mit diesem Problem konnten sich die Kollegen aus Eupen beschäftigen. Er hatte andere Probleme und Schwierigkeiten, die nicht nur ihm Kopfzerbrechen bereiteten, sondern viele der Einwohner von Huppenbroich zu lang anhaltenden Diskussionen veranlassten.

2.

Das Rätsel von Huppenbroich fand keinen Platz in der Zeitung. Es hatte weder einen politischen noch einen kriminellen Hintergrund, es war rein privater und tragischer Art und trug einen Namen: Schmitze Billa; obwohl ihr Schicksal eigentlich einen Platz in der Zeitung verdient hatte.

Jeder im Dorf kannte Schmitze Billa, eine ältere Frau, die immer schon alt gewesen sein musste. Sie lebte allein in einem kleinen, unscheinbaren, hinter einer Hecke verborgenen Haus am Ortsrand, das noch älter war als sie. Für die Kinder war sie sogar uralt und damit geheimnisvoll. Nur der Ortsvorsteher und der Pfarrer kannten ihr tatsächliches Alter. Sie hatten der Seniorin erst vor ein paar Wochen zum 92. Geburtstag gratuliert. Sie war zwar damit nicht die betagteste Einwohnerin von Huppenbroich, aber sie wirkte zumindest so.

Schmitze Billa war immer allein. Ob sie jemals verheiratet gewesen war, ob sie überhaupt Verwandte hatte, war im Ort nicht bekannt oder in Vergessenheit geraten, weil Zeitzeugen verstorben waren. Sie hatte nie darüber gesprochen, auch schon vor 20 Jahren nicht, als sie noch im Leprastrickkreis der Frauengemeinschaft mitgemacht hatte oder bei den Seniorenreisen des Deutschen Roten Kreuzes mitgefahren war. Mehr und mehr hatte sie sich im Laufe des letzten Jahrzehnts aus der

Gemeinschaft zurückgezogen, lebte nur noch für sich und ihre beiden Katzen. Manchmal wurde sie von den Nachbarn gesehen, wenn sie im Garten herumwerkelte und versuchte, das wuchernde Unkraut in den Griff zu bekommen. Früher war sie noch regelmäßig zum rollenden Lädchen gekommen, das Lebensmittel und andere Alltagsgüter nach Huppenbroich lieferte. Jetzt kamen der Händler und der Hilfsdienst mit dem Essen auf Rädern zu ihr.

Man sah sie fast nie im Dorf. Nur an den katholischen Feiertagen ließ sie sich blicken. Ihre Haltung wurde von Jahr zu Jahr gebückter, wenn sie sich in ihrer schwarzen Kleidung langsam zur Kapelle bewegte, in der letzten Reihe niederkniete und der Messfeier in gläubiger Andacht folgte. Sie gab dabei durch ihr mürrisches Gebaren zu verstehen, dass sie mit niemandem sprechen wollte. Auch die Verabschiedung durch den Pfarrer nach der Messe am Ausgang bestand lediglich in einem kurzen Kopfnicken und einem wortlosen Händedruck. Die Alte hatte sich in Huppenbroich isoliert und wurde nicht mehr wahrgenommen. Niemand fragte nach der alten Frau, wie es ihr ginge, ob sie gesund sei, ob sie alles habe, ob sie etwas benötige. Im alljährlichen Geburtstagsbesuch der dörflichen Obrigkeit bestand die einzige Kontaktpflege mit der Bevölkerung, die sie akzeptierte.

Umso überraschender war ihr Erscheinen an der Bushaltestelle neben der Kapelle, an der die Mitglieder der katholischen Frauengemeinschaft und des Kirchenchores Cäcilia auf den Reisebus für ihren alljährlichen Tagesausflug warteten. Schmitze Billa lehnte die Hilfe des herbeigeeilten Pfarrers ab, als er sie am Arm stützend zur Gruppe geleiten wollte. Ihre bescheidene, fast geflüsterte Frage, ob sie mitfahren dürfe, wurde von ihm freudestrahlend bejaht. Selbstverständlich war für sie noch ein Platz frei beim Ausflug zum Freilichtmuseum nach Kommern.

Schmitze Billa war bestens informiert. Sie hatte den Pfarrbrief genau gelesen und wusste, was sie in Kommern erwarten würde. Es sollte eine kleine Führung durch die Sonderausstellung »Berühmte Rheinländer« geben, danach standen Kaffee und Kuchen auf dem Programm. Die Zeit bis zur Rückfahrt nach Huppenbroich war zur freien Verfügung vorgesehen.

Man brauche sich nicht um sie zu kümmern, hatte Schmitze Billa gekrächzt und den Pfarrer gebeten, für sie keine Sonderbehandlung vorzusehen oder Rücksichtnahme walten zu lassen. Es sei gut so, wie es sei. Geradezu beschwingt kletterte sie in den Bus, nicht wie eine schwächliche Greisin, sondern wie eine rüstige Rentnerin. Im Bus setzte sie sich schweigend auf einen Fensterplatz und vermied es, mit den Frauen ins Gespräch zu kommen, indem sie unentwegt in die Landschaft blickte. Sie wollte auch in dieser Gemeinschaft allein sein.

Ohne erkennbare körperliche Anstrengung folgte sie der Gruppe und der Museumsführerin durch die Ausstellung, der insgeheim befürchteten Besorgnis des Pfarrers, es könne alles zu viel für sie werden, zum Trotz. Zu seinem Erstaunen kannte sie alle Persönlichkeiten, ob es sich um Konrad Adenauer handelte oder Elke Heidenreich. Sie nannte viele der Persönlichkeiten, deren lebensgroße Darstellung als Wachsfiguren zwischen Ausstellungsstücken in den unterschiedlichen

Räumen und Häusern aufgestellt waren, beim Namen. Mit hellen, flinken Augen entdeckte Schmitze Billa die realitätsgetreuen Kunstwerke meist schneller als ihre oft um Jahrzehnte jüngeren Begleiterinnen.

Das Freilichtmuseum in Kommern bot auf seiner großen Fläche ein Abbild der ehemaligen preußischen Rheinprovinz. Knapp 70 historische Gebäude, Bauernhöfe, Wind- und Wassermühlen, Werkstätten, Gemeinschaftsbauten wie Schul- und Backhaus, Tanzsaal und Kapelle stellten eindrucksvoll das Bauen, Wohnen und Wirtschaften der Landbevölkerung seit dem Ende des 15. Jahrhunderts dar. Die in eine Museumslandschaft mit Äckern, Bauerngärten und Obstwiesen eingebetteten Baudenkmale gaben einen Überblick über das Leben und Arbeiten im Rheinland, den Schmitze Billa auswendig zu kennen schien. Offenbar hatte sie bei der Heimatkunde in der Volksschule gut aufgepasst. Sie nickte immer nur bestätigend, wenn die Führerin ihre Informationen lieferte. Nur einmal widersprach sie laut, als sich die Gruppe in einem alten Schlafzimmer im originalgetreu aufgebauten Haus eines Bäckers aufhielt, das ursprünglich in einem kleinen Eifeldorf gestanden hatte und die Museumsangestellte als Zeitangabe 1898 angab.

Da sagte Schmitze Billa energisch: »1889.«

Diese Zahl stimmte, wie die junge Frau nach einem suchenden Blick in ihre Unterlagen zugeben musste. Errötend entschuldigte sie sich für ihren Zahlendreher.

Woher sie das Datum wisse, fragte der Pfarrer erstaunt, und Schmitze Billa krächzte: »Weil es mein Elternhaus ist, in dem ich geboren wurde.«

Bei Kaffee und Kuchen in der Cafeteria des Museums hielt sich die Alte schweigsam zurück. Dankend lehnte sie ab, als der Pfarrer ihr anbot, ihr in der freien Zeit bis zur Rückfahrt nach Huppenbroich Gesellschaft zu leisten. Langsam machte sie sich auf den Weg zur Toilette und verschwand aus dem Blickfeld des Geistlichen.

Am vereinbarten Treffpunkt bei Abfahrt des Busses fehlte Schmitze Billa. Niemand hatte sie in den letzten beiden Stunden gesehen, niemand wusste, wo sie war.

Für den Pfarrer war es selbstverständlich, dass er ohne sie nicht nach Huppenbroich zurückfahren würde. Er sandte seine Schäflein aus, um die Alte zu suchen. Ihn selbst führte der Weg in das kleine Museumsdorf mit den verschiedenen Häusern der Handwerker. Wie er stutzten auch seine beiden Begleiterinnen wieder beim Anblick der lebensechten Figuren, die scheinbar wie zufällig aus einem Zimmer traten. Die Vorsitzende der Frauengemeinschaft wäre beinahe über Willy Millowitsch gestolpert. Ihre Stellvertreterin hätte beinahe Wolfgang Niedecken um ein Autogramm gebeten.

Endlich fanden sie die Vermisste. Schmitze Billa hatte es sich im Doppelbett ihrer Eltern in ihrem Geburtshaus bequem gemacht. Mit über dem Bauch wie zum Gebet gefalteten Händen lag sie ausgestreckt auf dem Rücken auf der dunklen Decke. Ihre alte Handtasche hatte sie ebenso sorgfältig neben dem Bett abgestellt wie ihre Schuhe.

Beim ersten, flüchtigen Blick konnte man glauben, sie gehöre zur Ausstattung des Raumes.

Sie habe sich bestimmt zum Schlafen niedergelegt, vermutete eine der Begleiterinnen des Pfarrers flüsternd.

Der Rundgang durch das Freilichtmuseum sei wohl doch zu anstrengend für sie gewesen.

Doch Schmitze Billa schlief nicht.

Schmitze Billa war tot.

3.

Böhnke drängte zur Eile. »Komm endlich in die Puschen!«

Wer wusste, wie lange dieses Schauspiel noch dauern würde? Aber Lieselotte Kleinereich ließ sich Zeit, nach seiner Meinung viel zu viel Zeit.

»Commissario, nun hetz nicht so«, konterte seine Liebste die Nörgelei, »da fließt noch viel Wasser runter.«

Es zog ihn an den Rursee, an den zweitgrößten Stausee Deutschlands. Bei seinen Spaziergängen rund um Huppenbroich konnte er bisweilen einen Blick auf die Wasserfläche erhaschen, die einen großen Bereich der früheren Täler bedeckt, durch die die junge Rur auf dem Weg von ihren diversen Quellen im Hohen Venn zur Mündung in die Maas in Roermond floss.

Momentan gab es ein Schauspiel, das nur selten zu beobachten war. Nach dem schneereichen Winter und den fast ununterbrochenen Regenfällen der letzten Wochen hatte die Talsperre die Grenze ihrer Kapazität erreicht. Sie war, wie es ein Nachbar von Böhnke bei einem Plausch an der Theke der Gaststätte »Zur alten Post« formuliert hatte, bis zum Stehkragen voll; mehr noch, es lief derzeit mehr Wasser in die Talsperre als in die Rur abfloss. Gewaltige Wassermassen schossen derzeit am großen Überlauf an der breiten Staumauer in die Tiefe. Üblicherweise war der Überlauf nicht vonnöten, konnten Zufluss und Ablauf über Schleusen und Ventile gesteuert werden. Doch momentan gab es zu viel Wasser für die ausgeklügelte Technik und nur der Überlauf verhinderte Schlimmeres. Er lieferte ein gigantisches Spektakel aus tosendem Wasser, aufschäumender Gischt, in deren Wasserschleier sich Regenbögen bildeten.

Böhnke wollte unbedingt zur Staumauer, sich direkt oberhalb des Überlaufs über das Geländer lehnen, um sich das ungezügelte Spiel und die unbändige Kraft des Wassers noch einmal anzuschauen. Vor etlichen Jahren hatte es das ungewöhnliche Ereignis zum letzten Mal gegeben, ob er das nächste noch miterleben würde, war in Anbetracht seiner schweren Erkrankung ungewiss.

»Mach hinne!«, raunzte er Lieselotte an, die sich zum wiederholten Male vor dem Spiegel das kurz geschnittene, graue Haar zupfte.

»Commissario, ich bin nicht auf der Flucht«, meinte sie und gab ihm einen satten Kuss mitten auf den Mund, der ihn sofort wieder versöhnte.

Sie waren dem Rat der Zeitung gefolgt und hatten darauf verzichtet, bereits am Wochenende zum Rursee zu fahren. Dort hatte, wie sie am Montag lesen konnten, ein mächtiges Verkehrschaos geherrscht, weil noch mehr Touristen als gewöhnlich in die Nordeifel gekommen waren, um das seltene und spektakuläre Wasserereignis hautnah mitzuerleben. Lieselotte hatte deswegen und ihm zu Liebe ihren Wochenendaufenthalt in der Wohnung in Huppenbroich um einen Tag verlängert. Sie würde erst am Abend nach Aachen fahren, um in ihrer Apotheke den Nachtdienst zu übernehmen.

»Ich kann dich doch nicht alleine an den See lassen. Wer weiß, was du wieder anstellst ohne mich?«, hatte sie schmunzelnd gesagt.

Die Entscheidung für den Abstecher an den Rursee an einem Montag war die richtige gewesen. Als Ausflug konnten sie die Tour nicht betrachten, theoretisch hätten sie sogar zu Fuß dorthin gehen können. Danach war ihnen jedoch beide nicht zu Mute. Sie würden es sich gemütlich machen, am Überlauf das Spektakel beobachten, in einem Restaurant zu Mittag essen, am Nachmittag vielleicht eine Bootstour unternehmen und am späten Nachmittag gemütlich nach Huppenbroich zurückkehren.

»Was sollen wir auch sonst tun, als das, was alle Touristen am Rursee tun?«, hatte Lieselotte seinen Plan kommentiert, als sie schwungvoll in ihrem Polo von der Einfahrt auf die Kapellenstraße fuhr. »Oder willst du es wie Schmitze Billa machen und nicht mehr zurückkommen? Dann wäre ich aber echt sauer auf dich.«

Vor der Staumauer fanden sie auf dem bewachten Parkplatz einen Abstellplatz für Lieselottes Fahrzeug. Böhnkes Knurren wegen der aus seiner Sicht unverschämt hohen Parkgebühr nahm sie nicht zur Kenntnis. Wenn es nach ihm gegangen wäre, würden sie so lange durch die Gegend fahren, bis sie irgendwo vor einem Sportplatz oder an einem Friedhof kostenlos hätten parken können. Am liebsten hätte er sogar am Rand der Straße, die über die Staumauer führte, den Wagen geparkt, aber dort herrschte absolutes Halteverbot.

»Nun komm schon, alter Mann!«, drängelte sie, als er schwerfällig aus dem Beifahrersitz kletterte. Es wurde höchste Zeit, dass Lieselotte sich ein anderes Fahrzeug anschaffte; eines, in dem er nicht so tief saß, brummte er vor sich hin. Aber sie ignorierte seine Lamentiererei, ihr reichte der Kleinwagen.

Langsam gingen sie über die breite Staumauer, rechts breitete sich der aufgestaute See aus, in den sich an der linken Seite eine dichtbewaldete Landzunge hineinstreckte. Direkt vor ihnen lag dort hinter einigen flachen Gebäuden die Anlegestelle der »Weißen Flotte«, die mit ihren Schiffen die Touristen zu Rundfahrten oder zu anderen Orten über den See beförderte. Links, hinter dem Randstreifen und der Fahrbahn, auf der anderen Seite der Staumauer, fiel der Blick ins Grüne, ins Rurtal, durch das der Fluss seinen Weg fand bis zur nächsten Staustufe in Obermaubach. Dort wälzte sich das Wasser ebenfalls über die Absperrung, aber bei Weitem nicht so spektakulär wie hier am Überlauf in Schwammenauel.

Es waren nicht viele Menschen unterwegs, nur wenige Autos fuhren über die Straße auf der Staumauer, die an Wochenenden oft für Motorradfahrer zur großen Herausforderung wurde, wenn sie mit überhöhter Geschwindigkeit darüberrasten, um am hinteren Ende der Staumauer in einer scharfen Linkskurve davonzupreschen, ohne genau zu wissen, wie es dahinter weiterging.

Es gab nahezu keine störenden Geräusche, nur das Donnern der herabstürzenden Wassermassen war mehr und mehr zu vernehmen, je näher sie dem Oberlauf kamen. Oberhalb des Überlaufs sammelte sich die

Gischt zu einem dünnen Nebelschleier, in dem sich die Sonnenstrahlen brachen. Einige Schaulustige kamen ihnen auf dem Gehweg entgegen, vor sich sahen sie die Menschen am Geländer stehen und in die Tiefe schauen.

Vorsichtig näherte sich Böhnke dem viereckigen Überlauf, der Lärm wurde ohrenbetäubend, das aufspritzende Wasser benässte das Gesicht und die Kleidung. Es war schon erstaunlich. Gleichförmig glatt, flach und ruhig lag die Wasseroberfläche des Stausees da, geradezu friedlich, nur durch eine Tonnenkette war rund um den Überlauf großräumig ein Bereich abgesperrt. Segelboote oder Paddler wurden auf großformatigen Hinweisschildern frühzeitig vor der Lebensgefahr gewarnt und aufgehalten, eigentlich überflüssig, war doch der Wassersport wegen des Hochwassers untersagt worden. Der Anlegeplatz für Segelboote in unmittelbarer Stelle hinter dem Überlauf war vorsorglich geräumt worden. Wer einmal in den Sog des zum Überlauf fließenden Wassers geriet, der würde unweigerlich mitgerissen.

Die ruhige Oberfläche des Sees war trügerisch, unvermittelt stürzte das Wasser an den zwei dem See zugewandten Seiten metertief in den Betontrog. Der Boden des meistens trockenen oder nur leicht befeuchteten Beckens war nicht einmal zu erahnen, die tosende Masse verwandelte sich in tanzenden Schaum. Es hätte Böhnke gereizt, über die Stege zu gehen, die sich über den beiden Seeseiten des viereckigen Überlaufs befanden. Sie waren nicht nur durch stabile Gittertüren versperrt, davor stand auch noch ein Wachmann, an dem kein Vorbeikommen sein würde.

»Wenn du da reinfällst, hast du es hinter dir«, sagte Lieselotte ehrfürchtig. Sie hatte sich an die Brüstung geklammert und schaute in den brodelnden Überlauf.

»Eine spektakuläre Art, um Selbstmord zu begehen«, murmelte Böhnke, der sich im Gegensatz zu den meisten, ängstlich wirkenden Schaulustigen über das Geländer gebeugt hatte. Er hatte mehr zu sich gesprochen als zu Lieselotte, aber sie hatte ihn trotz der lauten Umgebung verstanden.

»So, wie der da.« Mit einem leichten Kopfdrehen deutete sie auf einen Mann, der wenige Meter von ihnen entfernt an der der Straße zugewandten Seite des Überlaufs an der Absperrung lehnte. »Der sieht so aus, als wolle er sich in die Tiefe stürzen.«

Sie hatte kaum geendet, als der Mann tatsächlich ansetzte, ein Bein auf die Brüstung zu schwingen. Mit einer Behändigkeit, die Lieselotte ihm kaum zugetraut hatte, war Böhnke auf den Mann zugesprungen und hatte ihn an den Schultern gepackt. Ehe dieser sich versah, lag er auf dem Gehweg, und Böhnke kniete auf dessen Brust.

»Commissario, ich bewundere dich«, sagte Lieselotte anerkennend, als sie an seine Seite getreten war.

Böhnke achtete nicht auf sie. Er hatte gehandelt, wie er es in seiner Zeit im Polizeidienst gelernt hatte; die richtigen Griffe zum richtigen Zeitpunkt brachten den Erfolg. Er wunderte sich allenfalls, dass er trotz seines Ruhestands noch über derartige Reflexe verfügt. Stumm und wegen der Anspannung ein wenig außer Atem, betrachtete er den von ihm fixierten Mann.

Der verhinderte Selbstmörder wirkte wie ein normaler Durchschnittsbürger, vielleicht 50 Jahre alt, unauffälliges Gesicht, mit braunem, von einem leichten Grauschleier durchzogenen, kurz geschnittenen Haar, einfach und sauber gekleidet mit Jeans und aufgeknöpfter, heller Jacke, unter der ein blau-weiß kariertes Hemd zum Vorschein kam.

Böhnke scheuchte ein paar Neugierige fort, die sich um sie versammelt hatten. »Polizei, Notfall«, sagte er knapp mit strenger Stimme.

»Was sollte denn diese Nummer?«, schnauzte er den rücklings liegenden Mann an und lockerte den Druck seines Knies von dessen Brust. »Das Leben ist doch viel zu schön, um es in einem nassen Grab zu beenden.«

Der Mann schwieg, nahm aber dankbar Böhnkes Hilfe an, der ihm die Hand entgegenstreckte, um wieder auf die Beine zu kommen. Verlegen klopfte er sich ab, von Böhnke skeptisch beäugt. Das fehlte ihm zu seinem Glück, dass der Kerl sich jetzt mit einem schnellen Sprung über das Geländer doch noch in den Tod stürzte, auch wenn im Gesicht des Mannes nichts mehr dafür sprach.

»Ich kenne Sie doch, Herr …«, Lieselotte beendete die Stille. Sie musterte den Mann genau. »Sie waren doch schon mal in meiner Apotheke.« Nachdenklich kniff sie die Augen zusammen. »Das war doch wegen eines Rezepts für ein Antidepressivum, stimmt's?« Der Mann wollte etwas sagen, doch Lieselotte bremste ihn mit einer strengen Handbewegung. »Momentchen, wenn ich mich richtig erinnere, ist Ihr Hausarzt Doktor Schwindmann. Richtig?« Wissend lächelnd schaute sie den Mann an, der bestätigend nickte.

»Und Ihr Name ist …«

»Frosch«, sagte der Mann leise. »Ich bin Walter Frosch.«

»Schön«, brummte Böhnke, der Lieselotte ausbremste, die zu einer Entgegnung ansetzen wollte. »Und warum wollten Sie ins Wasser?« Eine Bemerkung wegen des Namens Frosch im Zusammenhang mit Wasser verkniff er sich.

»Das ist eine lange Geschichte«, erhielt er als Antwort, und er wusste in diesem Moment, dass die akute Gefahr vorüber war. Der Mann würde wenigstens in ihrer Gegenwart nicht mehr ins Wasser springen.

»Dann erzählen Sie mal«, forderte er Frosch auf. »Ich habe viel Zeit.«

Der Mann starrte ihn verstört mit verkniffenen Lippen an. Er schluckte mehrmals und schüttelte dann den Kopf.

»Ich habe Hunger«, mischte sich die Apothekerin ein, bevor das Gespräch vollends verstummte. »Darf ich Sie zu einem Mittagessen einladen, Herr Frosch?« Strahlend sah sie ihn an.

»Gerne«, antwortete Frosch unsicher. Er bückte sich, um einen gelösten Schnürsenkel zu binden.

»Du kennst seinen Namen?«, flüsterte Böhnke seiner Liebsten zu.

»Den kannte ich nicht. Ich weiß nur, welche Medikamente Schwindmann bei Depressionen seinen Patienten verschreibt. Er ist der Einzige, der dieses spezielle Medikament verwendet.« Sie grinste Böhnke schelmisch an. »Und ein wenig habe ich von den Verhörmethoden der Polizei mitbekommen, Commissario. Ich habe viel von dir gelernt.«

4.

Lieselotte und Böhnke nahmen Frosch in die Mitte, der schweigend mit ihnen ging. Aber er wirkte erleichtert, so kam es jedenfalls Böhnke vor. Das Trio steuerte zunächst erfolglos das Café-Restaurant am Pegel auf der Staumauer an. Fast sämtliche Plätze waren besetzt. Außerdem wollte sich Böhnke nicht wie auf dem Präsentierteller mit dem verhinderten Selbstmörder in der Öffentlichkeit zeigen. Mehr Glück hatten sie im Seehof. An der Selbstbedienungstheke des Hotelrestaurants deckten sie sich mit Speisen und Getränken ein. Böhnke, der sich wie seine Begleiter mit paniertem Schnitzel und Kartoffelsalat zufrieden gegeben hatte, suchte auf der windgeschützten Terrasse mit Blick auf das Wasser und die Bootsstege einen Tisch in einer nicht direkt einsehbaren Ecke. Es war besser, wenn Frosch ein wenig abgeschirmt wurde. Der Mann musste nicht zum Gesprächsthema werden, nur weil er von anderen Gästen als möglicher Selbstmörder wiedererkannt wurde. Er hatte es selbst schon miterlebt, dass eine Frau, die er vor einem Selbstmord bewahrt hatte, von widerlichen Schaulustigen als Feigling bezeichnet wurde und sie tags drauf von einem anderen Dach doch noch in den Tod gesprungen war.

»Man beendet sein Leben nicht ohne Grund freiwillig«, sagte Böhnke bedächtig, nachdem sie die Tabletts abgestellt und es sich bequem gemacht hatten.

Frosch betrachtete verlegen den Senior, den er nicht einschätzen konnte. Ehe er seinen eigenen Entschluss bereuen konnte, hatte ihn der Alte ins Leben zurückgerissen. Und insgeheim war er froh, dass der Fremde es getan hatte.

»Wer sind Sie?«, fragte er leise den nach seiner Schätzung ungefähr 60-Jährigen mit der grauen Kurzhaarfrisur und dem leicht angebräunten Gesicht. Frosch schloss daraus richtigerweise, dass sich der Mann häufig in der Natur aufhielt. Und was machte die Apothekerin, die ihn begleitete?

»Ich bin Rudolf-Günther Böhnke«, stellte sich der Gefragte vor, »Kriminalhauptkommissar im Ruhestand.« Er lächelte Frosch an. »Sie brauchen also nicht zu befürchten, dass ich Sie dingfest mache oder Ihren Selbstmordversuch melde. Ich bin Privatier, wenn Sie so wollen.« Böhnke deutete auf seine durchaus attraktive Begleiterin. »Die Frau an meiner Seite ist Lieselotte Kleinereich. Aber Sie kennen sie ja aus Aachen als Ihre Apothekerin.«

Kennen sei zu viel gesagt, bemerkte Frosch bescheiden. Er sei gerade zweimal mit einem Rezept bei ihr gewesen.

»Aber ich habe Sie sofort erkannt.« Lieselotte lächelte ihn gewinnend an. »Sie sind ja fast schon ein Stammkunde, den ich nicht verlieren möchte.«

»Keine Sorge.« Frosch hatte sich gesammelt. Er grinste verlegen. »Ich bleibe Ihnen treu.«

»Aber zunächst erzählen Sie mir, warum Sie das tun wollten«, hakte sie nach.

Frosch schwieg. Nicht, weil er sich nicht traute,

sondern weil er wartete, bis er endlich seinen Bissen geschluckt und an seinem Mineralwasser genippt hatte.

»Also, das ist eine lange Geschichte«, meinte er tief durchatmend.

Das wisse er bereits, wollte Böhnke mäkeln, aber er hielt sich mit seiner Bemerkung zurück, als er Lieselottes mahnenden Blick erkannte.

»Die Geschichte fing vor mehr als einem Jahr an, genauer gesagt, im März des vergangenen Jahres. Ich hatte von Walheim aus – ich wohne dort – mit meinem Hund einen Spaziergang gemacht und bin durch die Höckerlinie des Westwalls gelaufen. Die kennen Sie ja bestimmt.«

Böhnke und Lieselotte nickten synchron zur Bestätigung. Selbstverständlich kannten sie den Westwall mit seinen mächtigen Betonklötzen, beziehungsweise kannten sie die Reste der militärischen Anlage aus dem Nazi-Deutschland, mit der im Zweiten Weltkrieg Panzer der westlichen Alliierten aufgehalten und sogar gestoppt werden sollten. Nach dem Krieg hatte die Bundesrepublik aus Kostengründen darauf verzichtet, die gewaltige Linie aus dreireihig versetzt angeordneten Stahlbetonhöckern, die wie gewaltige Zähne aus dem Boden wuchsen, zu entfernen. Lediglich einige Bunker entlang des Westwalls waren gesprengt worden. Nunmehr zog sich die Höckerlinie vom Norden der Stadt Aachen bis in die Eifel, ihrem Schicksal überlassen, überwucherte teilweise oder fristete hier und da ein Dasein mitten auf einer Kuhweide. Selbst in Huppenbroich auf der Straße aus dem Tiefenbachtal in Richtung Simmerath lugte ein Betonzahn aus dem Grün am Randstreifen.

»Ich laufe also mit meinem Hund quer durch den ehemaligen Westwall in Richtung Himmelsleiter, als mir ein großer Metallkasten auffiel. Eigentlich war es Justus, dem etwas Ungewöhnliches aufgefallen war. In der Nähe eines Feldweges rannte er plötzlich kläffend zwischen die Höcker. Ich bin dem Viech gefolgt und auf den Kasten gestoßen. Als ich genauer hingesehen habe, konnte ich erkennen, dass es sich um einen geöffneten Tresor handelt. Wie lange er dort gelegen hat, weiß ich nicht. Ich habe sofort mit meinem Handy die Polizei angerufen.«

»Warum?«, platzte Böhnke heraus.

Frosch ließ sich Zeit. Er schnitt sich ein Stück Fleisch ab und kaute daran herum. »Ich dachte, dass es ungewöhnlich ist, dass mitten in der Landschaft ein Tresor liegt und hatte an ein Verbrechen geglaubt, einen Raub oder so«, antwortete er schluckend. »Das liegt doch wohl auf der Hand. Oder?«

»Selbstverständlich«, bestätigte Böhnke langsam. »Sie haben also meine Kollegen, meine ehemaligen Kollegen alarmiert, die dann sofort gekommen sind?«

»Gekommen schon, aber nicht sofort. Die haben mich verdammt lange warten lassen, obwohl ich noch häufiger angerufen habe. Die dachten wohl, sie haben es mit einem Spinner zu tun.«

Wieder hielt sich Böhnke mit einer Bemerkung zurück. Wie hätte er wohl reagiert, wenn man ihm den Fund eines Tresors auf dem freien Feld gemeldet hätte?

»Als die Polizei dann endlich kam, haben sie Verstärkung angefordert, um den Tresor abzutransportieren, meine Personalien aufgenommen und mir einen schönen

Tag gewünscht. Ich bin dann nach Hause zurückgegangen.« Frosch hatte den Rest seines Schnitzels in kleine Teile zerschnitten, ohne weiter gegessen zu haben. Vom Gemüse hatte er probiert, die Kartoffelstäbchen hatte er mit zu viel Salz ungenießbar gemacht.

»Damit ist die Sache wohl erledigt, habe ich mir gedacht«, sagte er nach einer längeren Pause, »bis ich dann einen Anruf aus dem Polizeipräsidium bekam, ich solle mal nach Aachen kommen. Ich bin also nichtsahnend dahin und war gespannt, was die wohl von mir wollten.«

»Welches Dezernat?«, unterbrach ihn Böhnke knapp.

»Keine Ahnung«, antwortete Frosch. »Aber jedenfalls nicht Mord und Totschlag. Da bin ich nämlich dran vorbeigelaufen. Ich hatte nur eine Zimmernummer. Ich bin also in ein Büro und habe dort mit einem Kripomenschen gesprochen. Den Namen weiß ich nicht mehr. Er hat mich dann gelöchert, wieso, weshalb und warum ich den Tresor gefunden hatte. Ob ich alleine unterwegs gewesen war, ob ich jemanden gesehen hätte oder ob mich jemand gesehen hätte und so weiter und so fort. Ich wusste gar nicht, worauf der hinaus wollte. Dann hat er mich noch gefragt, ob ich nicht das Schließfach in dem Tresor gesehen hätte. Das war mir gar nicht aufgefallen. Es war verschlossen gewesen, hat mir der Kripomann gesagt. Man hat es geöffnet und darin 500.000 Euro gefunden.« Frosch schob sich endlich wieder ein Stück Fleisch in den Mund und kaute lange darauf herum. »Und jetzt kam es: Wenn man den Eigentümer des Tresors und den Eigentümer des Geldes nicht ausfindig machen konnte und wenn es nicht nachzuweisen war, dass eine Straftat vorlag, würde ich als Finder das Geld bekommen.« Frosch lächelte verkniffen. »Ich habe mir meinen Teil gedacht und bin nach Hause zurückgefahren. Ist doch wohl klar, dass sich der Eigentümer sein Geld abholen würde, dachte ich mir, und dann wäre für mich ein kleiner Finderlohn fällig. Das hätte mir vollkommen gereicht.«

Frosch blickte nacheinander Böhnke und Lieselotte an, die verständnisvoll nickten.

»Ich hatte die Sache schon abgehakt, als ich im März Post von der Kreisverwaltung Aachen erhalten habe. Sie schrieben mir, ich bekäme die 500.000 Euro, weil sich niemand gemeldet hätte.«

»Gratuliere«, meinte Lieselotte spontan. »Das ist doch ein schöner, warmer Regen.« Sie lachte Frosch an. »Und kein Grund, das Leben zu beenden.«

»Doch.« Frosch schluckte schwer. »Kaum hatte ich den Bescheid von der Behörde bekommen, stand in der Zeitung mit den vier großen Buchstaben ein Bericht über mich. Wer mich kannte oder wusste, wo ich wohne, wusste sofort Bescheid, wer der angebliche Glückspilz aus Walheim war.« Er lachte bitter. »So viele verwitwete, 50-jährige Männer mit den Initialen W und F, die als gelernte Werkzeugmacher als Betriebsmeister in einer Schlosserei in Kornelimünster arbeiten und die von ihrem Wohnort Walheim mindestens einmal die Woche nach Nideggen fahren, um dort den einzigen Sohn und den einzigen Enkel zu besuchen, gibt es nicht. Und dann hatten die auch noch ein Foto von mir vom Schützenfest im letzten Herbst aufgetrieben. Dazu haben die dann geschrieben, ich hätte schon kräftig auf meinen Reichtum angestoßen. Finden Sie das nicht auch unverschämt?«

Böhnke ließ sich Zeit mit einer Antwort. Der Boulevardjournalismus und dessen Respektlosigkeit gegenüber wehrlosen Menschen waren ihm hinlänglich bekannt. Er selbst war schon einmal Zielscheibe der selbsternannten angeblichen Meinungsbildner, als sie anlässlich seiner vorzeitigen Pensionierung spekulierten, man hätte ihn aufs Altenteil abgeschoben, weil er unlautere Mittel bei der Aufklärung eines Verbrechens angewandt hatte, ihn aber nicht disziplinarisch belangen konnte, weil sonst ein Mörder straffrei geblieben wäre. »Jetzt genießt er seinen goldenen Lebensherbst auf Kosten des redlichen Steuerzahlers«, hatte der Boulevard geschrieben. Seitdem hatte Böhnke freiwillig keinen Blick mehr in eines dieser inhaltsleeren und informationslosen Blätter mit den großen Buchstaben geworfen. Deshalb hatte er ebenso wie Lieselotte die Geschichte von Walter Frosch nicht mitbekommen, auch wenn sie vielleicht Gesprächsthema bei vielen Mitmenschen gewesen war.

»Da können Sie nur drauf scheißen«, kommentierte er schließlich drastisch.

»Das sagen Sie so einfach«, entgegnete Frosch. »Meine Nachbarn und Bekannten haben mich irgendwann in Ruhe gelassen, nachdem ich behauptet hatte, ich hätte das Geld für meinen Enkel Kevin-Jerome bei einer Bank angelegt.« Seine Hand zitterte, als er nach dem Wasserglas griff. »Aber dann bekam ich anonyme Briefe. Ich soll das Geld abliefern, sonst erginge es mir schlecht.«

»Sie sind natürlich sofort zur Polizei gegangen«, unterbrach ihn Böhnke.

Nickend bestätigte Frosch. »Aber die Dorfsheriffs in unserer Wachstation haben das als Scherz von dummen Jungen abgetan. Ich habe dann auf die nächsten Briefe nicht reagiert. Bis ich eines Morgens meine Katze stranguliert auf dem Fußabtreter im Hauseingang gefunden habe. Wenige Stunden später bekam ich wieder einen Brief, und in dem hieß es, die Katze wäre nur der Anfang gewesen, als Nächstes folge der Hund. Und wenn ich dann immer noch nicht das Geld rausrücken würde, würde man irgendwann einmal meinen Enkel entführen.«

»Was meinten meine Kollegen?«

Frosch blickte Böhnke mit zugekniffenen Augen an. »Man würde sich darum kümmern und die Kripo in Aachen informieren. Ich solle mir keine Sorgen machen.« Die Unruhe in Frosch wuchs zunehmend. Seine Hand zitterte noch stärker als zuvor, als er wieder zu seinem Wasserglas griff. »Ein Tag nach meinem Besuch bei der Polizei war mein Hund tot. Jemand hatte ihn in seinem Zwinger mit einer vergifteten Frikadelle gefüttert, während ich einkaufen war. Tags drauf bekam ich den nächsten Brief. Wenn ich nicht zahlen würde, wäre zuerst mein Auto, dann meine Garage und dann mein Haus dran.«

»An wen sollten Sie denn zahlen?«, fragte Lieselotte ungläubig.

»Keine Ahnung. Das war ja das bescheuerte, jemand wollte die 500.000 Euro und drohte mir, aber sagte nicht, wie ich ihm das Geld geben sollte.«

»Und wieder haben sich meine Kollegen bemüht, Sie zu beruhigen.« Böhnke konnte sich die Problematik durchaus vorstellen; zum einen die Polizei, die abwägen musste, wann es sich tatsächlich um einen ernst gemeinten Erpressungsversuch handelte, zum anderen ein verunsicherter Werkzeugmacher, der glaubte, in einen Albtraum hineingeraten zu sein. »Wie ging's weiter?«

»Zwei Tage später hat dann auf dem Firmenparkplatz tatsächlich ein Auto gebrannt. Es war eindeutig Brandstiftung, aber der Wagen meines Arbeitskollegen. Ich vermute, die Brandstifter haben die beiden Fahrzeuge verwechselt. Als dann mein Kollege von mir erwartete, dass ich ihm ein neues Auto kaufe, sind bei mir die Sicherungen durchgebrannt. Mein Hausarzt hat mich krankgeschrieben und mir die Beruhigungspillen verpasst. Seitdem bin ich zu Hause. Damit war der Horror aber noch nicht zu Ende. Einmal brannte in der Nacht eine Altpapiertonne neben meiner Garage, dann wurde nachts eine Fensterscheibe in meinem Haus eingeworfen.« Frosch schüttelte verständnislos den Kopf. »Und dann bekam ich einen Brief, in dem ein Bild von Kevin-Jerome vor seinem Kindergarten war. Wenn ich nicht das Geld rausrücken würde, würde mein Enkelkind nicht mehr lange in den Kindergarten gehen. Und wenn ich die Polizei informieren würde, würde man ihn sich ebenfalls holen.«

Frosch sollte langsam weichgeklopft werden, dachte sich Böhnke. »Und da haben Sie sich entschlossen, sich darauf einzulassen, nicht wahr?«

»Ja.« Frosch senkte seinen Blick. »Ich hatte das Gefühl, dass mir niemand hilft, und meinen Sohn und meinen Enkel wollte ich auf keinen Fall belasten oder in die Sache hineinziehen.«

Böhnke betrachtete mitfühlend den verschüchterten Mann. »Was passierte danach?«

»Dann bekam ich einen weiteren Brief. Darin stand, ich soll das Geld in eine Reisetasche packen und auf einen Parkplatz nach Baraque Michel im Hohen Venn fahren. Sie wissen, wo das ist?«

Böhnke nickte. Die Herberge Baraque Michel an der Nationalstraße zwischen Eupen und Malmedy war eine der markanten Stellen und ein beliebter Treffpunkt für Wanderer im belgischen Teil des Naturparks, in dem die Nordeifel und das Hohe Venn nahtlos ineinander übergingen. Der Steinmetz Michel Henri Schmitz aus dem Rheinland hatte Anfang des 19. Jahrhunderts die Michelshütte gebaut. Im Laufe der Jahre war eine Unterkunft für Reisende daraus geworden, die heute ein Hotel und ein Restaurant beherbergte, in dem es sich gut speisen ließ, wie Böhnke aus eigener Erfahrung wusste. Wenn er während seiner Dienstzeit wirklich einmal ungestört mit einem Informanten unter vier Augen reden musste, war dieser Ort durchaus ein geeigneter Platz gewesen, weit genug weg von Aachen und doch in Grenznähe und im französischsprachigen Belgien, also ideal, um sich auf Deutsch verständigen zu können.

»Einer der höchsten Punkte im Hohen Venn«, antwortete Lieselotte spontan. Zu Zeiten, in denen sie sich noch für Skilanglauf interessiert hatte, war sie im Winter des Öfteren dorthin gefahren. Die Loipen rund um Baraque Michel waren die besten im Bereich des Hohen Venns und der Nordeifel und sogar schon Austragungsort von belgischen und niederländischen Langlauf-Meisterschaften gewesen.

»Vom Parkplatz am Gasthaus sollte ich dann um Punkt zwölf Uhr über die Holzstege durchs Moor nach Osten in Richtung Konzen gehen, bis ich von jemanden angesprochen werden würde. Ich weiß nicht, wie lange und wie viele Kilometer ich durchs Moor und die Sumpfwiesen gelaufen bin. Es müssen Stunden gewesen sein.«

Da hatte man den Mann wirklich gut laufen lassen, dachte Böhnke für sich. »Eine bescheidene Zwischenfrage habe ich«, meldete er sich laut zu Wort, »was war mit dem Geld?«

»Das hatte ich dabei. Ich hatte es die ganze Zeit bei mir zu Hause. Hört sich zwar blöd an, aber ich wollte mal spüren, wie das ist, wenn man viel Geld hat.«

Was unglaublich klang, war für Böhnke durchaus nachvollziehbar. Das Gesparte im Strickstrumpf und das Vermögen in einer Zwischenwand des Kleiderschranks kamen häufiger vor, als manch einer glaubte. Oft genug hatten er und die Kollegen bei der Durchsuchung einer Wohnung diese Funde gemacht. »Wo hatten Sie denn das Geld? In der Tiefkühltruhe oder im Wasserkasten der Toilettenspülung?«

»In Konservendosen im Küchenschrank«, gab Frosch zur Antwort.

Auch ein beliebtes und daher bei Einbrechern schnell gefundenes Versteck, dachte sich der ehemalige Kommissar.

»Mit der Reisetasche voller Geld bin ich also im Venn unterwegs«, fuhr Frosch mit seinem Bericht fort. »Und dann spricht mich doch tatsächlich irgendwann nach Stunden von hinten ein Mann an. Ich hatte ihn gar nicht bemerkt oder kommen sehen.«

»Alter, Größe, Kleidung, Nationalität?« Böhnke konnte nicht anders. Die Fragen mussten gestellt werden.

»Mitte 30, etwa so groß wie ich, also einen Meter und 75, deutsch mit Akzent, aber ich weiß nicht, was für einen. Ganz normal gekleidet.«

»Momentchen.« Böhnke unterbrach ihn für eine Zwischenfrage. »Als Sie durchs Venn liefen, haben Sie da die Straße zwischen Eupen und Monschau überquert, die quer durch den Naturpark verläuft?«

Frosch stutzte kurz und schien zu überlegen. »Ehrlich gesagt, ich weiß es nicht mehr. Daran kann ich mich nicht erinnern. Ich war so in Gedanken versunken und angespannt. Da habe ich gar nicht auf die Umgebung um mich herum geachtet.«

»Okay.« Böhnke begnügte sich mit diesen Informationen. »Und was passierte dann, als Sie dem Mann begegnet sind?«

»Der Kerl quatscht mich mit meinem Namen an. Er war allein, und ich hatte kurz überlegt, ob ich ihn niederschlagen sollte. Aber als er mich aufforderte, ihm den Koffer zu geben, habe ich es machen wollen.«

Böhnke stutzte wegen der Wortwahl. Was hieß das: machen wollen?

»Plötzlich gab es einen Schuss. Der Kerl ist zusammengebrochen und von dem Holzsteg gestürzt. Da bin ich mit meinem Geld abgehauen und den ganzen Weg wieder zurück.«

Der Tote im Venn, schoss es Böhnke durch den Kopf. Hatte Frosch miterlebt, wie der Unbekannte erschossen wurde? Nachdenklich rieb er sich das Kinn und schaute durch die große Fensterscheibe hinaus auf den Anlegesteg, an dem die Rurperle gerade Touristen für eine Bootsfahrt über den See aufnahm.

»Mit wem haben Sie über die gescheiterte Geldübergabe gesprochen?«

»Mit niemandem.«

»Auch nicht mit der Polizei?«

Frosch schüttelte verneinend den Kopf.

»Haben Sie denn nicht mitbekommen, dass die Polizei wegen eines unbekannten Toten im Hohen Venn ermittelt, der erschossen wurde?«

Wieder verneinte Frosch. »Eine Tageszeitung bekomme ich nicht mehr, die war mir zu teuer geworden. Ich habe mich in meiner Wohnung verkrochen und nicht mitgekriegt, was alles passiert ist.« Er lächelte schwach. »Bis heute Morgen. Da habe ich wieder einen Brief bekommen. Mein Enkel sei im Prinzip schon tot, hat man mir geschrieben. Da habe ich gedacht, wenn ich sterbe, lässt man ihn in Ruhe. Jetzt weiß ich nicht mehr weiter.«

»Na ja.« Böhnke schwankte zwischen Verärgerung und Verantwortung. Es ärgerte ihn, dass Frosch sich wie ein Frosch benahm und seine Kollegen ihm nicht die erforderliche Aufmerksamkeit geschenkt hatten. Zugleich fühlte er sich verantwortlich für das arme Schwein, dem er das Leben gerettet hatte. Er musste ihm einfach helfen. Und er ärgerte sich außerdem, weil er die Verantwortung für Frosch übernahm.

Als wenn er nicht genug Ärger und Verantwortung am Hals hätte, wenn er an das Schicksal von Schmitze Billa und den sich daraus ergebenden Folgen dachte.

5.

Schmitze Billa war eines natürlichen Todes gestorben. In dem elterlichen Bett, in dem sie wahrscheinlich das Licht der Welt erblickt hatte, hatte sie diese Welt auch wieder verlassen. Die Dorfgemeinschaft erwies ihr die letzte Ehre. Viele Einwohner waren zur Trauerfeier in die Kapelle gekommen, die sonst nie dort anzutreffen waren. Zum vermeintlichen Abschiedsschmerz hatte sich bei einigen bestimmt auch Neugierde gesellt. Aber wer erhofft oder erwartet hatte, bei der Feier oder bei der Bestattung auf dem Friedhof einen Ortsfremden als möglichen Erben des heruntergewirtschafteten Hauses anzutreffen, der wurde enttäuscht. Die Toten und die Lebendigen blieben in Huppenbroich unter sich.

Schmitze Billa hatte ihre eigene Beerdigung bestens und bis ins Kleinste vorbereitet. Der Ortsvorsteher, der als Repräsentant der Kommune gemeinsam mit einem Kommissar der Polizeistation Simmerath das Haus der Verstorbenen inspiziert hatte, fand auf dem Küchentisch mehrere Briefumschläge vor; unübersehbar so platziert, dass jedermann sie sehen und öffnen musste. Problematisch war nur, dass Schmitze Billa ihre Briefe in Sütterlin verfasst hatte; fein säuberlich, gestochen klar und genau auf die Linie geschrieben, aber leider für den Ortsvorsteher ebenso wenig zu entziffern wie für den Polizisten. Sie waren mit der alten Schrift schlichtweg überfordert und mussten den längst pensionierten Geistlichen um Mithilfe bemühen, der im Simmerather Krankenhaus noch ehrenamtlich Seelsorge betrieb.

Schmitze Billa hatte in ihren schriftlichen Anweisungen nicht nur die Kleidung festgelegt, in der sie beerdigt werden wollte, sie hatte auch den Sarg bestimmt, in dem sie ihre letzte Ruhe finden sollte. Die Lieder für die Trauerfeier hatte sie ebenso angegeben wie den Umfang des Beerdigungskaffees in der Alten Post. 8.000 Euro hatte sie diesem Brief beigefügt, der nach dem Datum zu urteilen erst vor wenigen Tagen geschrieben worden war. Der Rest des Geldes, das Schmitze Billa in 20er- und 50er-Scheinen zusammengetragen hatte, sollte nach Begleichung aller Kosten der Kirche zufließen.

Das rief sofort den alten Krankenhausseelsorger auf den Plan. Er reklamierte unverfroren den Rest für sich, quasi als Gegenleistung für seine unverzichtbaren Dienste. Außerdem, so argumentierte er mit klerikaler Hochnäsigkeit, hätte er das Geld ohnehin von Schmitze Billa bekommen, wenn sie nämlich, wie jeder vernünftige Mensch im Greisenalter, im Krankenhaus St. Brigida in Simmerath gestorben wäre und er ihr dort die Heiligen Sakramente erteilt hätte. Erst als der Ortsvorsteher und der Leiter der Polizeiwache, scheinbar murrend, die Bedingungen des geschäftstüchtigen Herrn Pastor akzeptiert hatten, erklärte der sich bereit, auch den zweiten Brief vorzulesen.

Dieses Schreiben beinhaltete das Testament; ein ordnungsgemäßes Testament mit Datum und eigenhändiger Unterschrift der Erblasserin. Nach ihrem Letzten Willen vermachte Schmitze Billa ihr altes Häuschen der Kapellengemeinde Huppenbroich, verbunden mit der Auflage, das Haus zu verkaufen und den Erlös der Frauengemeinschaft und dem Kindergarten zukommen zu lassen.

Den Rest ihrer Hinterlassenschaft sollte ihre Verwandtschaft erben, wobei allerdings niemand in Huppenbroich wusste, worin dieser Rest der Hinterlassenschaft bestehen sollte und wer überhaupt mit Schmitze Billa verwandt war.

Das allgemeine Rätselraten mündete in einem selbstverständlich unentgeltlichen Arbeitsauftrag an Böhnke, sich mit kriminalistischem Gespür um die Antworten zu kümmern. Immerhin sei er der einzige Kriminalkommissar außer Dienst im Ort und habe schließlich gelernt zu ermitteln. Diesen einstimmigen Beschluss der Stammtischler in der Alten Post hatte ihm der Ortsvorsteher übermittelt.

Was Böhnke als schlechten Scherz in der Nachkarnevalszeit erachtete, war für seine Mitbürger bitterer Ernst. Und selbst Lieselotte drängte ihn, Klarheit in die Erbschaftsangelegenheit zu bringen. »Wer weiß, welche Leichen hier noch lagern?«, mutmaßte sie.

Aber nicht nur dieses Geheimnis um den Nachlass erregte die Gemüter. Überaus empört reagierte der redliche Katholik wegen der geradezu erpresserischen Forderung des Krankenhauspfaffen.

Nach der Abrechnung aller Beerdigungskosten blieben gerade einmal 25 Cent übrig. Der Preis für den Beerdigungskaffee war schon fast sittenwidrig hoch gewesen, was jedoch niemanden im Dorf kümmerte, der nach Kuchen und Kaffee oder Mettbrötchen und Bier griff, um auf Schmitze Billas Wohlergehen in der Ewigkeit zu essen und zu trinken.

Nur Böhnke bekam mit, dass während des Leichenschmauses ein Briefumschlag aus der Hand des Wirtes in die des Ortspastors gewandert war. Er schmunzelte in sich hinein. Wie sagte doch der Volksmund? Kleine Sünden bestrafte der liebe Gott sofort. Dieser Spruch galt auch für einen alten, geldgierigen Pfarrer.

Böhnke war gespannt, wie seine Huppenbroicher auf seine Ermittlungsergebnisse reagieren würden. Seine wie auch deren Hoffnung, bei der Beerdigung einem Verwandten von Schmitze Billa zu begegnen, hatte sich zum allgemeinen Bedauern nicht erfüllt. Es war eine unbefriedigende Neugier geblieben, die er ausfüllen sollte. Wer erbt? Und wenn es keinen Erben gibt, wer erbt dann? Und was überhaupt? Gab es tatsächlich etwas zu erben?

Böhnke konnte den wissbegierigen Mitbürgern auf alle Fragen Antworten geben. Wahrscheinlich würden sie auf seine Ermittlungen genauso reagieren, wie es Lieselotte getan hatte.

»Das habe ich mir doch immer schon gedacht«, hatte sie mit ahnender Selbstverständlichkeit gesagt, als könne es gar nicht anders sein, als er ihr von Schmitze Billas Hinterlassenschaft berichtete. Der Greisin hatte eine der riesigen Weideflächen gehört, die sich vom östlichen Ortsrand durch die wellige Landschaft bis ins Tal hinein und fast bis zu den gegenüberliegenden Hügeln in der Ferne zogen.

Er hatte mit Lieselotte einen Spaziergang dorthin gemacht, am Sportplatz vorbei auf den Feldweg, der irgendwann auf einer Wiese endete. Das Land war offensichtlich lange Zeit nicht mehr bewirtschaftet worden. Brennnesselfelder überfluteten große Teile, an manchen Stellen hatten sich Brombeerbüsche ausgebreitet, die Buchenhecke, die das Land vor Jahrzehnten in ortsüblicher Weise einmal umgeben hatte, war nur noch teilweise als Hecke erkennbar. Das Buschwerk war aus der Form geraten, einige Buchen waren umgestürzt. Ein Baumskelett ragte in den Himmel, darin war vor etlichen Jahren der Blitz eingeschlagen.

Alle aus dem Ort hatten schon einmal das heruntergekommene Grundstück gesehen, aber niemand hatte sich darum gekümmert; und jetzt wollten es alle schon immer gewusst haben, dass es nämlich Schmitze Billa gehörte. Manch einer schimpfte jetzt mit sich selbst, weil er zu Lebzeiten der Alten versäumt hatte, ihr dieses Land abzuschwatzen.

Die endgültige Bestätigung hatte Böhnke im Grundbuchamt in Monschau gefunden, das auch für die Gemeinde Simmerath zuständig war. Als alleinige Eigentümerin der Liegenschaft war Schmitze Billa schon vor Jahrzehnten in den Papieren eingetragen worden. Zuvor hatte das Grundstück der Familie ihrer Mutter gehört, die in Eicherscheidt ansässig gewesen war.

»Und wer erbt jetzt?«

Kaum hatte Böhnke die Eigentumsfrage geklärt, wollte seine Umgebung wissen, wer sich demnächst über ein Grundstück freuen durfte, das teilweise sogar als Bauland ausgewiesen war. Da ließ sich ein schöner Batzen Geld mit erwirtschaften.

»Wer ist der Glückliche?«

Es war niemand aus Huppenbroich, wie Böhnke schnell herausgefunden hatte. Nach ihrer Geburtsurkunde war Schmitze Billa als zweites von drei Kindern geboren worden. Dem Familienstammbuch in Schleiden konnte er entnehmen, dass ihr älterer Bruder schon früh im Kindesalter gestorben war. Ihren jüngeren Bruder hatte es aus der Eifel in die Großstadt verschlagen. Er hatte ein Mädchen aus Euskirchen geheiratet und war nach Köln gezogen. Dort kam ihr Sohn Paul zur Welt, der wiederum einen Sohn zeugte. Dieser Sohn, der Großneffe von Schmitze Billa, würde das Grundstück erben. Alle anderen möglichen Erben waren verstorben, weitere Großenkel gab es offenkundig nicht.

»Das ist wasserdicht«, erklärte Böhnke seiner skeptischen Liebsten, die nicht wahrhaben wollte, dass ein in Huppenbroich gänzlich Fremder einen Vorteil aus Schmitze Billas Ableben ziehen sollte.

Auch die Belegschaft der Stammtischs zweifelte Böhnkes Ergebnisse an, sah aber keine Möglichkeit, eine sinnvolle Alternative vorbringen zu können, und schüttete ihr Unbehagen mit einem doppelten Els hinunter. Es war eindeutig eine Auffassung, die auch vom Nachlassgericht so vertreten wurde: Fritz Schmitz aus Köln war Erbe des Grundstücks. Er nahm die Erbschaft an.

Und damit begann der Ärger für Böhnke erst richtig.

6.

Der pensionierte Kommissar schaute lange Zeit nachdenklich hinaus auf den See, dessen Ufer bis an den grünen Rand des Waldes reichte. Der Kiesstreifen, der bei normalem oder niedrigem Wasserstand den See von Bewuchs trennte, war verschwunden.

Lieselotte hielt Frosch mit einem leichten Druck auf den Unterarm zurück, als er die Stille beenden wollte. Sie wusste, dass es in ihrem Commissario arbeitete, und sie wusste, auch wenn es ihr missfiel, was er tun würde. Er war halt nicht nur ein guter Mensch, er würde Zeit seines Lebens auch immer ein guter Kommissar sein.

»Na, gut.« Böhnke wirkte entschlossen, als er Frosch anschaute. »Ich werde Ihnen helfen.«

»Wie?« Der Mann starrte ihn verdattert an. »Was meinen Sie? Was wollen Sie machen? Wer sind Sie überhaupt?«

Böhnke lächelte grimmig. »Vier Fragen. Danach frage nur noch ich.« Er sei Kriminalhauptkommissar im Ruhestand, erklärte er Frosch noch einmal, und er würde gerne behilflich sein, damit Frosch seine Ruhe wiederfände. Er behielt für sich, dass er noch weiteres Ungemach für Frosch befürchtete. Wenn es besonders schlimm kommen würde, verlor der Mann nicht nur sein Geld, sondern auch seine Freiheit oder sein Leben.

Aber noch war es nicht zu spät.

»Also, kann und darf ich Ihnen helfen und lassen Sie sich überhaupt von mir helfen?«

Zweifel waren wohl angebracht, wenn er bedachte, dass Frosch die Polizei bis zum Schluss nicht ins Bild gesetzt hatte.

»Gerne«, antwortete Frosch schnell. »Und ich werde Ihnen alles sagen, was ich weiß.« Der Mann wirkte erleichtert. Die Anspannung wich aus seinem blassen Gesicht. »Was meinen Sie? Komme ich aus der Nummer raus?«

»Das waren Ihre letzten Fragen und ich kann sie Ihnen nicht beantworten. Jetzt bin ich an der Reihe. Einverstanden?«

Frosch nickte zustimmend. »Okay.«

»Also, als Erstes werde ich Ihnen einen Anwalt besorgen, der nicht nur Ihre Interessen vertritt, sondern uns auch sonst helfen wird. Ist ein Freund von mir.«

»Und kostet mich viel Geld.«

»Quatsch!« Böhnke winkte heftig ab. »Übers Geld reden wir nicht. Oder doch, jetzt wo Sie's sagen. Wo haben Sie eigentlich Ihr Geld gelassen? Offensichtlich wollten Sie es ja nicht mit ins nasse Grab nehmen.«

»Immer noch in meinem Haus, Herr Kommissar.«

»Böhnke, für Sie«, brummte Böhnke. »Der Kommissar, das war einmal.« Er lächelte Frosch an. »Ich werde mich darum kümmern.«

Frosch stutzte hellhörig geworden. »Was heißt das? Soll ich etwa nicht nach Hause zurück? Soll ich untertauchen? Ist das zu meiner Sicherheit?«

»Wieder viele Fragen, Herr Frosch, und nur eine Antwort: Ja. Ich halte es für besser, wenn Sie für einige Zeit von der Bildfläche verschwinden, was ja kein Problem sein sollte.« Der Kerl müsste untertauchen, allerdings nur im übertragenen Sinne, nachdem er ihn vor dem tatsächlichen Untertauchen bewahrt hatte. »Ich gehe davon aus, dass Ihr Auto hinten auf dem bewachten Parkplatz steht.«

Frosch bestätigte.

»Die Autoschlüssel und das Kennzeichen, bitte!« Fordernd streckte Böhnke die Hand aus.

»Was hast du vor?«, fragte Lieselotte.

Er werde es ihr später erzählen, antwortete Böhnke. Alles, was Frosch nicht mitbekam, konnte dem Mann auch nicht schaden. Es war noch zu früh, ihm zu vertrauen. Vielleicht plauderte er zu viel, auch wenn es nach dem ersten Anschein nicht danach ausschaute. Aber was sein würde, wenn der verstörte und verunsicherte Mann wieder Oberwasser bekam, konnte er nicht vorhersagen.

»Ich schlage vor, Sie nisten sich in einer Ferienwohnung hier am See ein. Aber nicht hier in Schwammenauel. Kommen Sie!« Schnell beglich Böhnke die Rechnung und eilte zum Steg, an dem wenige Momente zuvor die Stella Maris angelegt hatte und die nun wieder zur nächsten Rundfahrt über den Stausee bereitstand. Nur wenige Touristen warteten vor dem gerade vom Schiffspersonal geöffneten Zugang.

»Ganz geheuer ist mir das Ganze nicht«, meldete sich Frosch, während sie sich im Restaurant des Schiffs niederließen. Die zunächst angepeilte Sitzbank auf dem Panoramadeck hatten sie schnell verlassen, als mit Ablegen des Schiffs der Wind aufkam und ihnen die Kälte ins Gesicht blies. »Wer garantiert mir, dass Sie mich nicht täuschen und sich selbst mit dem Geld aus dem Staub machen?«

Böhnke wollte aufbrausen, aber Lieselotte hielt ihn beruhigend zurück. »Zum einen: Mein Mann hätte Sie absaufen lassen können, zum zweiten haben wir es gar nicht nötig, uns mit ihrem Geld zu bereichern, und zum dritten möchte ich mir nicht meinen guten Ruf kaputt machen lassen.«

»Wir fahren bis nach Rurberg«, erläuterte der immer noch grummelnde Böhnke, »dort suchen wir für Sie unauffällig eine Unterkunft und dann fahre ich mit meiner Frau zurück.«

»Warum ausgerechnet Rurberg am anderen Ende des Sees?«, wollte Lieselotte wissen.

»Weil Rurberg nah an Huppenbroich liegt«, antwortete Böhnke. »Dann können wir besser und schneller Kontakt halten, wenn wir uns sehen müssen.«

»Aber dafür brauche ich ein Auto«, gab Frosch zu bedenken.

»Es reichen Busse und gute Wanderschuhe«, entgegnete Böhnke trocken. In aller Regel würde ein Fußmarsch schneller sein als eine Busfahrt, bei der Frosch weit mehr als eine Stunde unterwegs sein würde. Außerdem, so dachte er sich, war Frosch ja schon mal quer durchs Hohe Venn gelaufen. Da würde ihm der Weg nach Huppenbroich nicht sonderlich schwer fallen, zumal er keinen Koffer zu tragen hatte. Er verschwieg, dass ihm gar nicht daran gelegen war, unentwegt mit Frosch zusammen zu sein. Eine eigenes Fahrzeug würde den Mann nur dazu veranlassen, spontan durch die Gegend zu fahren oder unangemeldet zu ihm nach Huppenbroich zu kommen. Das musste nicht sein.

»Ich habe doch nichts dabei außer dem, was ich trage«, sagte Frosch.

»Eben deshalb brauche ich ja Ihren Wagen. Wir besorgen Ihnen Kleidung aus Ihrer Wohnung.«

»Und das Geld? Was ist damit? Kriege ich das auch?«

»Nein«, antwortete Böhnke. »Das Geld werden Sie nicht bekommen. Das werde ich mit Hilfe des Anwalts auf einer Bank für Sie deponieren.«

»Und von den Zinsen können Sie das Honorar für den Anwalt bezahlen«, ergänzte Lieselotte.

Nach einer Dreiviertelstunde waren sie am Ziel angekommen. Sie brauchten nicht lange, um in Rurberg oberhalb der Schiffsanlegestelle in einer Seitenstraße eine preisgünstige Ferienwohnung in einem älteren Mehrfamilienhaus zu finden. Die Vermieterin im Rentenalter schien froh, einen Gast beherbergen zu können, und stellte keine Fragen. Die Anmeldung könne er später vornehmen, sagte sie freundlich. Eine Pension oder ein Hotel war für Böhnke nicht infrage gekommen. Nach Möglichkeit sollte Frosch jeglichen Kontakt mit anderen Menschen vermeiden, was in einer Ferienwohnung mit Selbstverpflegung eher gewährleistet war. Auf Böhnkes Anregung hatte Frosch den Fantasienamen Georg Klein gewählt; nicht gerade einfallsreich, aber wahrscheinlich glaubwürdiger als ein Horst Schlämmer. Ob die Wirtin Froschs Anmeldung tatsächlich an die Gemeindeverwaltung in Simmerath weiterreichen würde und ob danach die Anmeldung überhaupt von Amts wegen auf ihre Richtigkeit überprüft würde, belastete Böhnke nicht sonderlich. Die mögliche Prüfung der Personalien würde Tage dauern, und bis dahin war die leidige Sache längst geklärt.

Hoffte er jedenfalls.

Er drängte zur Eile, er wollte unbedingt das nächste Schiff erreichen, das sie nach Schwammenauel zurückbrachte. Seine Verhaltensregel für Frosch war knapp und eindeutig: »Bleiben Sie unsichtbar!«

Die Überlegung, sie hätten ja auch zeitsparend mit dem Auto nach Rurberg fahren können, war ihm reichlich spät eingefallen. Aber so kam er immerhin in den Genuss, das Waldgebiet am Kermeter von der Wasserseite aus in voller Pracht bestaunen zu können.

Lieselotte steuerte Froschs Wagen die knapp 30 Kilometer nach Walheim, er folgte ihr. Eine reine Vorsichtsmaßnahme für den Fall, dass seine ehemaligen Kollegen das Fahrzeug einmal unter die Lupe nehmen würden. Seine Fingerabdrücke waren eventuell noch irgendwo polizeilich hinterlegt und brauchten nicht unbedingt an Froschs Fahrzeug gefunden zu werden. Böhnke hatte sie sich einmal abnehmen lassen, um bei einem Mordfall im Rahmen eines Ausschlussverfahrens auf einer Zeitung die Abdrücke des vermeintlichen Täters herauszufiltern. Aber die Mühe war damals vergebens gewesen. Seine Apothekerin hingegen war garantiert nicht erkennungsdienstlich erfasst als eine über alle Zweifel erhabene, seriöse und pünktliche Steuerzahlerin in Aachen, die Zeit ihres Lebens noch kein einziges Knöllchen wegen Falschparkens und Geschwindigkeitsüberschreitung hatte zahlen müssen.

Frosch wohnte in dem Aachener Vorort am Eifelrand in einem alleinstehenden Siedlungshaus, das in den 50er-Jahren gebaut worden war. Unscheinbar, unauffällig, eines der Häuser, unter deren Dächern bisweilen Dinge geschahen, die man niemandem zutraute, der in einem solchen Kleinbürgerreich lebte.

So würde wohl auch niemand glauben, dass Frosch in seiner bescheidenen Bleibe eine halbe Million Euro versteckt hatte. Wobei der Begriff Versteck nach Böhnkes Vorstellung viel zu hoch gegriffen war. Das Geld wäre für erfahrene Einbrecher eine leichte Beute geworden. Frosch hatte die Geldbündel mittlerweile aus den Konservendosen herausgeholt und in einen einfachen Trolley gelegt, der wiederum in einem größeren Trolley Platz fand. Die Reisekoffer hatte Frosch, ganz im Sinne möglicher Einbrecher, auf den Boden seines nicht gerade üppig bestückten Kleiderschranks im Schlafzimmer gestellt. Der Schrank aus Birkenfurnier stammte aus derselben billigen Einrichtungsserie, aus der auch das Doppelbett war, in dem der Witwer wohl noch oft um seine vor zehn Jahren verstorbene Ehefrau trauerte. Nicht minder alt als das Mobiliar des Schlafzimmers waren die wenigen Möbel in den übrigen Räumen. Frosch führte einen bescheidenen und genügsamen Lebensstil; ein Normalbürger eben, der mit dem zufrieden war, was er hatte.

Das sei alles billiges Zeug, das sich Frosch und seine Frau wohl nach der Hochzeit angeschafft hatten, vermutete Lieselotte, die am liebsten sofort alle Fenster aufgerissen hätte, um Frischluft hineinzulassen. Sie verfolgte staunend, wie ihr Begleiter routiniert das muffig riechende Haus durchsuchte und zielsicher alle die Stellen ansteuerte, die sie selbst als optimale, garantiert nicht auffindbare Verstecke vor Einbrechern ausgewählt hätte. Es gebe keine sicheren Verstecke, klärte er sie auf, während er unter Matratzen, Teppichen oder zwischen Wäschestapeln schaute. »Teurer Schmuck und Wertsachen gehören in einen Tresor, am besten bei einer Bank«, belehrte er sie, »und nicht versteckt in eine leere Buchhülse zwischen Büchern im Regal oder in eine Flaschenattrappe in der Getränkesammlung.« Seine Suche bestätigte ihm, was er längst gedacht hatte: Frosch besaß nichts Wertvolles, vom unzureichend versteckten Geld einmal abgesehen.

Wie von Frosch beschrieben, fand Böhnke in einer Schublade des Küchenschranks zwischen unsortierten Gebrauchsanweisungen und zerknüllten Plastiktüten einen großen braunen Papierumschlag, in dem sich weitere kleine, weiße Umschläge und mehrere Zeitungsausschnitte befanden.

»Das ist meine Abendlektüre«, erläuterte Böhnke mit einem ironischen Unterton, als er den Umschlag einsteckte. »Immer noch besser als die Rentnerbravo.« Auf seine Bitte trug sie den Geldkoffer zu Froschs Wagen und verstaute ihn im Kofferraum.

»Muss ich das verstehen?«, fragte sie und kannte die Antwort schon, bevor Böhnke sie gab.

»Nein.«

Seiner Anweisung folgend fuhr sie – Böhnke stets unsicher im Rückspiegel beobachtend – über Breinig und Gressenich nach Schevenhütte und von dort durch den dichten und dunklen Hürtgenwald in Richtung Gey. Auf dem entlegenen Parkplatz am Rennweg zwischen Schevenhütte und Großhau sollte sie halten. Die nur gering befahrene Straße zog eine schmale Schneise durch den Wald, der durch die verheerende, menschenvernichtende Schlacht zum Ende des Zweiten Weltkrieges tragische Bekanntheit gewonnen hatte. Wie von Böhnke erwartet, waren an diesem Nachmittag nur wenige Spaziergänger unterwegs. Froschs Wagen würde auf dem Wanderparkplatz nicht sonderlich auffallen. Erst nach Tagen oder gar Wochen würde wahrscheinlich jemand feststellen, dass er schon seit längerer Zeit abgestellt war.

»Was soll das?«, fragte Lieselotte, als sie vom Parkplatz auf den Rennweg einbogen, um über Gey und Großhau auf der B 399 nach Simmerath und von dort nach Huppenbroich zu gelangen. Niemand hatte sie dabei beobachtet, als sie den Koffer zu ihrem Polo getragen und Froschs Pkw abgeschlossen hatte. »Die Leute werden doch glauben, der Fahrer habe sich im Wald verlaufen, und die Polizei wird vermuten, Frosch sei mit dem Finderlohn von seinen Erpressern hier abgefangen worden.«

»Mach dir doch deswegen keine Sorgen, Miss Marple«, brummte Böhnke, der sich hinters Lenkrad geklemmt hatte. »Alles, was wir machen, machen wir, um Frosch zu schützen und sein Leben zu bewahren.«

»Wenn du meinst, Commissario.« Lieselotte hatte sich auf dem Beifahrersitz zurückgelehnt und schaute durch das Seitenfenster, an dem die Bäume vorbeiflogen. »Wohin willst du eigentlich?«

»Ins nächste Dorf, in dem es einen Handyladen gibt. Ich will für Frosch ein Kartenhandy besorgen.«

Nicht nur ein Kartenhandy schaffte Böhnke an. Im großen Einkaufszentrum im Imgenbroicher Gewerbegebiet musste Lieselotte Jeans, Hemden, Unterwäsche und Socken kaufen.

»Der arme Kerl kann doch nicht ewig in seinen Klamotten herumlaufen, die er jetzt am Leibe trägt«, hatte Böhnke gesagt.

Die Kleiderfrage hätte er früher klären können, hatte Lieselotte unzufrieden dagegen gehalten. »Der Frosch hat doch Klamotten genug in seinem Kleiderschrank. Die hätten wir mitnehmen sollen.« Das habe er außerdem Frosch selbst in Rurberg gesagt, erinnerte sie ihn.

»Super, Miss Marple! Ich habe mich anders entschieden zum Wohle von Frosch. Damit jeder Unhold, Einbrecher oder Polizist sofort weiß, dass er untergetaucht oder gekidnappt worden ist. Oder glaubst du etwa, jemand packt seinen Koffer und lässt ihn dann im Kofferraum seines Wagens liegen, um im Hürtgenwald zu verschwinden?«

Überhaupt nicht angetan war Lieselotte von Böhnkes Großzügigkeit, über ihre Scheckkarte zu verfügen. Das hatte sie nun davon, dass sie ihm ihre Geheimzahl anvertraut hatte. »Der Frosch hat doch Geld genug. Warum bezahlen wir nicht mit der halben Million?«, maulte sie unzufrieden.

»Weil ich nicht weiß, ob das Geld präpariert oder registriert ist«, antwortete er kühl. »Und nun beeil dich, wir müssen noch über die Grenze zu unseren belgischen Pommesfreunden!«

»Warum?«

»Froschs Geld auf ein Nummernkonto einzahlen. Oder glaubst du etwa, ich will es bei uns im Hühnerstall aufbewahren?«

»Warum nicht? Wenn goldene Eier daraus erwachsen …« Lieselotte ergab sich seufzend ihrem Schicksal und stieg zu Böhnke in Wagen.

Wie vereinbart auf die Minute pünktlich klopfte Böhnke am frühen Abend an der Eingangstür zu Froschs Ferienwohnung. Sie fiel nicht auf unter den vielen der mit Fachwerk versehenen Gebäude, von denen die meisten einen Anstrich vertragen hätten; einige wirkten schon seit längerer Zeit unbewohnt. Das sei ein Ort, in dem Rentner still vor sich hin altern, dachte sich Böhnke, behielt es aber für sich, als er sich seine eigene Lebenssituation in Huppenbroich vor Augen führte. Offenbar war Frosch der einzige Gast in diesem Haus, vermutete der Kommissar. Es gab keinerlei Hinweise auf andere Bewohner, weder Fahrräder vor der Tür im Ständer noch Autos mit einem fremden Kennzeichen auf dem Parkstreifen.

Frosch hatte nicht gewagt, auch nur einen einzigen Schritt nach draußen zu machen und duldsam vor dem Fernseher auf Böhnkes Rückkehr gewartet.

Er habe zwei Telefonnummern im Verzeichnis eingetragen, erklärte Böhnke, als er Frosch das erstandene Handy überreichte. »Meine eigene und die meines Freundes, Ihres Rechtsanwaltes Tobias Grundler.«

Grundler werde mit ihm am nächsten Tag zu Mittag essen, informierte er weiter. Zwar wusste der Anwalt noch nichts von seinem Glück, aber wenn ihn Böhnke um ein Gespräch bat, würde er selbstverständlich zu dem Treffen kommen.

Die Plastiktüten mit der Kleidung und den Sanitärartikeln nahm Frosch ebenso dankbar an wie die 100 Euro, die ihm Böhnke als Zehrgeld angeboten hatte. Den Einzahlungsbeleg der Bank in Eupen hatte er mit einem Kopfschütteln registriert. »Da habe ich Geld ohne Ende und doch keines.«

»Sie müssen sich jeden Schritt, den Sie tun wollen, dreimal überlegen und sich fragen, ob man Sie deswegen finden kann«, trichterte ihm Böhnke ein. »Das bedeutet im Klartext: keine Telefonate außer an mich oder Grundler, keine Aktionen am Geldautomaten, kein Bezahlen mit einer Scheckkarte und keine sonstige Kontaktaufnahme mit irgendjemandem, keine Taxifahrten, keine Bankgeschäfte. Ich will, dass Sie für die Allgemeinheit verschwunden sind.«

»Warum eigentlich?«

Böhnke betrachtete Frosch durchdringend. »Damit Sie sich endlich Ihres Lebens und Ihres Geldes erfreuen können. Ich habe Ihnen nicht das Leben gerettet, damit Sie es leichtfertig wieder aufs Spiel setzen.« Das Geld sei sicher untergebracht, er könne jederzeit darüber verfügen. »Aber nur, wenn Sie das Geschehen unbeschadet überstehen. Und noch etwas.« Böhnke sah den Mann erneut streng an. »Glauben Sie nichts, was Sie demnächst alles in der Zeitung lesen und – was noch wichtiger ist – reagieren Sie bloß nicht darauf.« Er deutete auf das mobile Telefon. »Nur über die beiden eingespeicherten Nummern halten Sie den Kontakt zur Außenwelt. Und sonst nicht. Kapiert?«

7.

Er meine wohl, Rechtsanwälte lungerten nur in ihren Büros herum und hätten nichts anderes zu tun, als auf Anrufe ihrer Freunde zu warten, damit sie Unmögliches sofort und obendrein unentgeltlich erledigen, maulte Grundler. Der Anwalt schien nicht sonderlich angetan von der Bitte, die Böhnke beim Telefonat am Abend geäußert hatte.

»Nun zier dich doch nicht so wie ein stark belasteter Staranwalt, mein Freund. Ich kenne nur einen, der mir bei dieser vertrackten Kiste helfen kann, und das bist du.« Grundler war wohl der einzige, echte Freund, den er hatte, und der ihn nicht im Stich lassen würde. Der Jurist, mit dem er schon häufiger Kriminalfälle gelöst hatte, hätte mit knapp 40 Jahren sein Sohn sein können und war einer der wenigen Menschen, denen er das Du angeboten hatte; damals, vor ein paar Jahren, als sie beim CHIO in Aachen einen Mord aufgeklärt hatten und er zeitgleich erfuhr, dass er wegen einer heimtückischen Erkrankung den Polizeidienst quittieren musste.

»Das kommt dich aber teuer zu stehen.« Grundler lenkte das Gespräch langsam auf das Thema Honorar. Umsonst würde er nur arbeiten, wenn statt des Honorars eine üppige Spende für die Afrika-Stiftung seiner Partnerin Sabine heraussprang. »Sonst läuft gar nichts, mein Freund.«

Böhnke schmunzelte. Im Prinzip hatte Grundler schon eingewilligt. »Die Höhe deines Honorars hängt davon ab, wie sich in Belgien der Tageszins für 500.000 Euro entwickelt.«

»Hört sich nach viel an, ist aber wahrscheinlich wenig. Also, was gibt's zu tun?«

Es war schon erstaunlich, wie wenig ein eigentlich gebildeter, intelligenter, promovierter Volljurist und Rechtsanwalt wusste, stellte Böhnke zu seinem Erstaunen fest. Grundler kannte weder Walter Frosch, was noch erklärbar war, da in der Zeitung nur die Initialen standen, noch hatte er etwas vom Toten im Venn und von dem herrenlosen und später abgefackelten Fahrzeug an der Schnellstraße gehört.

»Was interessiert uns in der großartigsten Kaiserstadt, was sich da draußen im Sibirien des Westens abspielt?«, kommentierte er Böhnkes Verwunderung salopp. »Wir haben es hier in Aachen mit existenziellen Dingen zu tun wie etwa der Baustopp in der Innenstadt, weil man mal wieder eine römische Therme gefunden hat, oder der vergebliche Kampf um den Erhalt unserer maroden Alemannia und die Finanzierung des teuren Fußballtempels in der Soers. Davon hast du doch bestimmt gehört, oder?«

Böhnke musste verneinen und kannte bereits die Bemerkung von Grundler, bevor dieser sie ausgesprochen hatte.

»Es ist schon erstaunlich, wie wenig ein eigentlich gebildeter, intelligenter und in vielen Dienstjahren geschulter Kriminalhauptkommissar vom Geschehen in der einzig wahren Kaiserstadt und über die Vorkommnisse in seinem ehemaligen Dienstbereich weiß.« Grundler lachte vergnügt ins Telefon. »Aber jetzt zur Sache, bitte!«

Konzentriert hörte er dem Bericht zu und schwieg noch lange, als der Kommissar geendet hatte.

»Bist du überhaupt noch wach?«, fragte Böhnke verunsichert.

»Klar doch. Ich überlege nur, was ich dich fragen könnte. Aber du hast keine Lücken gelassen, du großer Meister der Kriminalistik.«

Böhnke hörte über die Flachserei hinweg. »Was wirst du tun, Tobias?«

Grundler lachte. »Meinen Terminplan für morgen über den Haufen werfen, ein paar Gespräche führen und am Mittag auf Kosten eines pensionierten Kommissars am Rursee im besten Restaurant von Rurberg in Gesellschaft eines mir persönlich noch nicht bekannten Mandanten zu Mittag essen.«

»Und ich soll dabei sein?«

»Das hast du alter Mann aber verdammt schnell erfasst.«

Böhnke nahm Grundlers Fahrdienst gerne in Anspruch, nachdem ihn Lieselotte am gestrigen Abend mit ihrem Wagen in Richtung Aachen verlassen hatte. Mit Grundler zu fahren, war allemal bequemer, als mit Bus und zu Fuß unterwegs zu sein.

»Wie komme ich eigentlich von hier nach Rurberg?«, fragte der Anwalt, als er Böhnke am späten Vormittag an der Kapellenstraße in Huppenbroich aufgeladen hatte.

Auf den ersten Blick wirkte der groß gewachsene Mann nicht gerade wie ein Rechtsanwalt. Außer bequemer Jeans und grauem Sweatshirt schien der blondhaarige Mann keine andere Kleidung zu kennen und zu tragen. Anzug, Hemd und Schlips waren an ihm so selten zu sehen wie ein Heiligabend an einem Freitag.

»Am besten durchs Tiefenbachtal nach Simmerath und dann am Ortsende rechts in Richtung Kesternich und an der Jugendherberge vorbei an den See. Glaub ich jedenfalls«, antwortete Böhnke und stellte die Gegenfrage: »Was hast du herausgefunden?«

»Soll ich es nicht besser in Froschs Gegenwart berichten, dann brauche ich nicht zweimal zu erzählen?«, hielt Grundler dagegen.

»Es ist besser, wenn ich vorher Bescheid weiß«, verneinte Böhnke. »Vielleicht ist es ratsam, ihm nicht alles zu sagen.«

»Wieso?« Grundler wandte den Blick von der Straße auf seinen Beifahrer.

»Der Frosch ist psychisch nicht unbedingt stabil. Eine Information, die ihn zu sehr belastet, könnte fatale Folgen haben. Dann springt er womöglich doch noch ins kalte Wasser.« Böhnke sah Grundler bittend an, verriet ihm aber nicht, dass dieser Ratschlag von Lieselotte stammte. Sie hatte ihn dazu gedrängt, Grundler darauf hinzuweisen. »Der bekommt nicht umsonst diese hammerharten Antidepressiva«, hatte sie als Frau vom Fach gesagt. Sie würde Frosch neue Medikamente besorgen. Die Tabletten, die sie in Froschs Badezimmer gefunden hatte, hatten sie wie die Kleidung dort gelassen, um keinen Verdacht zu erregen.

»Tja, ich glaube, da kommt einiges an Arbeit auf mich zu«, begann der Anwalt. Er hatte einen Bekannten bei der Staatsanwaltschaft angezapft, den er unlängst davor bewahrt hatte, den Falschen vors Strafgericht zu zerren, weil Grundler ihm den tatsächlichen Täter liefern konnte.

»Der Knabe steht ein wenig in meiner Schuld, würde ich sagen. Ich habe ihm eine Kurzfassung deiner Version erzählt, und er ist damit im eigenen Haus und bei der Kripo hausieren gegangen.«

»Wollte er denn nicht wissen, warum du die Informationen haben wolltest?«, fragte Böhnke dazwischen.

»Nein. Der wusste wohl, dass ich ihm ohnehin nicht die ganze Wahrheit gesagt hatte. Da hat er lieber erst gar nicht nachgehakt. Aber jetzt lenke mich bitte nicht länger ab. Von der Straße nicht und nicht von meinem Bericht.«

Es sehe nicht besonders gut aus für Frosch, erzählte der Anwalt. Die Polizei in Eupen, die die Kollegen in Aachen um Hilfe gebeten hatte, ginge inzwischen wohl davon aus, dass Frosch im Fall des Toten vom Venn eine wesentliche Rolle spielen könnte. »Aber sie sagen noch nicht, dass er derjenige ist, der den tödlichen Schuss abgegeben hat. Er soll wohl aus großer Entfernung abgefeuert worden sein. Dabei muss der Schütze zum einen eine Waffe mit einem Zielfernrohr verwendet haben und zum anderen muss er auch noch ein verdammt guter Schütze gewesen sein.«

»Könnte sich also um ein Jagdgewehr handeln, oder so.«

»Du sagst es zutreffend, Commissario«, fiel ihm Grundler ins Wort: »Oder so.« Es gebe wohl Zeugen, die gesehen haben wollen, wie Frosch mit einer Reisetasche in der Hand durch den Wald gerannt ist. »Der Rest ist Spekulation. Es sollte eine Geldübergabe geben, Frosch hat den Erpresser niedergestreckt und die Waffe im Moor verschwinden lassen.«

»In der Tat reine Spekulation.« Böhnke kratzte sich hinter dem Ohr. Es fiel ihm schwer, sich Frosch als Scharfschützen vorzustellen.

»Eben. Und weil es reine Spekulation ist, wollte die Polizei wohl heute Frosch befragen. Aber der Vogel ist ausgeflogen und niemand weiß, wo er sich aufhält.«

»Und das ist gut so.« Erst vom Boulevard zum öffentlichen Schauobjekt gemacht, dann in den Fängen von Erpressern und jetzt noch als möglicher Mörder im Visier der Polizei. Da war der Schritt zum erneuten Selbstmordversuch nicht weit. Böhnke war froh, Lieselottes Ratschlag beherzigt zu haben.

»Ich meine, es ist besser, wenn du Frosch nichts von den Ermittlungen der Polizei gegen ihn sagst«, schlug er noch einmal vor und Grundler stimmte bereitwillig zu.

Die erste Begegnung mit seinem Mandanten hatte bei Grundler keinen besonders vorteilhaften Eindruck hinterlassen. Das gemeinsame Essen hätte man sich sparen können, meinte er. Es gab weder neue Informationen noch einen Gedankenaustausch, auch hielten sich Böhnke und Grundler bedeckt hinsichtlich ihrer Pläne. Das Mittagessen in einem überwiegend von Senioren gut besuchten Restaurant mit Seeblick barg stattdessen sogar noch einen Nachteil. Vielleicht hatte jemand sie beobachtet oder einen von ihnen erkannt. Der Termin war, wie Grundler sagte: »Für'n Eimer.«

»Der macht seinem Namen alle Ehre«, urteilte er wenig schmeichelhaft, als er Böhnke nach Huppenbroich zurückbrachte und dabei über die mühsame Lenkerei auf den kurvigen Straßen schimpfte. »Ich glaube, von dem können wir nicht viel Unterstützung erwarten. Der hängt da rum und lässt mit sich tun. Der Frosch ist froh, dass er lebt, und wir haben die Arbeit.«

»Und was tun wir nun?«

»Ganz einfach«, antwortete Grundler. »Wir wollen herausfinden, woher die 500.000 Euro stammen, wer die Erpresser sind und welche Rolle mein Mandant spielt.« Er grinste Böhnke an. »Und warum der ganze Zinnober?«

»Alles nur, weil ein abgetakelter, kranker Kriminalhauptkommissar im Unruhestand einen Selbstmörder an dessen Tat hindert und jetzt versucht, dessen Leben zu retten.«

»Genau so ist es, Commissario.«

Böhnke schwieg. Er wusste, dass Grundler immer das letzte Wort für sich behalten würde.

8.

Dem pensionierten Kommissar schwante Ungemach, als er nach seiner Rückkehr den an der Haustür in Augenhöhe angeklebten Notizzettel vorfand. Er solle am Abend zu Ohler kommen, wurde er handschriftlich gebeten. »Es ist dringend!«

Schon beim Aufbruch zu seinem allmorgendlichen Spaziergang hatte er geahnt, dass es Ärger geben könnte in Huppenbroich. Auf der Kapellenstraße waren ihm mehrere Lkw und Transporter aufgefallen, die schweres Baugerät mit sich trugen. Sein Fußmarsch zum Ende des Dorfes gab ihm die Gewissheit, dass ein Gartenbaubetrieb aus Köln mit Rodungsarbeiten auf dem von Fritz Schmitz geerbten Grundstück begonnen hatte. Die vom Blitz getroffene, frei stehende Buche war bereits von einem Schaufelradbagger aus dem Boden gerissen und von Arbeitern mittels Motorsägen in für den Häcksler passende Teile zerlegt worden. Das zerkleinerte Holz wurde gleich auf einen danebenstehenden Lastwagen geblasen.

Der Umfang der Gerätschaft und die Anzahl der Blaumänner, deren Zahl locker ausgereicht hätte, um zwei Fußballmannschaften samt Ersatzspieler auszustatten, gab ihm Anlass zur Besorgnis, dass es mit einfachen Gartenarbeiten auf dem nahezu unendlich großen Grundstück nicht getan war. Schmitz hatte augenscheinlich mehr vor mit der attraktiven Liegenschaft und seiner wunderbaren Aussicht auf die hügelige Eifellandschaft.

Böhnkes Besorgnis wurde zur Gewissheit, als er am späten Nachmittag noch einmal den Weg zum früheren Grundstück von Schmitze Billa einschlug. Als er das drastische Ergebnis der Bauarbeiten sah, war er sprachlos.

Das Gelände war leer, schlichtweg nackt und leer. Keine einzige Buche war übrig geblieben, die begrenzende Hecke war verschwunden. Brennesselinseln und Brombeerbüsche gehörten der Vergangenheit an. Lediglich die planierten Spuren der Gerätschaften ließen erkennen, dass hier gearbeitet worden war. Der freie Blick über die gerodete und geglättete Fläche verlor sich im Tal.

Als besondere Dreistigkeit empfand Böhnke das einfache, an einem Pfosten angenagelte, gelbe Plastikschild mit der Aufschrift: »Betreten des Grundstück verboten. Zuwiderhandlungen werden strafrechtlich verfolgt. Der Eigentümer.« Es fehlte nur noch der Zusatz: »Eltern haften für ihre Kinder.«

Der erste Eindruck, den Fritz Schmitz mit der radikalen Rodungsaktion hinterlassen hatte, war beileibe nicht dazu angetan, neue Freunde oder gar Freunde fürs Leben in Huppenbroich zu gewinnen. Die feindselige Stimmung gegen den Fremdling aus Köln spürte Böhnke sofort mit seinem Eintritt in die gut gefüllte Dorfkneipe. Auf dem kurzen Weg vom Hühnerstall, wie er seine Wohnung wegen ihrer Nachkriegsvergangenheit gerne schmunzelnd bezeichnete, zu Ohler, wie die Gaststätte Zur alten Post nur bei den Einheimischen hieß, hatte er sich gefragt, ob wohl der ominöse Fritz Schmitz als Erbe von Schmitze Billa identisch war mit dem dubiosen Fritz Schmitz alias Witze-Fritze, der ihm zur Karnevalszeit das Leben schwer gemacht hatte. Mit jenem Fritz Schmitz aus Köln verband er unangenehme Erinnerungen. Das konnte heiter werden, wenn es sich bei dem Erben tatsächlich um Witze-Fritze handeln sollte, dachte Böhnke zynisch. Da wären Mauschelei und Trickserei fast schon vorprogrammiert und Tote nicht auszuschließen. Aber wahrscheinlich gab es den Namen Fritz Schmitz in Köln so häufig wie Streifenhörnchen auf Fuerteventura, also in geradezu unüberschaubarer Zahl, redete sich Böhnke ein.

»Kommissar, was sagst du dazu?«, fragte ihn ein Altbauer, als er sich an den erweiterten Stammtisch gesellte, an dem etliche Männer saßen, zumeist älter als Böhnke. Der Zorn war ihnen ins Gesicht geschrieben. Die Antwort konnte eigentlich nur darin bestehen, dass er sich ihrer Empörung anschloss. Aber das wäre ein Handeln gegen sein Naturell gewesen.

Was sollte er sagen? Schmitz hatte gegen kein Gesetz verstoßen. Das Entfernen des Wildwuchses war sogar löblich, hatte sich doch schon ein Landwirt über das Herüberwuchern der Brennnesseln auf seine Kuhwiese beschwert.

Das Vergangene zu beklagen, brachte nichts, dachte sich Böhnke. Ein einmal gefällter Baum würde nie mehr wachsen, und weil Schmitz auch die Wurzel hatte ausfräsen lassen, würden sich keine neuen Triebe zeigen.

Der Schmitz habe sicherlich mit der Sanierung seines Grundstücks übertrieben, meinte der Kommissar wachsweich, vom zustimmenden Kopfnicken seiner Zuhörer begleitet. Aber man hätte es Schmitz nicht verbieten können, fuhr er nüchtern fort und bekam sofort die Reaktion seiner Zuhörer zu spüren.

Dem Kopfnicken war erbostes Stirnrunzeln gefolgt. Es gab unmissverständliche Regeln im Buchendorf. Daran hatte sich auch ein Externer zu halten, auch wenn diese Regeln nirgendwo aufgezeichnet waren. Wo kam man denn hin, wenn das nicht mehr galt, was seit Generationen gegolten hat, auch wenn es nicht schriftlich in einem Gesetz oder in keiner Vorschrift niedergelegt war! So wie es seit Menschengedenken erlaubt war, aus dem ehemaligen Pfarrgarten die Zwetschgen für den Eigenverzehr ungefragt zu pflücken, so war es auch eherne Regel, für jede gefällte Buche, ob Baum oder Hecke, durch eine Neupflanzung Ersatz zu schaffen. Daran gab es nichts zu rütteln.

Und was hatte dieser Schmitz gemacht? Er hatte ratzekahl alle Buchen entfernen lassen. Ob er neue pflanzen würde?

Böhnke hatte die erregten Gemüter diskutieren lassen. Das Schwelgen im Vergangenen brachte doch nichts; allenfalls der Wirtin Umsatz, die reichlich Els und Gerstensaft an den Stammtisch lieferte und die Bierdeckel mit zahlreichen Strichen versah.

Was hatte der Kerl aus Köln vor? Das war die alles entscheidende Frage.

Er könne sich vorstellen, dass Schmitz das Gelände in der ortstypischen Art neu umzäunen werde, wagte Böhnke einen optimistischen Blick in die Zukunft. »Der wird bestimmt morgen neue Buchen setzen lassen«, sagte er.

»Meinst du wirklich?« Diese Frage war mehr von Ungläubigkeit als von Unsicherheit geprägt.

»Ich gehe davon aus. Alles andere ergibt doch gar keinen Sinn.«

Aber konnte man Sinnvolles von jemandem erwarten, der mitten in der Natur ein »Betreten verboten«-Schild in den Eifelboden rammte? Und der eventuell der ominöse, kompromisslose Witze-Fritze war?

Böhnkes zur Schau gestellte Zuversicht fand keine Zustimmung beim zweifelnden Stammtisch.

Wenige Minuten später war aus dem Bedenken alles übertünchende Empörung geworden.

»Der will dort einen Swinger-Club bauen!«, trompetete ein neuer Stammtischler in die Runde. »Ich weiß es von meinem Sohn. Der Schmitz hat einen Bauantrag gestellt, der von meinem Sohn bei der Städteregion Aachen bearbeitet wird. Er soll die Baugenehmigung erteilen.«

»Quasi ein Sauna-Club mit viel Verkehr«, so lautete schließlich die Umschreibung, auf die sich der Stammtisch auf Vorschlag eines jüngeren, eingeheirateten Aacheners einigte. Das Wort »Swinger« wollte niemand mehr in den Mund nehmen. Und ein Sauna-Club war allemal jenseits der normalbürgerlichen Vorstellungskraft angesiedelt und deshalb verwerflich.

»Dein Sohn wird den Antrag ja wohl ablehnen!« Feststellung und nicht Frage war die Bemerkung eines ehrenwerten Mitglieds der Huppenbroicher Bürgerschaft.

»Bestimmt. Das habe ich dem sofort befohlen, als er mir von der Bauabsicht berichtete.«

Dann war ja alles gut. Zufrieden griff die Stammtischbesatzung zum Bierglas.

Böhnke hielt sich tunlich mit einer Bemerkung zurück. So einfach lag die Sache nicht. Im Prinzip musste von einer Behörde ein Bauantrag genehmigt werden, es sei denn, der Antrag verstieß gegen das Baurecht. Und dann war immer noch eine mit Auflagen verbundene Baugenehmigung möglich. Aber eine Ablehnung, nur weil es der Nachbarschaft nicht passte, war nicht rechtens. Er hatte erst vor ein paar Tagen noch mit Grundler darüber diskutiert, als es um eine Vergrößerung von Lieselottes Apotheke ging, die den Nachbarn aus optischen Gründen nicht gefiel.

Auch wenn es wenig erfolgversprechend sein würde, würde Böhnke als Einwohner von Huppenbroich seinen Widerspruch in dem Genehmigungsverfahren äußern. Seine Stammtischkumpanen brauchten von dieser Absicht noch nichts zu wissen. Schließlich ging es ihm im Prinzip zunächst darum, sich selbst einen Einblick in die Planungsunterlagen zu verschaffen. Wer wusste schon genau, was der Beamte seinem Vater tatsächlich gesagt hatte und was der Vater verstanden hatte. Vielleicht entpuppte sich der vermeintliche Swinger-Club in Wirklichkeit als Swimming-Pool.

»Was ist, Commissario? Worüber denkst du nach?« Seine Schweigsamkeit fiel auf.

Böhnke winkte ab und vermied eine Antwort. »Ich bin müde und muss ins Bett.«

9.

Böhnke tätigte als Erstes einen morgendlichen Kontrollanruf. Erleichtert stellte er fest, dass Frosch sich offensichtlich an die Ratschläge gehalten hatte, wie er beteuerte. Er sollte sich wie ein allein reisender Tourist verhalten, sich nicht in seiner Wohnung verstecken, aber auch nicht auffällig werden oder unangenehm auftreten, so war es ihm von Grundler und Böhnke empfohlen worden und so hatte er sich verhalten.

In einem Café habe er gefrühstückt, berichtete Frosch, gestern Abend habe er in einer Imbissbude gegessen und danach richtig gut geschlafen. Für den Tag hatte er sich einen Spaziergang nach Einruhr vorgenommen und außerdem eine Schifffahrt über den Obersee bis zur Staumauer der Urfttalsperre. Er habe bisher nichts Besonderes bemerkt und er sei auch nicht merkwürdig beäugt worden, so Frosch.

»Was meinen Sie? Wie lange muss ich hier bleiben?«, fragte er.

Böhnke konnte ihm keine Frist nennen. Woher auch. »Wie lange haben Sie denn die Ferienwohnung gebucht?«

»Zunächst für 14 Tage mit einer Möglichkeit, um zwei weitere Wochen zu verlängern.« Die Wirtin sei sehr nett und zurückhaltend.

»Dann genießen Sie Ihren Urlaub. Ich werde mich bemühen, dass er nicht zu lange dauert.«

Böhnke beendete das Telefonat, bevor Frosch auf die Idee kommen konnte, ihn zu fragen, worin die Bemühungen bestanden. Einen konkreten Plan hatte er nicht, was ihn aber nicht sonderlich störte. Er würde ein wenig in Froschs Vergangenheit herumstöbern und hoffentlich bald auf einen Hebel stoßen, mit dem er der Lösung näher kam.

Anschließend machte er sich auf den Weg in die Domstadt. Grundler hatte ihm lediglich mitgeteilt, er habe etwas für ihn, was er in der Kanzlei abholen könnte. Die Aufforderung reichte Böhnke, dem Anwalt einen Besuch abzustatten.

Sein Freund würde ihn nicht grundlos nach Aachen kommen lassen. Böhnke schmunzelte in sich hinein, als er in dem Linienbus saß, der ihn von Simmerath nach Aachen brachte. Wenn Grundler Arbeit für ihn hatte, dann würde er im Gegenzug Arbeit für den Anwalt haben. Er rekapitulierte für sich die Fakten, die er hatte. Viele waren es zugegebenermaßen nicht. Frosch hatte einen aufgebrochenen Tresor gefunden, in dem sich in einem separaten, verschlossenen Fach 500.000 Euro befanden. Offenbar war von der Polizei kein krimineller Hintergrund zu ermitteln gewesen. Nachdem der Eigentümer nicht festgestellt werden konnte und er sich auch nicht gemeldet hatte, hatte Frosch das Geld bekommen.

Seitdem machten Unbekannte Jagd auf ihn. Bei einer gescheiterten Geldübergabe war ein Erpresser erschossen worden.

Diese Fakten ließen interessante Konstellationen zu.

Aber es war viel zu früh, sich auf eine festzulegen. Spekulieren konnten andere, er würde sich an die belegbaren und beweisbaren Fakten halten, so wie er es während seiner Dienstzeit immer getan hatte. Damit war Böhnke am besten gefahren.

»Dann kannst du ja heute weitere Indizien sammeln, mein Freund«, sagte Grundler einladend. Der Anwalt hatte sich nach seiner beruflichen Auszeit nach dem Ausscheiden aus der großen Kanzlei seines Freunden und Kompagnons Dr. Dieter Schulz am Theaterplatz niedergelassen, in Räumen, die ihm sowohl als Büro als auch als private Unterkunft dienten. Weniger sei mehr, so hatte er seinen Verzicht auf eine repräsentative Kanzlei begründet. Ihm reiche es, wenn er über die Runden komme, er brauche kein Vermögen. Und so könne er sich den Luxus leisten, sich nur mit Fällen zu beschäftigen, die ihn interessierten. Grundlers Bescheidenheit zeigte sich in seiner Kleidung, die wahrscheinlich auch bewusst einen falschen Eindruck erwecken sollte. Er wollte unterschätzt werden. Ihn störte es weniger, wenn er in Jeans und Sweatshirt herumlief.

»Du siehst in deinem ewigen Flanellhemd und der abgetragenen Jeans auch nicht wie der erfolgsreichste Mörderfänger aus, den es jemals in unserem Städtchen gegeben hat«, entgegnete Grundler unaufgeregt, als er von Böhnke einmal auf das Getuschel hinter seinem Rücken angesprochen worden war. Niemand sollte sich vom äußeren Erscheinungsbild täuschen lassen und wer sich dennoch täuschen ließ, der merkte früh genug, welche Qualitäten in Grundler steckten.

»Wir beiden Antialkoholiker und Nichtraucher sorgen für Recht und Ordnung in unserer Umgebung. Und was andere dazu sagen, soll uns scheißegal sein.«

Nicht egal war Böhnke das belanglose Geplänkel in Grundlers Büro. Er hatte auf den Anwalt warten müssen, weil der noch einen wichtigen Besuch bei der Staatsanwaltschaft zu erledigen hatte, wie seine Sekretärin und Lebensgefährtin Sabine ihm erklärte.

Böhnke hatte geduldig gewartet, aber verspürte nun keine Lust, sich in Nebensächlichkeiten zu ergehen.

»Was hast du für mich, Tobias?«

»Unterlagen, die ich von meinen Freunden von der Anklagebank als Anwalt von Frosch erhalten habe. War zwar nicht erforderlich, sie mir rauszurücken, aber manchmal bekomme ich mehr, als ich brauche.« Er grinste schelmisch. »Meine Freunde wissen, dass ich nichts Unredliches tue.«

»Und dann haben dir die Jungs die Unterlagen so ganz einfach herausgerückt?«

»Nein, sie haben sie mir auf einem Stick abgespeichert. Sabine ist gerade dabei, sie auszudrucken.«

»Und worum handelt es sich?«

»Commissario, bevor ich dir etwas Falsches sage oder dir zu viel verspreche, warte doch ab, bis du die Papiere hast.«

»Na gut«, knurrte Böhnke. Er konnte Grundler nicht böse sein. »Aber wenn du mich mit Lesearbeit überhäufst, musst du etwas für mich erledigen, für das ich dann keine Zeit mehr habe. Ich habe einen Auftrag für dich.«

»Wer bezahlt?«

»Niemand, denn du machst es ja für mich. Quasi ein reiner Freundschaftsdienst.«

»Und was?« Grundler runzelte die Stirn und rieb sich die blauen Augen. Es war gegen seine Gepflogenheiten, kostenlos tätig zu werden. Aber wenn's sein musste, würde er bei Böhnke eine Ausnahme machen. »Was soll ich erledigen?«

In kurzen, knappen Sätzen unter Weglassen jeglicher Gefühlsausbrüche seiner Stammtischler schilderte Böhnke die Geschehnisse um das von Schmitze Billa vererbte Grundstück.

»Du sollst in meinem Namen bei der Städteregion Widerspruch gegen eine mögliche Baugenehmigung einlegen und Akteneinsicht nehmen«, sagte er.

»Wenn's weiter nichts ist, Commissario.« Grundler lehnte sich lässig in seinem Schreibtischsessel zurück. »Das habe ich spätestens heute Abend erledigt. Ich gebe dir sofort Bescheid.« Er stockte, als die Bürotür geöffnet wurde und Sabine, eine schlanke, langhaarige Blondine eintrat.

Sie war nicht nur eine Augenweide, sondern auch seine rechte Hand, ohne die er längst schon mit seinem Leben abgeschlossen hätte. Für sie würde Grundler alles tun, das hatte er als Erfahrung und Erkenntnis mitgenommen, nachdem sie ihn verlassen und allein gelassen hatte. Aber das war einmal und galt nicht mehr.

»Ich habe Ihnen die Sachen ausgedruckt.« Sabine reichte Böhnke freundlich lächelnd einen Aktenordner. »Das sind weit mehr als 100 Seiten.«

Nach einem kurzen Abstecher in der Apotheke, bei dem Lieselotte wegen der zahlreichen Kundschaft keine Zeit für ihn hatte, machte sich Böhnke wieder auf die langwierige Busfahrt in die Eifel. Das Ruckeln während der Fahrt, das ständige Gewusel der Mitfahrenden und das unentwegte Anhalten an jedem Wartehäuschen ließen ihn schnell an einer konzentrierten Lektüre verzweifeln. Es hatte keinen Zweck, er würde erst zu Hause zum Lesen kommen.

Nach dem Fußmarsch von der Haltestelle in Simmerath durch das Tiefenbachtal nach Huppenbroich verspürte Böhnke wenig Lust, noch weiter bis zum anderen Ortsende zu laufen, um sich dort über den Stand der gartenbaulichen Arbeiten am Grundstück von Schmitz zu informieren. Offensichtlich hatte es tagsüber auch keine wesentlichen Veränderungen gegeben, anderenfalls wäre er garantiert wieder per Zettel zu einem Sondertreffen des Stammtischs eingeladen worden.

Nach einem kleinen Snack anstatt eines Abendessens, bestehend aus Ölsardinen aus der Büchse und Schwarzbrot, machte er es sich auf der Couch bequem, ließ sich vom WDR-Lokalstudio Aachen in den Nachrichten bestätigen, dass nichts in der Region passiert war, und vertiefte sich danach konzentriert in die von Grundler beschafften Unterlagen.

Die Papiere waren chronologisch geordnet, beginnend mit dem außergewöhnlichen Fund von Frosch und den Ermittlungen nach der Herkunft und dem Eigentümer des Tresors. Bei dem Sicherheitsschrank handelte es sich um einen fast mannshohen Gegenstand aus Stahl, rund eine Tonne schwer und damit nicht leicht zu transportieren. Der Tresor stammte aus einer französischen Produktion und war über zehn Jahre alt. Das genaue Alter war nicht festzustellen, da der Hersteller aus Valenciennes schon vor acht Jahren in Konkurs gegangen war und es keine Firmenunterlagen mehr gab. Als gesichert galt lediglich, dass der massive Stahlschrank damals nach Belgien geliefert worden war. Wer ihn wo aufgestellt hatte, blieb im Dunkeln.

Der Tresor musste mit schwerem Gerät, vermutlich mit einem Kranwagen und einem Lastwagen befördert und zum Fundort gebracht worden sein. Er hatte schon mehrere Wochen zwischen den Betonhöckern gelegen, sodass auf dem daneben liegenden Feldweg alle Spuren durch das Wetter und andere landwirtschaftliche Fahrzeuge vernichtet worden waren.

An dem Tresor waren Hinweise gefunden worden, die die Ermittler zu der Vermutung veranlassten, er sei gewaltsam aus einem Haus entfernt worden. Als Beleg galten Fotografien, die Schleifspuren an den Seitenwänden und eine Delle zeigten. Mit Gewalt war die Tresortür geöffnet und mit einer Schleifhexe war die Verriegelungen durchtrennt worden. Das gewaltsame Aufbrechen hätte auf einen Raub schließen können, wenn es eine entsprechende Anzeige gegeben hätte oder wenn ein Raub aktenkundig geworden wäre, was aber nicht der Fall war.

Was sich sonst in dem Tresor befunden hatte, war nicht mehr zu ermitteln. Auch hier hatte das nasskalte Wetter mögliche Spuren beseitigt.

Vor einem Rätsel stellte die Polizisten das verschlossene, unberührte Fach in der oberen, rechten Ecke, in dem sie die 500.000 Euro fanden. Es handelte sich um Geldscheine aller Größenordnungen und aus allen Ländern der europäischen Währungsgemeinschaft. Warum die Tresoröffner das Fach nicht geknackt hatten, war ebenso rätselhaft wie die Frage nach dem Eigentümer. Es konnte noch nicht einmal ausgeschlossen werden, dass der Eigentümer selbst den Tresor im Westwall abgelegt hatte. Oder hatte er vielleicht sogar absichtlich das Geld nicht mitgenommen? Wer weiß, was in wirren Köpfen so alles vorgeht?

Verwertbare Fingerabdrücke gab es ebenso wenig wie andere Hinweise. Die internationale Suche unter Mithilfe der belgischen, niederländischen, französischen und luxemburgischen Kollegen blieb ergebnislos. Die Aufrufe in Tageszeitungen in allen vier Ländern waren nicht von Erfolg gekrönt.

Böhnke konnte sich nicht an einen derartigen Artikel erinnern, offenbar hatte er ihn auf der Regionalseite seiner Zeitung übersehen. Nach dem Aufruf hatte es zwar einige Reaktionen gegeben, aber es hatte sich dabei um Mitmenschen gehandelt, die glaubten, auf die schnelle Masche an Geld zu kommen. Der tatsächliche Eigentümer des Tresors und des Geldes meldete sich hingegen nicht bei der Staatsanwaltschaft.

Interessant fand Böhnke den Hinweis über einen Journalisten, der gerne eine größere Geschichte über den merkwürdigen Fund gemacht hätte. Er hatte sich vertrösten lassen mit der Zusage, die Informationen exklusiv nach Aufklärung des Falles zu erhalten. Eine Berichterstattung vor Abschluss der Ermittlungen könne den Erfolg beeinträchtigen oder gar verhindern. Solche Vereinbarungen waren zwar nicht üblich, aber auch nicht selten. Vornehmlich bei Entführungen mit nachfolgenden Erpressungen ließen sich Journalisten oft auf ein freiwilliges Schweigen ein. Aber bei einem mysteriösen Tresorfund?

Einige Fragen hatte ein Polizist zum Abschluss handschriftlich festgehalten: Wer sind die Räuber? Gibt es überhaupt Räuber? Wer ist der Eigentümer? Wie kam der Tresor zum Fundort? Gab es überhaupt ein Verbrechen? Räuber, die zu blöd gewesen waren, ein Tresorfach zu öffnen?

Es waren wichtige Fragen, bestätigte Böhnke für sich, aber es waren nicht alle.

An Froschs Glaubwürdigkeit bezüglich des Fundes hegten die Polizisten keine Zweifel. Was er ihnen berichtet hatte, war in sich schlüssig. Auch nach mehrmaliger Anhörung traten in der Schilderung des Geschehens keine Widersprüche auf. Er hatte den Tresor zufällig gefunden. Er hatte just an dieser Stelle des Westwalls den Feldweg verlassen und war zwischen den Betonhöckern umher gestolpert, weil sich dort irgendwo sein frei laufender Hund aufhielt. Obwohl nur wenige Meter vom Weg entfernt, war der Tresor lange Zeit unentdeckt geblieben, vielleicht wegen des schlechten Wetters, bei dem niemand zu Fuß unterwegs gewesen war.

Da die Suche nach dem Eigentümer erfolglos geblieben war und die Ermittlungen wegen Raub eingestellt wurden, weil auch nicht auszuschließen war, dass der Eigentümer selbst den Tresor zum Fundort gebracht hatte, erhielt Frosch schließlich nach Jahresfrist das Geld. In einem Zusatz wurde angemerkt, es sei nicht erkennbar, dass seitens der Behörden Informationen über Frosch an die Öffentlichkeit gelangt seien.

Deutlicher konnte nach Böhnkes Auffassung das Polizeipräsidium nicht zum Ausdruck bringen, dass in seinen Reihen eine Plaudertasche saß, die den Boulevard mit Informationen belieferte. Für Böhnke war die Anmerkung reiner Selbstschutz der Behörde.

Auf seinen ungewöhnlichen Wunsch hin wurde Frosch das Geld in bar überreicht. Was er damit getan hatte, war nicht bekannt. Die Ermittler konnten allenfalls vermuten, dass Frosch die halbe Million nicht bei einem Geldinstitut in Deutschland oder in den Benelux-Ländern angelegt hatte.

Die erste von Frosch gemeldete Erpresserforderung tat die Polizei noch als dummen Scherz ab, den sich Frosch selbst zuzuschreiben hatte, weil er die Berichterstattung des Boulevards über ihn ermöglicht hätte. Erst mit der Zunahme der verbrecherischen Forderungen und nach der ersten Drohgebärde schenkte die Polizei Frosch etwas mehr Aufmerksamkeit, befasste sich aber wieder mit anderen Fällen, als keine weiteren Aktionen folgten.

Böhnke wunderte sich nicht nur darüber, dass es keine Kopien der Erpresserbriefe gab, sondern auch, dass der letzte Erpressungsversuch, der im Venn tödlich endete, in den Unterlagen fehlte. Offensichtlich hatte Frosch den gar nicht gemeldet.

Er spürte, dass seine Konzentration nachließ. Er legte den Aktenordner beiseite.

Morgen war auch noch ein Tag, dachte er sich gähnend. Dann würde er vielleicht endlich zur längst überfälligen Lektüre der Papiere aus Froschs Wohnung kommen.

Das morgendliche Telefonat mit Frosch bestätigte ihn in seinem gemächlichen Vorgehen.

»Alles im grünen Bereich«, versicherte der Zwangsurlauber. Böhnke brauche sich seinetwegen keine Sorgen zu machen.

Mehr Sorgen bereitete dem pensionierten Kommissar eine andere Entwicklung, die sich fast vor seiner Haustür zutrug. Seit dem Morgen rollten mit Pflanzen beladene Laster über die Straßen von Huppenbroich. Ihr Ziel war eindeutig das Grundstück von Schmitz. Er würde es einfrieden wollen, bevor er es bebaute, vermutete Böhnke zu dessen Gunsten.

Er hatte einen anderen Weg eingeschlagen, der ihn bei seinem Spaziergang ans andere Ende von Huppenbroich brachte. So neugierig war er nun auch nicht, um zu wissen, was genau auf dem Gelände von Schmitz passierte.

Der neuerliche Blick in den Aktenordner ermunterte ihn sofort zu seinem nächsten Schritt. Er griff nach dem braunen Umschlag, in dem Frosch die Erpresserschreiben gesammelt hatte.

In der Tat war der erste Brief sehr einfach geschrieben, wenn nicht sogar stümperhaft. Böhnke konnte die Trittfahrer-Version der Polizei nachvollziehen. »Geld raus, sonst bist du platt.« Dieses Schreiben konnte nicht ernst gemeint sein. Die anderen Briefe waren von einem anderen Kaliber mit deutlichen Drohungen und klaren Forderungen. Wenn Frosch nicht zahlte, dann musste er leiden.

Nach dem letzten Brief und der Ankündigung, seinem Enkel würde geschadet, wenn er die Polizei informiert und nicht das Geld herausrückt, war der Leidensdruck für Frosch zu groß geworden. Er hatte sich gefügt und den Anweisungen Folge geleistet, bis es den unerwarteten Ausgang gab.

Aber nicht nur wegen des Inhalts waren die Briefe anders. Am auffälligsten war der Umstand, dass bis auf den ersten alle weiteren Drohungen in Belgien aufgegeben worden waren, was aufgrund der Grenznähe aber auch ein Ablenkungsmanöver sein konnte.

Es lagen mehrere unterschiedliche Schriftarten und Schriftgrößen vor, und es wurde unterschiedliches Papier verwendet. Auf den ersten Blick konnte man den Eindruck gewinnen, es gebe drei Erpresser, die unabhängig voneinander Frosch ins Fadenkreuz genommen hatten. Aber das konnte auch ein Verwirrspiel des Täters gewesen sein.

Er würde sich, um auf Nummer sicher zu gehen, alle Optionen offenhalten, beschloss Böhnke.

Mit Unverständnis stellte er fest, dass es in den polizeilichen Unterlagen über Froschs Tresorfund keinerlei Hinweise auf die Erpressungsversuche gab, obwohl augenscheinlich ein ursächlicher Zusammenhang bestand. Es konnte nicht sein, dass die ehemaligen Kollegen derart stümperhaft agiert hatten. Für das Fehlen musste es andere Gründe geben.

Frosch konnte ihm möglicherweise helfen. Vielleicht fiel dem Mann eine Kleinigkeit ein, die Klarheit über die Erpresserbriefe brachte. Es interessierte Böhnke schon, ob die Polizei mit Frosch über die Unterschiede gesprochen hatte.

Sein Anruf blieb ohne Reaktion. Frosch war wohl unterwegs und befand sich in einem der nicht gerade seltenen Funklöcher, vermutete Böhnke. Er entschloss sich, den Mann in Rurberg zu besuchen und hatte das Glück, in letzter Minute noch den Linienbus bis nach Simmerath zu erreichen.

Im Bus erhielt er einen Anruf von Grundler, erkennbar auch für alle anderen Mitfahrer an dem Radetzkymarsch als Klingelton.

»Vielen Dank für diesen Aufmerksamkeitserfolg«, schimpfte der Pensionär, der sich über sich selbst ärgerte, statt einer Brgüßung.

»Hast du wieder deine Umgebung mit Marschmusik unterhalten?«, lachte der Anwalt. »Was kann ich für deinen abstrusen Musikgeschmack? Und woher soll ich wissen, wo du dich herumtreibst?«

»Auf dem Weg zu Frosch nach Einruhr«, informierte Böhnke kurz angebunden. »Was willst du?«

»Meine Gegenleistung für dein Nichthonorar liefern. Ich habe mir den Bauantrag von Schmitz vorgenommen und muss dir sagen, es ist alles in Ordnung. Der Architekt von Schmitz reizt zwar das Baurecht und die Bebauungsmöglichkeiten des Grundstücks bis auf den letzten Quadratmillimeter aus, aber er verstößt gegen keine einzige Vorschrift.«

»Und was ist mit dem Swinger- oder Sauna-Club?«

»Alles Blödsinn. Schmitz hat den Bau eines Einfamilienhauses mit Sauna und Swimmingpool im Keller beantragt. Das Haus ist zwar nicht gerade klein, aber nicht groß genug für andere Nutzungen außerhalb einer Wohnnutzung. Du kannst deine Stammtischfreunde beruhigen. Selbstverständlich bleibe ich für dich am Ball und sage dir sofort Bescheid, wenn es etwas Neues gibt. Die Baugenehmigung wird wohl noch in dieser Woche erteilt und abgeschickt.«

»Muss sich denn der Schmitz an nichts halten?« Böhnke blieb skeptisch.

»Doch, an die ortsübliche Bauweise.«

»Und was ist das?«

»Gute Frage, keine Antwort. Aber ich kann mir nicht vorstellen, dass er euch in Huppenbroich mit einem Schwarzwaldstil beglücken will oder mit einem rosarot gestrichenen Betonkasten.«

Die Wohnungswirtin war offensichtlich ahnungslos. Frosch hätte nach dem Mittagessen das Haus verlassen, berichtete sie. Er wollte einen Spaziergang machen, hatte er ihr gesagt, und dann in einem Café einkehren. Seitdem habe sie nichts mehr von ihm gehört oder gesehen. Aber er sei ihr ja auch keine Rechenschaft schuldig, meinte sie zu Böhnke. Es käme häufiger vor, dass Feriengäste bei einem Ausflug länger fernblieben als ursprünglich geplant. Sie seien immerhin freie Menschen und nicht auf der Flucht. »Wir sind halt am schönen Rursee, da gibt es viel zu sehen, junger Mann.«

Mit dieser unergiebigen Auskunft machte sich Böhnke auf die Suche nach einer Konditorei, einem

Restaurationsbetrieb mit einem wunderschönen Blick auf den Rursee und auf die gegenüberliegende Seite, an der sich der Wald in die Höhe reckte.

Nein, hier sei kein einzelner Mann eingekehrt, sagte die stämmige Kellnerin bedauernd. Gern brachte sie Böhnke den Kaffee und seinen heiß geliebten gedeckten Apfel mit Schlagsahne. »Ein wenig größer als normal, es ist das letzte Stück«, meinte sie lächelnd.

Beim Genuss des leckeren Kuchens fiel sein Blick auf eine Schlagzeile in der Boulevardzeitung am leeren Nebentisch.

»Wo ist der Glückspilz? Abgetaucht? Opfer eines Verbrechens?« Froschs Verschwinden aus seinem Wohnhaus in Walheim war schneller herausgefunden und publik gemacht worden, als Böhnke gedacht hatte. Er langte nach dem herrenlosen Papier und schob seinen Kuchenteller an den Rand.

Spaziergängern sei ein am Rennweg abgestellter Wagen aufgefallen, schrieb das Blatt. Die Polizei hätte herausgefunden, dass er Frosch gehörte, der seine Wohnung beinahe fluchtartig mit dem Geld verlassen hätte. »Oder ist er entführt worden oder von Erpressern in den Hürtgenwald gelockt worden?«, fragte das Blatt mit den großen Buchstaben. »Oder will der Glückpilz nur ablenken? Was weiß die Polizei? Sie schweigt. Aus ermittlungstaktischen Gründen, sagt sie. Wer hat Frosch gesehen? Wo ist sein Geld? Lebt er noch oder liegt er tot im Wald?« Das Blatt stellte nur Fragen und überließ den Lesern die Spekulation. Böhnke fand diese journalistische Methode schäbig. Er stellte sich für ihn nur eine Frage: Woher wusste die Zeitung von Froschs Verschwinden? Aber darauf würde er natürlich keine Antwort erhalten.

Böhnke musste sich beeilen, um eine Busverbindung in Richtung Huppenbroich zu bekommen. Er würde wieder durchs Tiefenbachtal laufen und heute würde es nichts mehr werden mit einer Besichtigung des Baugrundstücks.

Wegen Frosch machte er sich keinen Kopf. Der Mann würde sicher aus den Eifelwäldern auftauchen und morgen mit ihm telefonieren. Im Gegensatz zur Boulevardzeitung wusste er, wo Frosch war. Aber er würde dessen Versteck nicht verraten.

Als er bei seiner Ankunft den handbeschriebenen Zettel an der Haustür vorfand, war ihm klar, dass er den Abend nicht auf der Couch im Hühnerstall, sondern auf einem Stuhl in der Gaststätte Zur Alten Post verbringen würde.

10.

Die Männer, die glaubten, seine Freunde zu sein, warteten bereits auf ihn am wieder erweiterten Stammtisch. Er selbst würde sie nicht als seine Freunde bezeichnen. Freundschaft verband Böhnke mit gewissen Werten wie Vertrauen, Ehrlichkeit und Offenheit. Und da war er im Laufe seines Lebens vorsichtig geworden. Seine Freundschaft musste man sich verdienen, so wie es Grundler getan hatte.

Dennoch ließ er sich zu der Frage hinreißen: »Was gibt's, meine Freunde?«

»Hast du nichts mitbekommen?«

»Blöde Frage. Hätte ich sonst gefragt?«

Der Fragesteller griff sich eingeschnappt sein Bierglas und nahm einen großen Schluck.

Böhnke spürte die aufgeheizte, aggressive Stimmung um sich herum. Das wütende Sprachgewirr drehte sich um ein einziges Thema: das Grundstück von Schmitz. Er unternahm einen zweiten Anlauf. »Also, was gibt's?«

»Thujas«, antwortete ein durchaus seriöser und vernünftiger Altbauer knapp, aber entrüstet. »Er pflanzt Thujas statt Buchen.«

Böhnke verstand sofort. Schmitz hatte die exotischen Lebensbäume herankarren lassen und umgrenzte damit seinen Bereich. Diese Art der für die Eifel untypischen

Grenzbepflanzung brachte die Stammtischler auf die Palme.

Thujas im Buchendorf Huppenbroich, das ging einfach nicht! Das war ein Stilbruch, ein Vergehen an der Natur, ein unakzeptables Verhalten eines Fremdlings. Huppenbroich war zu Recht stolz auf seine Buchen; die vielen Hecken, die vereinzelnd auf den Weiden stehenden Exemplare, die Wälder rund um den Ort. Alles nur Buchen oder fast nur Buchen, aber auf keinen Fall Exoten.

»Die haben hier nichts zu suchen. Wir sind hier in der Eifel«, hörte Böhnke eine schimpfende Stimme. Langsam kochte die Volksseele, stieg die Wut mit zunehmendem Alkoholgenuss.

»Und dann noch der Swinger-Club! Was sollen bloß die anderen von uns denken?«

»Der gehört hier nicht hin«, äußerte ein zweiter Zechkumpan die allgemeine Meinung, wobei offen blieb, ob Schmitz oder der angeblich geplante Swinger-Club gemeint war. Im Zweifel galt die Forderung für beide Möglichkeiten.

»Das mit dem Club, das stimmt nicht.« Böhnke war laut geworden, um das Stimmengewirr zu übertönen. »Das ist blanker Unsinn.« Sachlich schilderte er Grundlers Erkenntnisse, am Blick der Zuhörer ablesend, dass sie ihm nicht uneingeschränkt glaubten.

»Was will hier einer mit einer Sauna und einem Schwimmbad im Keller?«, wurde Böhnke gefragt.

Er musste eine Antwort schuldig bleiben, die den Fragesteller zufrieden gestimmt hätte. »Kann doch jeder in seinem Keller bauen, was er will.« Auch sein Hinweis, es gebe bereits in einigen Häusern in Huppenbroich eine Sauna, konnte nicht überzeugen.

»Das sind doch Leute aus dem Dorf«, rief jemand in die Runde und ein anderer ergänzte spitzzüngig: »Außerdem haben die keine Thujahecken ums Haus gepflanzt.«

»Leute, seid doch vernünftig«, mischte sich der Ortsvorsteher ein, den Böhnke als besonnenen, wenn auch bekennenden Huppenbroicher kannte. »Wenn der Kommissar die Auskunft aus der Verwaltung hat, dann stimmt sie auch. Gegen den Hausbau können wir nichts machen, denke ich mal.« Er schüttelte betrübt den Kopf.

Ob er daran dachte, dass so mancher Neubau nicht so richtig ins Ortsbild passte?

Böhnke stellte ihm diese Frage nicht. Aber etwas anderes fiel ihm ein, was nach einer Phase mit unpassenden Neubauten wieder stärker betont wurde: die ortstypische Bebauung. Vielleicht ließ sich auch die Thujahecke von Schmitz darunter fassen und so verhindern.

Doch winkte der Ortsvorsteher müde ab: »Habe ich auch schon dran gedacht. Aber eine Bepflanzung ist keine Bebauung. Wir hätten die ehemalige Hecke unter Schutz stellen müssen. Aber das hätte vielleicht auch nichts genützt, da Schmitze Billa die Buchen nicht gepflegt hat und die Hecke auf jeden Fall erneuert werden musste.«

Böhnke schloss sich ihm an, als er zahlte, um den Heimweg anzutreten. »Sag mal«, fragte er, »habt ihr das Haus von Schmitze Billa schon verkauft?«

»Nein. Aber es gibt mehrere Interessenten, einer aus Aachen und einer aus Köln. Die Namen darf ich dir nicht nennen. Aus Datenschutzgründen, wie du weißt.«

Böhnke gähnte ungeniert in die Nacht. Er hätte darauf wetten können, dass er die Namen in Kürze herausbekommen würde. »Schade, dass es keine Einheimischen sind«, bemerkte er. »Ich hoffe nur, der eine ist nicht Fritz Schmitz.«

Der Ortsvorsteher lachte schallend. »Das kann ich dir ruhigen Gewissens bestätigen, der ist es nicht.«

Böhnke war froh, endlich leicht torkelnd den umgebauten Hühnerstall erreicht zu haben, ein Bier oder ein Els war wohl zu viel oder schlecht gewesen für ihn, der eigentlich fast niemals Alkohol trank.

Das Display seines Telefons zeigte ihm zwei Anrufer an: Grundler und Lieselotte. Sie würden es am Morgen wieder versuchen, dachte er sich. Jetzt war es zu spät für einen Rückruf.

Er fiel schnell in einen unruhigen Schlaf und träumte von lärmenden Heckenscheren.

Er sei halt eine alte, versoffene Schnapsdrossel, lästerte Lieselotte keinesfalls mitfühlend, als er ihr von seinem Brummschädel erzählte, den er sich im Dienste der Wahrheitsfindung eingebrockt hatte und mit dem er in der Frühe von ihr aus den Federn gerissen worden war. Mitleid kannte sie nicht, sie hatte nur Mitleid mit ihren Huppenbroichern, denen langweilige Lebensbäume statt ortstypische Buchen vor die Nase gesetzt würden.

Böhnke beendete schnell das für ihn unergiebige Telefonat, als er erkannte, dass ein zweiter Anrufer anklopfte. Er hatte zwar lange gebraucht, bis er die moderne Telefontechnik kapiert hatte, aber jetzt hatte er sie durchschaut, was im Prinzip leichter gewesen war als das Übersetzen von Gebrauchsanweisungen in lesbares Deutsch; sein Hobby, das zu seinem Leidwesen immer mehr in den Hintergrund trat. Er hatte einfach keine Zeit dafür. Seine letzte große Tat war das Entschlüsseln eines geradezu kryptischen Einleitungssatz für den Gebrauch eines Eicherkochers: »Wenn on-Knopf nicht da, dann keine musik.« Seine Vermutung, der Hersteller oder Importeur habe die Gebrauchsanweisung vertauscht, traf nicht zu. Gemeint war statt Musik das brodelnde Geräusch von kochendem Wasser, wie er nach längerem Rätselraten herausgefunden hatte.

Vom TV-Tatort beeinflusst meldete er sich mit einem schmissigen »Ich höre!«.

»Wird ja auch langsam Zeit, mein Freund.« Grundler stöhnte auf. »Was treibst du die ganze Zeit? Der Baum brennt und du als mein Oberfeuerwehrmann bist nicht zu sprechen.«

»Hör auf zu knatschen. Was ist?«, knurrte Böhnke, der die Wut in Grundlers Stimmer sofort herausgehört hatte. Er vergaß seinen Brummschädel. Etwas musste dem Anwalt verdammt sauer aufgestoßen sein.

»Deine Freunde und Helfer aus dem Polizeipräsidium haben Frosch verhaftet. Gestern Nachmittag in Rurberg.«

»Warum?«

»Wegen Mordverdacht. Er soll den Mann im Venn erschossen haben.«

»Und was sagte er?«

»Falsche Frage«, entgegnete der Anwalt wütend. »Woher ich das weiß, solltest du mich fragen.«

»Also, woher weißt du es?«, hakte Böhnke ungehalten nach. Diese Entwicklung des Geschehens behagte ihm nicht.

»Gestern Abend, fast schon in der Nacht, ruft mich ein Arschloch von der Zeitung mit den großen Buchstaben an und will von mir eine Stellungnahme zur Verhaftung von Frosch. Ich sei doch als sein Verteidiger darüber informiert.«

»Und was hast du gesagt?«

»Nichts. Ich habe sofort aufgelegt und mir dann in der JVA bestätigen lassen, dass Frosch tatsächlich in Haft sitzt. Mehr habe ich bis jetzt nicht herausbekommen. Ich treffe ihn in einer Stunde. Willst du mit?«

»Bringt das was?«, fragte Böhnke zurück. Er hielt es für ausreichend, wenn Grundler in Aachen aktiv wurde. Mehr konnte er auch nicht für Frosch tun. »Ich fahre lieber nach Rurberg. Da gibt es wohl einiges für mich zu tun.«

»Und was?«

»Die Ferienwohnung von Frosch bezahlen, beispielsweise. Dahin kann er ja wohl unmöglich zurück, wenn du ihn rausholst, würde ich sagen.«

Er solle sich das Boulevardblatt besorgen, riet ihm Grundler, immer noch ungehalten. »Dann bist du wenigstens in der richtigen Stimmung, wenn du am See ankommst.«

»Glückspilz ein Mörder?« Die Größe der Buchstaben hob die Wirkung des Fragezeichens auf. In dem kleinen Kiosk neben der Bushaltestelle in Simmerath hatte sich Böhnke das Boulevardblättchen gekauft. Ob er sich nach der Lektüre des Berichts über die Festnahme von Frosch tatsächlich eine eigene Meinung bilden konnte, wagte er zu bezweifeln. Es war schwierig, aus der permanenten Ansammlung von Fragen und Vermutungen die belastbaren Fakten herauszufiltern, die für ihn von Belang waren.

Am frühen Abend war Frosch auf dem Weg zur Ferienwohnung festgenommen worden. Das Blatt sprach von einem »Unterschlupf« und einer »groß angelegten Polizeiaktion«, über deren Verlauf die Polizei Stillschweigen vereinbart habe. »Der unbewaffnete Mordverdächtige leistete keinen Widerstand!«, behauptete das Blatt, als seien seine Schreiberlinge dabei gewesen. Fragen zum Verbleib des Geldes blieben im Prinzip unbeantwortet. »Er hat es versteckt!« Auch fehle die Tatwaffe. »Hat er sie im Moor versenkt?« Ein Aachener Staranwalt habe die Verteidigung übernommen. »Er hüllt sich in Schweigen!« Heute werde Frosch dem Haftrichter vorgeführt. »Verschwindet ein Mörder für immer hinter Gittern?« Die Strafe für Mord sei lebenslänglich. Der Glückpilz würde zum Pechvogel. »Was nützt ihm das viele Geld?« Gesiebte Zellenluft statt Dauersonne im Süden. »Hat er sich so seine Zukunft vorgestellt?«

Der Bericht warf mehr Fragen auf, als er beantwortete. Aber das war Absicht, wie Böhnke aus seinem Umgang mit Pressevertretern wusste. Durch offene Fragen wurde der Leser zum Kauf des Blattes am nächsten Tag animiert. »Wir bleiben selbstverständlich für Sie am Ball«, verkündete der Artikel abschließend.

Das Blatt war das Geld nicht wert, das er dafür bezahlt hatte. Da war Böhnke seine Tageszeitung lieber, auch wenn er darin heute beim Frühstück nichts über die Verhaftung von Frosch gelesen hatte. Mit wachsendem Interesse hatte er stattdessen einen Bericht im Eifeler Lokalteil gelesen über den bedrohlichen und besorgniserregenden Rückgang der arbeitsintensiven Buchenhecken in der Nordeifel und über Überlegungen seitens der Städteregion Aachen, finanzielle Anreize zur Anpflanzung und zur Pflege von Buchenhecken zu gewähren.

So einfach, wie Böhnke es sich gedacht hatte, war es nicht, Froschs Ferienwohnung zu betreten. Die Wirtin verweigerte ihm zunächst den Zutritt mit dem Hinweis, die Polizei hätte ihr untersagt, die Wohnung in der nächsten Zeit weiterzuvermieten. Man würde darin noch Spurensuche betreiben müssen. Erst als Böhnke sie mit Geld köderte und ihr anbot, ihr für vier Wochen die Miete vorab bar auf die Hand und ohne Quittung zu zahlen, gewährte sie ihm den Einblick.

Er war ernüchternd. Das Zimmer machte einen unbewohnten Eindruck.

Immer noch pikiert, dass sich Frosch, ein möglicher Mörder, unter falschem Namen bei ihr eingenistet hatte, berichtete die Wirtin, dass er in Anwesenheit der Polizei seine Siebensachen eingepackt habe und wortlos mitgegangen sei.

»Haben Sie den Polizisten etwas von mir gesagt?«

Die Zimmervermieterin nickte. »Selbstverständlich. Aber ich weiß ja noch nicht einmal Ihren Namen.« Sie wirkte nicht verunsichert. Freundlich grüßte sie ein Rentnerehepaar, das aus einer Wohnungstür ins Treppenhaus trat.

»Haben Sie einen Moment Zeit? Ich muss mit Ihnen etwas besprechen«, rief sie dem Paar zu, und verschloss energisch die Tür zu Froschs Wohnung. »Es ist wohl besser, wenn Sie selbst zur Polizei gehen«, riet sie Böhnke und ließ ihn stehen.

Erst als er sich umblickte, erkannte Böhnke die unscheinbaren, kleinen Kameras an der Decke in den Fluren. Seine Kollegen würden ihn auf den Videobändern erkennen und bestimmt einige Fragen an ihn haben.

»Sie kennen mich?«, fragte Böhnke den Streifenpolizisten auf dem Beifahrersitz, der auf sein Klopfen verwundert die Seitenscheibe seines Dienstfahrzeuges heruntergekurbelt hatte. Der Pensionär hatte den Wagen auf dem Parkstreifen am See in der Nähe des Stegs der Weißen Flotte gesehen und war sofort darauf zugesteuert. Schnell Klarheit zu schaffen, schien ihm sinnvoller, als darauf zu warten, bis die Kollegen auf ihn zukamen.

»Nein«, antwortete der junge Beamte gelassen, nachdem er Böhnke intensiv gemustert hatte. »Muss ich etwa?« Er hielt Böhnke wohl für einen gelangweilten Rentner, der ungeniert Polizisten ansprach, um wenigstens mit irgendeinem Menschen ins Gespräch zu kommen.

»Nicht unbedingt müssen, aber vielleicht können.« Böhnke lächelte gewinnend.

Der Fahrer, der sich kurz über den Beifahrersitz gebeugt hatte, war ausgestiegen und näherte sich ihm.

»Sie sind doch Kriminalhauptkommissar Böhnke, nicht wahr?« Der ältere, wahrscheinlich kurz vor der Pensionierung stehende Beamte reichte ihm freundlich die Hand. »Ich kenne Sie noch aus dem PP in Aachen. Krimmpich ist mein Name. Und es hat mich wie Sie in die schöne Eifel verschlagen. Wie geht es Ihnen?« Mit unverhohlener Sympathie strahlte er den Kommissar an.

Böhnke wollte sich nicht lange mit Floskeln aufhalten. Ob er mit ihm offen über Frosch sprechen könne, fragte er zielstrebig.

»Auf der Station«, schlug Krimmpich vor und öffnete die Tür hinter dem Fahrersitz. »Ich lade Sie hiermit zu einer Dienstfahrt und zu einer Tasse Kaffee ein.«

Der junge Kollege, den Krimmpich als Clischermann vorstellte, behielt auch nach der Vorstellung von Böhnke als ehemaligen Ermittler des PP Aachen seinen skeptischen Blick bei. Ihm schien es ein Verstoß gegen die Dienstvorschriften zu sein, wenn sie Böhnke zu einem quasi-privaten Besuch mit zur Polizeistation nahmen.

Böhnke spielte mit offenen Karten. Was blieb ihm auch übrig? Spätestens, wenn sich die Polizei die Videos aus der Pension ansah, würde er ihn erkennen.

»Ich habe Sie gewissermaßen davor bewahrt, wegen eines Selbstmordes an der Staumauer tätig zu werden«, sagte er.

»Überlaufbecken?« Krimmpich kannte die Gefahr und die Versuchung sowie das unappetitliche Suchen nach einer Leiche. Wäre er wohl nicht zuständig, meinte er lässig. Schwammenaul und die Staumauer gehöre zum Bereich der Polizeistation Heimbach, während ihre Basisstation Simmerath wäre. Aber er war durchaus im Bilde. »Frosch?«

Böhnke schmunzelte. Auf die alten Hasen war Verlass. »Wie kommen Sie darauf?«, fragte er auf dem Weg vom Parkplatz zum Büro des Bezirksdienstes in der Ginsterley.

»Ich habe eins und eins zusammengezählt.« Krimmpich wies Clischermann an, die Kaffeemaschine anzuwerfen.

»Frosch ist gestern zur Fahndung ausgeschrieben worden«, flüsterte er, nachdem sein Kollege in der Küche verschwunden war. »Bei einer Streifenfahrt haben wir ihn zufällig hier im Dorf gesehen. Die Kollegen der Kripo Aachen hatten beim Zugriff keine Probleme. Frosch war ahnungslos und hat keinen Widerstand geleistet.« Er sah Böhnke auffordernd an. »Damit war unsere Arbeit getan. Aber jetzt zu Ihnen, Herr Kommissar. Warum interessiert Sie die Geschichte?«

Nach der Bitte um Diskretion, wobei er nicht sicher sein konnte, ob Krimmpich sie erfüllen würde, schilderte Böhnke knapp sein Anliegen.

»Sie behaupten also, dass Frosch Selbstmord begehen wollte aus Verzweiflung und nicht, weil er einen Menschen getötet hat?«, fragte Krimmpich nachdenklich.

»Nein«, widersprach Böhnke. »Ich behaupte nicht, ich weiß, dass er keinen Menschen getötet hat. Frosch ist ein armes Schwein, der in eine verbrecherische Maschinerie hineingeraten ist und daran zu zerbrechen droht.« Und das ausgerechnet mit Hilfe der Polizei, dachte er für sich.

»Da kann ich ja wohl sagen, besser U-Haft als tot«, bemerkte Krimmpich lakonisch. »Bekommen Sie wenigstens was von dem Geld, wenn Sie Frosch heraushauen?«

Wenn er so weitermachte, würde er bald die goldene Wandernadel des Eifelvereins erhalten. Nachdem ihn Krimmpich zu Clischermanns Unmut zur Haltestelle an der Jugendherberge oberhalb des Ortes gebracht hatte, war er nach der kurzen Busfahrt wieder von der Endstation Simmerath den beschwerlichen Weg bergab und bergauf durchs Tiefenbachtal nach Huppenbroich gewandert.

Böhnke kam nicht dazu, zu verschnaufen. Als hätte er nur darauf gewartet, dass der Pensionär zu Hause ankam, rief ihn Grundler während des Öffnens der Haustür an. Da musste die Rückenlage auf der Couch noch warten, stöhnte Böhnke.

Der Bericht des Anwalts über die Beratung beim Haftrichter war zwiespältig.

»Zum einen sieht es gut aus für uns, zum anderen hat der Haftrichter ein Problem. Deshalb hat er seine Entscheidung auf morgen früh vertagt.« Nüchtern schilderte Grundler das Geschehene. »Die Polizei in Eupen hat die Kollegen aus Aachen um Mithilfe gebeten. Spaziergänger haben als Zeugen beobachtet, sie hätten Frosch im Venn erkannt. Nachdem sie einen Schuss gehört haben, ist er wie von der Tarantel gestochen über einen Steg weggelaufen. In der Hand trug er eine Reisetasche. Jetzt wird Frosch von den Ermittlern verdächtigt, den Mann getötet zu haben.«

»Ein wenig dürftig, die Beweislage«, gab Böhnke zu bedenken.

»So ist es. Habe ich auch eingewandt und darauf verwiesen, dass es keine Tatwaffe gibt und keine Zeugen des direkten Tatgeschehens. Auch sehe ich kein zwingendes Motiv bei meinem Mandanten.«

Böhnke wollte zunächst widersprechen, sah aber davon ab. »Und was sagt Frosch?«

»Nichts. Ich habe ihm geraten, die Aussage zu verweigern.«

»Warum?«

»Steht nicht schon zu viel Scheiße im Boulevardblättchen? Für mich ist offensichtlich, dass die Informationen aus Kreisen der Polizei bekommen. Da braucht Frosch die nicht auch noch zu füttern.« Grundler schnaufte durch. »Ich habe jedenfalls die sofortige Freilassung meines Mandanten beantragt.«

»Und hast damit keinen Erfolg gehabt. Fluchtgefahr und so, denke ich.«

»So hat die Staatsanwaltschaft auch argumentiert. Frosch sei schon einmal untergetaucht und er besitze Geld. Man müsse deshalb davon ausgehen, dass er nach seiner Freilassung sofort flüchtet und jederzeit Zugriff auf das Geld hat.«

»Ist doch nicht abwegig, oder?«

»Ist für den Haftrichter nicht relevant. Er hat ein anderes Problem, das er klären will.«

»Und welches?«

»Es handelt sich um ein aktuelles Gesuch aus Belgien. Da will er die Rechtsfrage klären, ob er Frosch freilassen kann, festhalten muss oder ausliefern soll. Dir ist doch auch aufgefallen, dass die Ermittlungsakten nicht vollständig waren. Du müsstest mal nach Belgien fahren, dort erfährst du vielleicht etwas über ihren Verbleib. Ein Kollege, Jean Pütting, hat mich informiert. Da braut sich eine Geschichte zusammen, die verdammt haarig werden kann und die mit Frosch zusammenhängen könnte. Der Kollege lässt jedenfalls die Finger davon.«

»Und warum informiert er dich?« Böhnke bemäkelte sich für seine Unart, fast jede Frage mit »und« zu beginnen.«

»Dieser Kollege hat mit meinem Freund Dieter über eine deutsch-belgische Scheidungsangelegenheit gesprochen. Die beiden vertreten die noch Verheirateten. In ihrem Gespräch sind sie auch auf die Geschichte im Venn und den Tresor zu sprechen gekommen. Dieter hat mich dabei wohl erwähnt. Der Junge aus Belgien hat mich jedenfalls angerufen und von merkwürdigen Gerüchten und Behauptungen wegen des Tresors gefaselt und einem geheim gehaltenen Ermittlungsteam der Gendarmerie. Ich habe ihm gesagt, ich würde dich vorbeischicken. Du sollst heute noch kommen.«

»Und wie?«

»Mit einem Taxi, würde ich vorschlagen.« Grundler nannte ihm eine Adresse in Malmedy. »Ist ja nicht so weit für dich, liegt direkt an der Grenze. Das Taxi steht übrigens in zehn Minuten vor deiner Tür.«

11.

»Ist ja nicht weit.«

Grundler hatte gut reden, brummte Böhnke in sich hinein. Das konnte nur jemand sagen, der sich in der Eifel nicht auskannte. Die Vorstellung von Weite war ja relativ und individuell. Von Huppenbroich nach Malmedy … Ihm dauerte die Taxifahrt viel zu lange. Rund 40 Kilometer hatte die Droschke schätzungsweise nach einer knappen Stunde zurückgelegt, ehe er bei Jean Pütting angelangt war.

Er würde auftragsgemäß warten und ihn nach Huppenbroich zurückbringen, hatte der wortkarge Taxifahrer beim Aussteigen von Böhnke vor einem Geschäftshaus in der Kleinstadt gesagt. In der Nähe des Obelisken auf dem zentralen Platz würde er nach einem Parkplatz Ausschau halten, meinte er noch.

Die Fassade aus Mauerwerk war wie die der benachbarten Häuser bescheiden und wirkte nicht wie die Visitenkarte für einen Rechtsanwalt. Böhnke fand an der Hauswand kein Hinweisschild auf Püttings Kanzlei. Erst auf dem Schilderkasten neben der Klingel an der hölzernen Eingangstür entdeckte Böhnke den Namen des Anwalts.

Mit dem Betreten des Hausflurs öffnete sich eine vollkommen andere Welt. Lichtdurchflutet und hell präsentierte sich der Eingangsbereich aus weißem Marmor und glattem Metall. Pütting hatte die gesamte erste Etage für seine Kanzlei in Beschlag genommen. In den anderen beiden Stockwerken teilten sich jeweils drei Gewerbetreibende die Räume.

Noch während Böhnke an der eleganten Bürotür nach einem Klingelknopf suchte, wurde ihm geöffnet.

»Wir haben Sie bereits erwartet«, begrüßte ihn eine attraktive, wenn auch nicht mehr ganz junge Frau in einem eleganten, grauen Hosenanzug. Sie zeigte lächelnd auf den Monitor auf dem Tresen. Der Bildschirm war geteilt und zeigte die Bilder, die Kameras am Hauseingang und vor der Bürotür aufnahmen.

Offenbar war es nirgendwo mehr möglich, unbeobachtete durch die Gegend zu laufen. Wohin das noch führen würde, fragte sich Böhnke. Nachdenklich lief er über den glatt polierten Parkettboden hinter der Frau her. Die weißen Wände des Flures zierten Gemälde, die nicht gerade wie billige Nachdrucke moderner Kunstwerke aussahen. Das waren zweifelsfrei Originale zeitgenössischer Künstler, deren Namen Böhnke mit Gewissheit nichts sagen würden. Die Assistentin führte ihn am Ende des taghell erleuchteten Ganges in ein Besprechungszimmer, wo an einem massiven Konferenztisch ein drahtiger Mann saß, den sie als Rechtsanwalt Pütting vorstellte.

Der Anwalt war Böhnke auf Anhieb sympathisch. Der grauhaarige Mittvierziger hatte ein strahlendes Lächeln und eine gewinnende Ausstrahlung; Attribute, die Böhnke üblicherweise zur Vorsicht mahnten. Aber bei Pütting wirkte dieser Mechanismus nicht.

Der belgische Anwalt mit dem deutsch klingenden

Familiennamen sprach kurz auf Französisch mit der Mitarbeiterin, dann wandte er sich strahlend Böhnke zu.

»Sie sind also der berühmt-berüchtigte Kommissar Böhnke.«

»Lieber berühmt, als berüchtigt«, gab Böhnke zurück, der die erste Bezeichnung ebenso wenig mochte wie die andere.

»Sie wissen, was ich möchte?«

Ja, hätte Böhnke am liebsten gesagt: Ich soll Ihnen das Fell waschen, Sie aber nicht nass machen. »Selbstverständlich«, antwortete er.

»Und was?«

Pütting war doch vorsichtiger, als Böhnke gedacht hatte. Sein Besucher sollte in Vorleistung treten.

»Sie können uns helfen, eine dubiose Affäre um einen herrenlosen Tresor zu klären, weswegen ein Mandant meines Freundes Tobias Grundler unter Mordverdacht geraten ist.«

Herzhaft lachte Pütting auf. »Gut gesagt. Aber ob ich Ihnen tatsächlich helfen kann, kann ich nicht beurteilen. Ich werde Ihnen nur berichten, was ich selbst als Geschichte aus dem Kollegenkreis erfahren habe, ohne eine Garantie für ihren Wahrheitsgehalt geben zu können.«

»Sie sprechen exzellentes Deutsch«, bemerkte Böhnke erstaunt, der nicht einmal einen leichten Akzent heraushörte.

»Ist kein Wunder«, bemerkte Pütting auf seine Beobachtung. »Meine Mutter ist Deutsche, mein Vater Belgier. Da bekomme ich hier in der Ecke die deutsche Sprache mit der Muttermilch mit und die französische mit Ausbildung und Beruf. Du musst beide Sprachen können, um hier im Ostkanton als Anwalt zu überleben zu.« Malmedy gehörte, wie Böhnke wusste, zur französischen Gemeinschaft zwischen den beiden Teilen der deutschsprachigen Gemeinschaft nördlich und südlich entlang der Grenze zur Bundesrepublik. Aber offizielle Zugehörigkeit zu einer Region und das tatsächliche Leben mussten nicht immer übereinstimmen. Die Menschen mussten miteinander auskommen, nur das zählte, und überleben. Und da hatten die Menschen in diesem Teil der Region schon einiges miterlebt in den verschiedenen Kriegen und beim erzwungenen oder gewollten Wechsel der Staatszugehörigkeit. Anscheinend konnte Pütting in dieser Gemengelage gut überleben, schätzte Böhnke, wenn er einmal das Ambiente des prachtvollen Büros zugrunde legte.

Man schlage sich so durch, entgegnete Pütting in falscher Bescheidenheit, weil er Böhnkes Gedankengänge nachvollziehen konnte. »Nein«, korrigierte er sich ehrlich, »mir geht es verdammt gut. Viel besser als den meisten Menschen in unserem maroden Königreich, aber viel schlechter als so manchem Kriminellen in dieser vermaledeiten Grenzregion. Und dann haben wir hier eine Natur mit Wald, Wasser und Hügeln, um die uns viele beneiden.« Pütting hielt inne, als seine Mitarbeiterin mit Kaffee und Gebäck das Zimmer betrat.

»So viel Zeit muss sein«, meinte der Anwalt, während er zuvorkommend Böhnkes Kaffeetasse füllte. »Für Pommes frites ist es ja wohl noch etwas zu früh, nicht wahr?«

Böhnke nickte stumm. Pommes waren für die Belgier jeglicher Sprachengemeinschaft Leib- und Magenspeise, die fast tagtäglich zu einem guten Essen dazugehörten, aber nicht unbedingt angebracht waren bei einer Unterhaltung mit einem Rechtsanwalt in dessen Büro. Langsam wurde es Zeit, dass Pütting zum Thema kam.

Der Anwalt tat ihm unaufgefordert den Gefallen. »Wie gesagt, Verbrecher müsste man sein. Dann kann man hier richtig gut leben.«

»Solange man nicht erwischt wird«, fiel ihm Böhnke ins Wort. »Und wenn einem nicht der Tresor geklaut wird.«

Pütting ließ sein angenehmes Lachen erklingen. »Sie sagen es, Herr Böhnke. Also«, er sammelte sich. »Es ist jetzt knapp 15 Monate her, da wurde der Tresor tatsächlich geraubt, wie inzwischen herausgekommen ist. Die Räuber sind mit einem Panzer oder einem ähnlichen Gerät durch die Bruchsteinmauer auf das Gelände einer Villa gefahren, haben die Hauswand gerammt und aufgebrochen. Die wussten so ziemlich genau, wo sie ansetzen mussten. Mit einem Kran müssen sie dann den Tresor ins Freie gehoben haben, um ihm auf einem Transportwagen wegzuschaffen.«

»Und keiner hat's mitbekommen?«

»Das war eine Nacht- und Nebelaktion mitten in der Prärie. Sie kennen doch bestimmt die freistehenden Herrschaftshäuser, die es hier auf den Wiesen und in Wäldern zuhauf gibt? Wenn da eines überfallen wird, bekommt das niemand mit.«

»Nur der Hausbesitzer«, meinte Böhnke sagen zu müssen.

»Richtig. Der Hausbewohner oder das Personal.

Aber als die Putzfrau am nächsten Morgen kam, war es schon zu spät.«

»Alarmanlage? Videoüberwachung?«

»Gibt es alles, war aber außer Kraft gesetzt worden.«

»Von wem?«

»Wahrscheinlich von den Räubern. Mit Sicherheit nicht von dem Hausbesitzer. Der war mit einer seiner Geliebten auf einer Kreuzfahrt in der Karibik und hat erst von seiner Putzfrau erfahren, was passiert war.«

»Und sie hat dann sofort die Polizei alarmiert?«

»Nein. Sie hat sich nicht getraut und nicht gewusst, was sie machen sollte. Sie war wohl zum einen illegal beschäftigt und war zum anderen von de Munck instruiert worden, über alles zu schweigen, was auch geschieht.«

»Und die Frau hat sich daran gehalten?«

»Offenbar. Und jetzt ist sie nicht mehr auffindbar.«

»Aber der Geschädigte hat sich bei der Polizei gemeldet?«

»Nein«, sagte Pütting gelassen. »Das hätte dem noch gefehlt, dass die Polizei bei ihm privat herumschnüffelt. Der hat den Raub tunlichst verschwiegen.«

»Aber aus welchem Grund?«

»Der Beraubte ist einer der Könige der Lütticher Unterwelt und hat große Teile des Rotlicht-Milieus unter seiner Kontrolle.«

»Mit anderen Worten: ein unbescholtener, ehrenwerter Mann«, meinte Böhnke.

»So ist es.« Pütting rührte in seiner Kaffeetasse. »Das erklärt vermutlich auch, warum er sich nicht gemeldet hat, als nach dem Eigentümer des Tresors und des Geldes geforscht wurde. Für ihn war es wohl besser, wenn niemand erfährt, was sich in dem Tresor befand und was mit dem zurückgelassenen Geld ist. Da hätte er bei einem Gespräch mit der Polizei in einen Erklärungsnotstand kommen können, würde ich mal sagen.«

Böhnke nickte nachdenklich. Wenn er diese Geschichte für bare Münze nahm, konnte es noch heikel werden. Auch für Frosch. Vermutlich würde er das Geld wieder an die Staatskasse zurückgeben müssen, wenn sich dessen Herkunft als illegal herausstellen sollte. Aber konnte er sicher sein, dass Pütting ihm die tatsächliche Geschichte erzählt hatte? Oder hatte er ihm eine Mischung aus Dichtung und Wahrheit aufgetischt?

»Ich kann nur vermuten, was sich in dem Tresor befunden hat. Darüber habe ich keine verlässlichen Informationen. Da ist von Schmuck als Hehlerware ebenso die Rede wie auch von Kokain. Aber das ist nicht verbrieft.«

»Und was ist verbrieft? Wie verlässlich sind die Informationen, die Sie mir geben?«

Pütting lächelte Böhnke milde an. »Ich glaube, sie sind ziemlich wasserdicht. Ich habe sie aus dem Kollegenkreis. Da gibt es ein Netzwerk, an das sich ein Kollege gerichtet hat, der den Raub versicherungstechnisch für den Unterweltkönig regulieren soll und um Ratschläge bat, wie er am besten aus der Geschichte herauskommt. Aus vielen Gesprächen mit vielen Kollegen habe ich viele Bruchstücke gesammelt, die sich zu dieser Geschichte zusammenfügen. Ich gebe Ihnen auch gerne die Adresse des Tatorts. Aber ich muss Sie eindringlich bitten, dort mit äußerster Bedachtsamkeit vorzugehen. Mit Frans de Munck ist nicht zu spaßen.«

Böhnke erhob sich aus dem bequemen Sessel. Es war fast alles gesagt. »Nur noch eins, Herr Pütting. Warum wurde der Tresor überhaupt geraubt?«

»Auf diese Frage kann ich Ihnen keine Antwort geben. Ich könnte Ihnen nur meine Vermutungen äußern. Aber Vermutungen wollen Sie nicht, hat mir mein Kollege Dr. Grundler gesagt.« Deshalb sei es auch nur Spekulation, dass der Beraubte selbst hinter der Erpressung stehe.

Böhnke wechselte das Thema: »Und was ist mit dem geheimen Ermittlungsteam der Polizei?«

Pütting lachte. »Sie meinen eine Art SOKO Tresor. Die gibt es nicht. Es gibt nur eine Truppe, die sich generell mit der Unterwelt und den vermeintlichen Unterweltgrößen in der Region beschäftigt. Aber ich glaube nicht, dass von der viel zu erwarten ist. Sie kennen das: zu viel Arbeit, zu wenig Personal, zu viele sonstige Aufgaben und zu viel Verwaltungskram. Die Gruppe ist leider wenig effektiv.«

»Seit wann verfügen Sie über dieses Wissen?«, fragte Böhnke.

»Noch nicht lange«, entgegnete Pütting. »Seit ein paar Tagen, mehr nicht.«

Ob diese Aussage stimmte, wagte Böhnke zu bezweifeln. Doch er behielt die Zweifel für sich.

»Eines interessiert mich noch: Muss jetzt der Finder des Tresors beziehungsweise des Geldfundes das Geld gegebenenfalls wieder zurückgeben?«

Pütting breitete die Arme aus und zeigte sein entwaffnendes Lächeln. »Keine Ahnung, was jetzt passiert.«

Das Taxi mit dem Aachener Nummernschild stand zu seiner Überraschung am Straßenrand vor Püttings Kanzlei. Suchend schaute sich Böhnke nach dem Fahrer um, der im gleichen Moment aus einem benachbarten Café trat. Mit aller Seelenruhe klaubte der Mann ein Strafmandat von der Windschutzscheibe, zerknüllte es, schob es in seine Hosentasche und öffnete die Türen.

»Einmal zurück nach Huppenbroich, bitte«, meinte Böhnke schwungvoll beim Einsteigen.

»So nicht, Herr Böhnke«, bremste ihn der Fahrer bestimmend. »Jetzt geht es erst einmal zu einer richtigen belgischen Frittenbude. Das muss sein. Ich hab Hunger. Sie etwa nicht?«

Erstaunt über den Redefluss des Mannes und überrascht über die Namensnennung musterte Böhnke den Taxifahrer genauer. Und jetzt erkannte er ihn auch wieder. Es handelte sich um einen Kriminellen, den er vor etlichen Jahren mit Grundlers Hilfe dingfest gemacht hatte und der dank Grundlers Hilfe noch mit einer relativ glimpflichen Freiheitsstrafe davongekommen war.

Der Mann grinste ihn an. Die kritische Musterung durch seinen Beifahrer war ihm nicht entgangen. »Hat's bei Ihnen endlich geklingelt?« Er hustete kurz. »Ohne Grundler wäre ich wohl auf der schiefen Bahn geblieben. Mit ihm habe ich den Absprung geschafft. Da ist es wohl Ehrensache, dass ich Sie durch die Gegend kutschiere, wenn es Grundler wünscht. Er hat bei mir verdammt viel Honorar gut, ich stehe bei ihm noch mächtig in der Kreide.«

Eine abschließende Ehrenrunde durch Huppenbroich würde den Fahrpreis auf dem Taxameter wahrscheinlich nicht exorbitant in die Höhe schnellen lassen, meinte Böhnke scherzhaft, als er seinen Fahrer bat, einen kurzen Abstecher zum Grundstück von Schmitz zu machen, bevor er ihn an der Kapellenstraße aussteigen lassen sollte.

Der Anblick des weitläufigen Geländes ließ ihn daran zweifeln, ob er in der Nacht tatsächlich nur geträumt hatte. Soweit er es überblicken konnte, waren alle gepflanzten Koniferen kurz über dem Erdboden abgesägt worden. Die Bäume lagen in Reih und Glied hintereinander. Dieses vernichtende Werk wäre in dieser Genauigkeit mit einer einfachen Handsäge nicht zu schaffen gewesen. Hier musste schon eine Vielzahl von leistungsstarken Kettensägen im Einsatz gewesen sein. Böhnke war sich nicht schlüssig, ob er die Fällaktion begrüßen sollte oder ob er sie wegen der offensichtlich großen kriminellen Energie zu verurteilen hatte.

Die Tat würde auf jeden Fall beim Stammtisch für ausreichend Gesprächsstoff sorgen. Ihn würde er heute Abend gewiss nicht verpassen.

Als sie an seiner Wohnung ankamen, stand dort bereits auf dem Grünstreifen neben der Grundstückseinfahrt ein dunkler Mercedes mit einem Kölner Kennzeichen. Zeitgleich mit Böhnke öffnete der Fahrer der Limousine die Autotür.

»Was will der denn von mir?«, entfuhr es dem Kommissar.

»Das riecht gewaltig nach Ärger«, meinte der Taxifahrer stirnrunzelnd. »Sollte ich nicht besser mit Ihnen gehen?«

»Keine Sorge«, beruhigte ihn Böhnke. »Bleiben Sie ruhig sauber. Das kriege ich schon alleine hin.«

Nach der Buchstabenkombination K – FS auf dem Autokennzeichen konnte es sich bei dem Mann aus Köln nur um Fritz Schmitz handeln.

»Ich bleibe in der Nähe«, sagte der Taxifahrer beharrlich. »Und wenn ich merke, dass irgendetwas nicht stimmt, mache ich den platt! Ist doch dann Notwehr oder so etwas Ähnliches.«

Interessiert musterte Böhnke den Mann, der sich mühsam aus der Luxuskarosse hievte. Er war eindeutig viel zu klein für sein Gewicht. Auf nicht einmal 40 schätzte Böhnke den viel zu dicken Mann.

»Sie sind Böhnke?«, schnaufte der Dicke schwitzend trotz der nicht sommerlichen Temperaturen. Barsch und fordernd war sein Tonfall.

»Sie sind Schmitz?«, konterte Böhnke trocken mit einer Gegenfrage.

»Ja, und ich will mit Ihnen sprechen!« Er hatte damit keine Bitte geäußert, sondern eine Forderung. Mit einem weißen Stofftaschentuch wischte sich Schmitz über seine schweißglänzende Stirn, die nahtlos in eine Halbglatze überging. Die braunen Schweinsaugen versteckten sich beinahe unter Fettfalten. Lediglich das Luxusfahrzeug, der Maßanzug, der dem kugelförmigen Körper einigermaßen Form verlieh, und die sauberen, schwarzen Lackschuhe zeigten Böhnke, dass sein Gegenüber nicht zur Gruppe der Geringverdiener zählte. Ihn wunderte allenfalls, dass Schmitz allein nach Huppenbroich gekommen sein sollte. Mit wachem Blick schaute er sich nach möglichen Begleitern um.

»Keine Angst, Herr Böhnke. Ich bin allein. Ich brauche keine Hampelmänner, die um mich herumwuseln. Ich mache alles immer allein. Dann redet mir wenigstens niemand rein«, schnaufte Schmitz. Die Kurzatmigkeit machte dem höchstens 1,70 Meter großen Mann gehörig zu schaffen.

In gewisser Weise war Böhnke froh, dass es sich bei dem Dicken um Fritz Schmitz handelte, und nicht um den Komiker. »Sind Sie etwa mit Witze-Fritze verwandt? Der heißt auch Fritz Schmitz mit bürgerlichem Namen.«

»Hören Sie bloß auf mit diesem Scheißkerl. Der ist tot. Und das tut mir noch nicht einmal leid. Wissen Sie das nicht? Der ist ganz kümmerlich verreckt«, antwortete Schmitz.

»So«, sagte Böhnke, nicht einmal bedauernd, dass Witze-Fritze nicht mehr unter den Lebenden weilte. Aber lieber hätte er ihn lebenslang hinter Gittern gesehen. Er war bei einem Mordfall unbehelligt davongekommen, weil niemand ihm Täterschaft, Mittäterschaft oder Anstiftung nachweisen konnte.

»Der Kerl ist auf seiner Finca irgendwo in der spanischen Pampa jämmerlich ums Leben gekommen«, fuhr Schmitz fort. »Der ist wohl bei einem Spaziergang gestürzt oder ohnmächtig geworden, so wird es jedenfalls in Köln erzählt. Da haben ihn seine eigenen freilaufenden Schweine aufgefressen. Man hat nicht mehr viel von ihm aufgefunden.« Er grinste hämisch. »Irgendwann landet er dann als Iberico-Kotelett oder als Schinken auf einer Fleischertheke. Das ist das richtige Ende für den Kerl. Er hat's nicht besser verdient. Der hat im Karneval alle über den Tisch gezogen, wie er wollte. Das war nicht immer legal. Aber, was soll's?«

»Eben, was soll's?«, kommentierte Böhnke. »Dann hinein in die gute Stube«, forderte er Schmitz launisch auf, »und dann erzählen Sie mir, was Sie überhaupt von mir wollen.« Höflich bot er dem Mann aus Köln einen Platz auf der Sitzbank in der Küche an.

»Was ich will? Ich will Ihre Hilfe.« Schmitz atmete schwer durch, nachdem er sich am Tisch vorbei auf die Bank gezwängt hatte.

»Wieso?« Böhnke hielt es für ausgeschlossen, diesem Mann helfen zu können, geschweige denn zu wollen.

Nachdem er am Morgen erfahren habe, dass Unbekannte seine Thujahecke zerstört hätten, sei er sofort nach Huppenbroich gekommen und habe dann in der Polizeistation in Simmerath Anzeige erstattet. »Man werde ermitteln«, schnaufte Schmitz verächtlich. »Aber mir schien, als hätten die Dorfsheriffs gar keine richtige Lust.«

Die Lustlosigkeit konnte Böhnke durchaus nachvollziehen. Doch er verkniff sich seine Bemerkung, sondern forderte Schmitz mit einem Kopfnicken auf fortzufahren.

Zufällig habe er Kindern zugehört, die am Tatort davon gesprochen hätten, es gäbe in Huppenbroich einen ehemaligen Kommissar, der alle Verbrechen aufklären würde. »So bin ich auf Sie gestoßen, Herr Böhnke.«

»Und ich soll jetzt die Unbekannten finden, die zur Kettensäge gegriffen haben? Und dann?«

»Mir ist im Prinzip egal, ob man die Typen bestraft. Ich will von denen nur meinen Schaden ersetzt bekommen. Die sollen die Thujas bezahlen und die Gartenbaufirma. Das war schon eine schöne Stange Geld, das ich wiederhaben möchte.«

»Wie wär's denn mit Buchen?«, platzte Böhnke heraus. »Wir wär's denn, wenn Ihnen die Unbekannten, sofern ich sie ausfindig machen sollte, auf deren Kosten eine Buchenhecke pflanzen?«

»Kommt nicht in die Tüte«, antwortete Schmitz zornig. »Ich habe doch nicht ohne Grund die mannshohen Thujas genommen. Dann habe ich sofort Sichtschutz. Das dauert bei einer Buchenhecke viel zu lange, und außerdem ist mir die Pflege viel zu aufwendig. Wenn dafür jedes Mal ein Gärtner aus Köln herkommen muss, kostet das ein Vermögen. Bei den Lebensbäumen brauche ich nichts zu machen.« Er beäugte Böhnke. »Ich habe mich erkundigt, Koniferen sind nicht verboten.«

Noch nicht, hätte ihm Böhnke entgegenhalten wollen. Immerhin gab es schon eine Diskussion um das Anpflanzverbot ortsfremder Gewächse wie etwa Kirschlorbeer. Es war nur eine Frage der Zeit, bis dieses Verbot ergehen würde. Solange war alles erlaubt, ob es nun in die Eifel passte oder nicht.

»Richtig«, bestätigte er. »Verboten nicht. Aber hier nicht sonderlich beliebt.«

»Das stört mich nicht die Bohne.« Schmitz rieb sich die Augen.

Böhnke schüttelte den Kopf. »Ich glaube nicht, dass ich für Sie tätig werde.«

»Sie werden.« Schmitz lächelte geradezu hinterlistig. »Ich habe den Kindern gesagt, dass Sie für mich die Gauner ausfindig machen werden. Das weiß jetzt bestimmt schon das ganze Dorf. Und außerdem: Ich scheiße Sie so mit Geld zu, da können Sie gar nicht ablehnen.« Mit einer Flinkheit, die ihm wohl niemand zugetraut hätte, war Schmitz von der Bank aufgesprungen. »Sie machen mir und Ihrem Konto eine große Freude, wenn Sie die Verbrecher finden.« Er ging in Richtung Haustür. »Huppenbroich ist ein schöner Flecken Erde. Hier werden ich und meine Freunde sicher in aller Ruhe unsere Partys feiern können. Hier stört man ja keinen.«

Doch ein Swinger-Club?, schoss es Böhnke durch den Kopf. »Was haben Sie hier vor?«

Offenbar hatte Schmitz die Frage anders verstanden, als Böhnke sie gemeint hatte. »Morgen früh werde ich eine neue Thujahecke pflanzen lassen. Sie können sicher sein, dass ich sie Tag und Nacht bewachen lassen werde. Das passiert mir nicht noch einmal.« Grußlos ließ er Böhnke stehen und kletterte in sein Auto.

Wenige Augenblicke nach Schmitz' Abfahrt fuhr auch das von Grundler georderte Taxi an der Ausfahrt vorbei.

Die unverhohlene Voreingenommenheit spürte Böhnke sofort, nachdem er die Gaststätte betreten hatte. Die Gespräche verstummten, böse Blicke schossen in seine Richtung. Nur widerwillig billigte die Stammtischrunde, dass er sich dazugesellte. Demonstrativ rückten seine beiden Nachbarn mit den Stühlen einige Zentimeter von ihm ab.

»Was ist los?«, fragte er unbehaglich.

»Das fragst ausgerechnet du, Kommissar?«, fauchte sein Nachbar zur Linken. »Du lässt dich von dem Schmitz kaufen, damit du uns in den Rücken fällst.«

Blödmann, hätte Böhnke am liebsten gesagt. Wenigstens hatte der schon leicht angesäuselte Mann damit zu verstehen gegeben, dass er von der nächtlichen Aktion wusste und sie vielleicht sogar mitgemacht hatte.

»Wer erzählt denn so einen Schwachsinn?« Böhnke schaute streng in die Runde und begegnete ungläubigen Blicken. »Ich habe erst eben erfahren, was passiert ist.«

»Findest du es etwa falsch?«, wurde er sofort unterbrochen.

Die Aktion war falsch gewesen, weil sie sich gegen Recht und Ordnung richtete. Aber er hatte dafür Verständnis, weil damit der Charakter des Buchendorfs beibehalten werden sollte, der durch die ortsfremden Gehölze erheblich beeinträchtigt würde, sagte er sich. Aber konnte er erwarten, dass die Stammtischler diese Position verstehen würden? Mit einem »Ich weiß nicht« wollte er sich aus der Affäre ziehen, was aber prompt massive Kritik nach sich zog.

»Da sieht man es doch. Du stehst nicht bedingungslos auf unserer Seite, Kommissar. Der Schmitz hat dich gekauft. Oder meinst du, wir haben nicht mitbekommen, dass du dich mit ihm unterhalten hast?«

Böhnke spürte, dass sich die Stimmung gegen ihn hochschaukelte. »Da ihr ja schon wisst, dass mich Schmitz heute besucht hat, will ich euch gerne verraten, über was wir gesprochen haben. Er will von den Unbekannten Schadenersatz. Und er will morgen eine neue Thujahecke pflanzen, obwohl ich ihm vorgeschlagen habe, Buchen zu pflanzen. Außerdem will er Wachpersonal aufstellen.«

»Und was machst du, Kommissar?«

»Nichts.« Böhnke stand auf und verließ grußlos die Wirtschaft. Er hatte keine Lust auf die Gesellschaft dieser Männer.

12.

Von einem geregelten Alltag konnte Böhnke längst nicht mehr sprechen. Morgendliche und nachmittägliche Spaziergänge durch die nähere Umgebung von Huppenbroich, verbunden mit gelegentlichen Besorgungen in Simmerath und ein wenig Hausarbeit, so hatte er sich sein von Ruhe und Erholung bestimmtes Leben in der Eifelidylle vorgestellt. Aber er sollte einfach nicht dazu kommen. Sein Alltag zeichnete sich inzwischen dadurch aus, dass er nicht alltäglich war.

Seine Einschätzung wurde bestätigt, als er am nächsten Tag vor dem Grundstück von Schmitz stand, auf dem die Gartenbauer aus Köln frische, fast zwei Meter hohe Koniferen pflanzten, argwöhnisch beäugt von einigen Senioren. Die Alten würdigten Böhnke keines Blickes, der sich deswegen nicht grämte. So waren sie halt, seine lieben Mitbürger. Das war früher in Aachen nicht anders gewesen. Auch da hatten ihn seine Nachbarn nicht mehr angeschaut, wenn es für sie den Anschein hatte, als würde er einen Mörder schützen, anstatt ihn einzubuchten. Erst als er den tatsächlichen Verbrecher dingfest gemacht hatte und der vermeintliche Mörder außer Verdacht war, war er wieder ihr lieber, netter Herr Böhnke gewesen, mit dessen Bekanntschaft sie gerne prahlten.

Der Radetzkymarsch in seiner Hosentasche sorgte nicht nur bei ihm für Beachtung, aber auch das scherte ihn nicht sonderlich. »Ich höre.«

Grundler wollte ihn sprechen. Er habe Neuigkeiten, die vielleicht interessant waren oder interessant werden konnten, behauptete er. »Das Nummernschild ist aufgetaucht.«

»Welches Nummernschild?« Kaum hatte Böhnke die Frage gestellt, da wusste er, was Grundler meinte. Er sprach von dem entfernten Nummernschild des auf der internationalen Straße abgestellten Scorpios.

»Die Jungs haben es an einem Auto gefunden, das auf einem Parkstreifen vor der Kakushöhle bei Mechernich-Dreimühlen abgestellt war. Der Wagen war vorher bei einem Banküberfall in Euskirchen benutzt worden. Die Bankräuber sind in ihm geflüchtet. Auto und Kennzeichen hatten sie geklaut, aber sie waren so blöd, Fingerabdrücke zu hinterlassen. Sie sind schon verhaftet.«

Das interessiere ihn nicht sonderlich, kommentierte Böhnke, während er sich von dem Grundstück entfernte. Die Senioren hatten ihre Lauscher schon auf volle Hörstärke geschraubt.

»Na ja, ich wollte es ja nur gesagt haben. Ein Kollege hat es mir erzählt, der einen der Festgenommenen verteidigen soll.«

»Und der hat dich angerufen, weil dieser Bankräuber einmal zu deiner Klientel gehörte?«

»Du bist ein Schnelldenker, Commissario. Vielleicht interessiert dich aber das gestohlene Kennzeichen. Es stammt von einem Auto, das zum Fuhrpark einer Bauunternehmung aus Daun gehört. Das Auto ist dort bei der Polizei als gestohlen gemeldet worden.«

»Also haben die Bankräuber das gestohlene Nummernschild eines gestohlenen Wagens an ein gestohlenes Auto montiert«, knurrte Böhnke. »Und was habe ich damit zu tun?«

»Eigentlich nichts. Aber ich dachte, es könnte dich vielleicht doch interessieren.«

»Tut es nicht. Mich interessiert mehr der Thujamord in Huppenbroich.«

»Der was?«

Böhnke lachte laut auf ob der verdatterten Frage. »Vergiss es, Tobias. Hast du sonst noch was im Angebot, das mich nicht die Bohne interessiert?«

»Ja. Neues aus der Plauderrunde unserer ostbelgischen Anwaltsgilde. Du hast bei Pütting mächtig Eindruck hinterlassen. Jedenfalls will er heute noch unbedingt mit dir telefonieren.«

»Und da hast du Nasenbär ihm meine Handynummer gegeben?« Böhnke fingerte nach seinem Haustürschlüssel. Er mochte es nicht, wenn seine Handynummer in die Welt getragen wurde. Sie sollte privat und nach Möglichkeit geheim bleiben.

»Nein«, beschwichtigte Grundler. »Selbstverständlich nur die deines Hausanschlusses. Er ruft dich gegen 15 Uhr an.«

»Was will er?«

»Das wird er dir selbst sagen. Hört sich jedenfalls interessant an.«

Böhnke betrat seine Wohnung. Ein wenig ärgerte es ihn, dass er sich durch das Telefonat hatte ablenken lassen von dem Geschehen auf Schmitz' Grundstück. Aber jetzt konnte er daran auch nichts mehr ändern.

Üblicherweise brach Böhnke um 15 Uhr nach seiner mittäglichen Augenpflege zu einem Erkundungsgang durch Huppenbroich auf. Es gab immer etwas Neues zu sehen, und wenn es nur die neue Außenleuchte war, die ein Bewohner an sein Haus angebracht hatte. Seitdem er in dem Dorf wohnte und häufig zu Fuß unterwegs war, hatte die zuständige Polizeistation in Simmerath die Kontrollfahrten durch Huppenbroich fast vollständig eingestellt. Bei dem pensionierten Kollegen wussten die Ordnungshüter den Ort in guten Händen. Er bekam fast alles mit, beobachtete fast manisch berufsbedingt kleinste Veränderungen und wurde in Gesprächen am Eingangstörchen mit Neuigkeiten gefüttert – ob er wollte oder nicht. So viel an vertrauensbildenden Maßnahmen hätte ein Bezirksbeamter niemals leisten können, was Böhnke quasi en passant erledigte; wenn nicht gerade einmal des Volkes Zorn gegen ihn ausbrach, wie jetzt in der leidigen Angelegenheit mit den Lebensbäumen.

Der von Grundler angekündigte Anruf brachte seinen Zeitplan durcheinander. Es gab eben momentan keinen Alltag für Böhnke. Das Telefon meldete sich mit fast halbstündiger Verspätung. Pütting entschuldigte sich mit einem unvorhersehbar langen Mandantengespräch.

»Jemand vermisst seinen belgischen Hilfsarbeiter, will aber nicht die Polizei mittels einer Vermisstenanzeige einschalten, weil es mit den Sozialabgaben Unregelmäßigkeiten gibt.«

Warum wurde er heute nur mit uninteressanten Dingen vollgelabert?, brummte Böhnke in sich hinein. Wen interessierte schon ein belgischer Hilfsarbeiter, der sich wahrscheinlich die Kante gegeben hatte und nun irgendwo seinen Rausch ausschlief? Ihn jedenfalls nicht.

»Was wollen Sie von mir?«

Pütting lachte herzhaft. »Ihr Gehör, Herr Böhnke.«

Wenn es weiter nichts war. Der Tag war ohnehin für die Katz.

Der belgische Anwalt hatte Neuigkeiten über de Munck. »Der steht bei einem Geschäftspartner ganz gewaltig in der Kreide, wobei ich Geschäftspartner gerne in Anführungszeichen setzen möchte. Denn der Gläubiger von de Munck ist auch so ein windiger Vogel. Der handelt mit allen, was nicht niet- und nagelfest ist und betreibt Hehlerei in großem Stil.«

»Natürlich nicht vorbestraft«, meinte Böhnke trocken.

Wieder lachte Pütting. »Woher wissen Sie das denn? Aber Sie haben natürlich recht, Herr Böhnke. Alle wissen's, aber keiner kann's beweisen. Der lässt eine ganze Corona von Verteidigern auffahren, wenn er wegen eines nicht bezahlten Strafmandats fürs Falschparken angeklagt ist. Da hütet sich jeder Staatsanwalt, ihn vor den Kadi zu zerren, wenn er nicht absolut sicher ist, ihn an den Hammelbeinen packen zu können.«

»Und absolute Sicherheit gibt es bekanntermaßen nicht.«

»So ist es, Herr Böhnke. Alle wissen, dass der ehrenwerte Herr Edwin Piccolini große Teile des Kokaingeschäfts in Lüttich, in Ostbelgien und auch entlang der deutsch-belgischen Grenze beherrscht und er in jedem großen Hehlergeschäft mit Schmuck und Bildern seine Finger drin hat. Jedoch ist ihm bisher nichts nachzuweisen. Aber Mord und Totschlag gehören nicht zu seinem Repertoire.«

»Aber Einbruch und Raub?«

»Vielleicht. Man munkelt jedenfalls, dass der vermeintliche Tresorraub aus der Villa von de Munck auf seine Kappe gehen soll. Der Bordellkönig glaubt es jedenfalls.«

»Piccolini hört sich italienisch an«, sagte Böhnke. Er hatte seine Zweifel, ob er Püttings Bericht als Anhäufung von Tatsachen oder von Vermutungen erachten sollte. Mit dieser Frage würde er sich später beschäftigen, wenn überhaupt. Das hing auch damit zusammen, ob Frosch in irgendeiner Weise betroffen war.

»Sohn eines italienischen Gastarbeiters, der in einer Steinkohlenzeche gearbeitet hat, und eines französischen Zimmermädchens. In Lüttich geboren, in Eupen aufgewachsen und in Maastricht studiert. Gibt als Berufsbezeichnung Kaufmann an und spricht Deutsch ebenso gut wie Französisch, Italienisch, Niederländisch und Englisch. Hat wohl schon etliche Millionen angehäuft und in renommierten Unternehmen angelegt.«

»Dann hat er es doch gar nicht mehr nötig, in der Unterwelt zu agieren.« Böhnke wusste, dass seine Bemerkung nur eine Entgegnung zuließ.

»Piccolini steckt so tief drin im Milieu, der kann nicht einfach aufhören.« Aber es gebe ein Detail, das zweifeln lässt, ob Piccolini tatsächlich den Tresor geraubt hat. »Er arbeitet generell allein und auf eigene Rechnung. Er hat keine Mannschaft, wie etwa de Munck. Er müsste demnach irgendjemand mit dem Raub beauftragt haben. Und dafür haben wir beziehungsweise die Ermittlungsbehörden keinerlei Anhaltspunkte.«

»Mit anderen Worten: Das einigermaßen und das auch nur ansatzweise belastbare Faktum ist die möglicherweise hohe Geldschuld, die de Munck bei Piccolini haben könnte.«

»Wenn Sie es so formulieren wollen, kann ich Ihnen zustimmen, Herr Böhnke.«

Was hatten er und Frosch von dieser Eventualität?, fragte er sich.

Nichts, gab er sich zur Antwort. Und dafür hatte ihn Pütting warten lassen!

»Ich dachte, es könnte Sie interessieren«, versuchte sich der Anwalt zu rechtfertigen. »Es ist außerdem angenehm, mit Ihnen zu plaudern.«

Das Klingeln an der Haustür schreckte ihn aus seinen Gedanken auf. Besuch am späten Nachmittag erwartete Böhnke üblicherweise nicht. Gelegentlich brachte ihm das nebenan wohnende Künstlerehepaar einen selbstgebackenen Apfelkuchen oder klopfte eine besorgte Mutter, die ihren Sohn vermisste, der dann aber garantiert nicht verschleppt worden war, sondern beim Spielen mit seinen Freunden Zeit und Raum vergessen hatte. Er rechnete eher mit einem Stammtischler, der ihn zum abendlichen Treffen einladen wollte, damit er Rechenschaft wegen Schmitz ablegte.

Um Ermittlungen ging es in der Tat bei den Männern, die vor der Haustür warteten. Die beiden Polizeibeamten aus Simmerath begrüßten ihn höflich. Sie hatten ihn nicht nur einmal bei einem peinlichen Einbruch erwischt, sie hatten auch mehrfach an seiner Aufklärung von Verbrechen beigetragen, was ihm einen großen Bonus eingetragen hatte.

»Jetzt gehen Sie sogar fremd, Herr Böhnke«, scherzte der ältere der beiden Polizisten. »Sie wildern in Rurberg, haben mir meine Kollegen geflüstert.«

»So«, kommentierte Böhnke vorsichtig. »Ist 'ne Sache, die nichts mit Huppenbroich zu tun hat.«

»Aber mit Mord und anderen Verbrechen«, mischte sich der jüngere Polizist ein.

»Und mit einem Frosch«, ergänzte der Ältere.

»Seinetwegen sind Sie hier?« Es war Zeit, zur Sache zu kommen, deshalb stellte Böhnke die naheliegende Frage.

»Der Frosch geht uns nichts an. Dafür sind wir nicht zuständig. Wir ermitteln wegen der Sachbeschädigung am Grundstück Ihres Huppenbroicher Neubürgers Schmitz.«

»Und kommen deshalb ausgerechnet zu mir?« Böhnke gab sich verwundert.

»Aus zwei Gründen. Sie sind der Letzte aus der Stammtischrunde, den wir wegen eines Alibis zur Tatzeit befragen müssen, und zum zweiten möchten wir gerne wissen, was Sie mit Schmitz ausgehandelt haben.«

Böhnke konnte nur noch staunen. Bald würde wohl die ganze Welt von dem Besuch des Großkotzes aus Köln bei ihm wissen. Mit einem Alibi könne er nicht dienen, weil er die Tatzeit nicht kenne, antwortete er spitzfindig.

»Zwischen Mitternacht und dem darauffolgenden Morgen, das können Sie sich doch denken.«

»Denken heißt nicht unbedingt auch wissen«, antwortete Böhnke. Er beliebe zu dieser Zeit tief zu schlafen. Da er nur am Wochenende kein Alleinschläfer sei, könne er zwangsläufig keinen Zeugen benennen.

»Ist doch auch kein Thema.« Der ältere Polizist winkte ab. »Brauchen wir für die Akten. Ihr Alkoholspiegel soll nicht gerade gering gewesen sein, habe ich mir sagen lassen. Um es präzise zu sagen: Sie haben zur Tatzeit Ihren Rausch ausgeschlafen. Sie hätten sich beim Hantieren mit einer automatischen Heckenschere oder einer Baumsäge garantiert verletzt.«

Böhnke schwieg. Sollte er sich über die Stammtischbrüder ärgern? Das brachte doch nichts.

»In der Nacht lässt Schmitz jetzt eine Heckenwache am Grundstück patrouillieren. Sind Sie auch dabei?« Der zweite Polizist hatte das Thema gewechselt. »Sie arbeiten doch für Schmitz«, sagte er durchaus vorwurfsvoll.

»Falsch«, erwiderte Böhnke ruhig, »ich arbeite nicht für Schmitz. Er hat mir zwar angeboten, für ihn zu arbeiten, um die nächtliche Fällaktion aufzuklären. Aber ich habe ihm nicht zugesagt. Da sind Sie einer Fehlinformation aufgesessen.« Es wurde Zeit, die beiden Polizisten auf Spur zu bringen. »Sie sollten nicht alles glauben, was Ihnen wütende Zeitgenossen erzählen. Sie müssten doch eigentlich wissen, dass an einem Stammtisch schnell aus einer Mücke ein Elefant wird.«

Zu einer Belehrung durch einen pensionierten Kriminalhauptkommissar waren die beiden Uniformierten nicht von Simmerath nach Huppenbroich gekommen. Sie machten sich auf den Rückweg, verbunden mit der Bitte, Böhnke solle sich bei ihnen melden, wenn ihm wegen des Zwischenfalls etwas einfallen würde.

Von Neugier getrieben, machte sich Böhnke auf den Weg zur Wiese von Schmitz. Er war nicht der Einzige. Viele Menschen beobachteten, zumeist mit zornig funkelnden Augen und zusammengekniffenen Mündern, die gewaltigen Anpflanzbemühungen. Fast das gesamte Grundstück schien schon umsäumt. Böhnkes Blick fiel auf einen Bauwagen am Rande. Er sollte wohl als Wohnstätte für die Nachtwache dienen.

Die vor dem Baugelände mehrfach gebrüllte Aufforderung – »Die Thujahecke muss weg!« – hörte er auch bei seinem abendlichen Telefonat mit Lieselotte, mit dem er den nicht alltäglichen Alltag beendete.

»Du darfst nicht zulassen, dass die Koniferen dort bleiben, Commissario.«

»Ich kann's doch nicht verhindern.«

»Kannst du wohl!«

»Und wie?«

»Indem du verhinderst, dass die erwischt werden, die die Thujas entfernen.«

Richtig folgen konnte er ihrer Argumentation nicht. Oder musste er sie so verstehen, dass es weitere Versuche geben würde, die Pflanzungen wieder zu roden?

»Das wird nicht gelingen. Schmitz lässt sein Gelände bewachen. Da kann niemand was machen.«

War das gut oder schlecht?, wollte sie wissen.

Wieder so eine Frage, auf die er keine Antwort geben wollte.

»Dich kann man wirklich für nichts gebrauchen, Commissario«, meinte seine Apothekerin wenig schmeichelhaft zum Abschluss.

In der Nacht träumte er wieder von Kettensägen in einem Koniferenhain. Aber am Morgen war er sich absolut sicher, diesmal wirklich geträumt zu haben.

13.

Wie ein Lauffeuer wälzte sich die Behauptung durch Huppenbroich: Die Thujahecke war weg! Nicht nur Böhnke trieb es deswegen zur ominösen Wiese. Viele der Stammtischler, einige jüngere Mitbürger, Hausfrauen und wenige Kinder beobachteten lachend und unverhohlen voller Schadenfreude das Geschehen. Wild gestikulierend redete Schmitz auf einen groß gewachsenen Mann in blauer Arbeitskleidung ein. Daneben standen zwei zerknirscht wirkende Arbeiter. Böhnke brauchte nicht viel, um sich vorzustellen, dass es sich bei dem Trio um die Nachtwache handelte, die nicht verhindert hatte, dass wieder an allen Seiten die Lebensbäume erdnah fein säuberlich abgesägt worden waren.

»Willst du nicht hingehen, Kommissar?«, raunzte ihn ein Pensionär von der Seite an.

»Damit ihr dann am Stammtisch darüber schimpft, ich würde mit Schmitz zusammenarbeiten.« Böhnke winkte ungehalten ab.

»Blödmann«, raunzte der Mann wieder. »Wir brauchen doch jemanden, der mitbekommt, was sich hier noch alles abspielt«, meinte er in versöhnlichem Ton. »Nun geh schon, Kommissar!«

Derart aufgemuntert und dennoch widerwillig ging Böhnke auf das Quartett zu.

»Schöne Scheiße«, schimpfte Schmitz statt einer

Begrüßung. »Da möchte ich mal wissen, warum ich einen Kommissar und eine Nachtwache verpflichte, wenn am Morgen die Arbeit des vergangenen Tages wieder zunichte gemacht worden ist.« Schwer atmend suchte er nach einem Taschentuch für seine feuchte, hohe Stirn. »Ich habe auch schon die Polizei alarmiert. Ich hoffe, die kommt bald. Denn es geht nicht nur um Sachbeschädigung, sondern auch um Diebstahl.«

»Wieso?« Böhnke sah sich in einer absolut undurchsichtigen Angelegenheit. Wie sollte er etwas entdecken, das gestohlen worden war?

»Da hinten, wo das Grundstück an einen Feldweg grenzt, sind rund 100 Pflanzen abtransportiert worden«, antwortete statt Schmitz dessen hoch aufgeschossener Nebenmann. Das Namensschild auf dem Arbeitsanzug wies ihn als Gerd Lieberbauer und Inhaber des Gartenbaubetriebs aus Köln aus. »Ich nehme an, die sind mit einem Trecker und zwei Anhängern vorgefahren und haben die Pflanzen aufgeladen.«

»Was wollen die denn damit?«, fragte Böhnke spontan. Für ein Osterfeuer eigneten sich die schlecht brennbaren Lebensbäume ebenso wenig wie für einen offenen Kamin oder einen Kachelofen.

»Verkaufen oder verpflanzen. Nach Belgien oder nach Holland. Oder sogar ins Rheinland.« Lieberbauer lachte verkniffen. »Es könnte durchaus sein, dass ich selbst diese Thujas in den nächsten Tagen irgendwo kaufen kann, wenn ich neue Ware heranschaffen muss. Kommt immer wieder vor, dass Pflanzgut von einer Baustelle gestohlen wird. Vielleicht werden die Thujas jetzt im Augenblick auch schon wieder anderswo eingesetzt.«

»Wer kann das gewesen sein?«, schnaufte Schmitz mit einem Blick auf Böhnke.

Der zuckte mit den Schultern. Für ihn hatte Schmitz die falsche Frage gestellt. Er hätte fragen sollen, warum die nächtlichen Missetäter einen Teil der Thujas gefällt, einen anderen hingegen mitgenommen hatten.

»Keine Ahnung«, antwortete Böhnke. Da müsse man die Ergebnisse der Spurensicherung abwarten. Dafür wäre die Polizei zuständig, nicht er. »Ich kann deren Arbeit nicht übernehmen. Ich kann nur parallel tätig werden.« Er beugte sich mit seiner Aussage weit vor und musste aufpassen, nun nicht zu viel zu sagen und zu versprechen.

»Wie konnte es überhaupt zu dieser nächtlichen Aktion kommen?«, fragte er. »Sie hatten doch eine Nachtwache. Oder haben Sie etwa allen Ernstes geglaubt, ich würde Ihre Männer kontrollieren?«

»Hätten Sie besser getan«, schnaubte Schmitz. »Die Idioten sind eingeschlafen.«

»Und haben den Lärm der Kettensägen nicht mitbekommen? Kann ich mir nicht vorstellen, ehrlich gesagt.« Böhnke schaute in Richtung der beiden Gestalten, die die Beleidigung von Schmitz ungerührt hingenommen hatten.

»Sollen Sie Ihnen selber erzählen«, blaffte der mit dem Taschentuch herumwischende Grundstücksbesitzer. »Los, erzählt!«

Böhnke fühlte sich durch den Bericht der beiden Tollpatsche an längst vergangene Zeiten erinnert. So blöd konnte man einfach nicht auf einen der ältesten Bauerntricks hereinfallen. Da brauchte man schon den IQ einer leeren Mülltonne.

Die Männer hatten am Abend Besuch bekommen; von mehreren jungen Frauen und zwei Männern. Sie hatten sich von den Schönheiten regelrecht um den Finger wickeln lassen und waren vor dem vermeintlichen Schäferstündchen einem Els nicht abgeneigt. Aus dem einen Pinnchen Eifeler Kräuterschnaps wurden unweigerlich mehrere.

Wie Böhnke aus eigener leidvoller Erfahrung wusste, schmeckte jedes Glas besser als das vorherige, was allerdings nur daran lag, dass mit jedem Schluck die Geschmacksnerven weniger ablehnend auf den gewöhnungsbedürftigen Geschmack reagierten.

Verbunden mit einem erheblichen Bierkonsum waren die beiden Männer in ihrem Bauwagen in tiefen Schlaf gesunken. Erst am Morgen dämmerte es ihnen, was geschehen war und was nicht. Da waren die Schönheiten der Nacht längst hinter den Eifelbergen verschwunden, die Lebensbäume zerstört oder ausgegraben, ihr Kater allerdings putzmunter.

Böhnke hatte Mühe, sich das Lachen zu verkneifen, zugleich staunte er über sein gutes Gehör. War wohl doch kein Traum gewesen in der Nacht, die für die beiden Wachmänner zum Albtraum geworden war.

Die Beschreibung der Frauen und ihrer Begleiter war derart diffus, dass sie auf jeden 20- bis 30-jährigen Menschen zutreffen konnte. Die Zahl der infrage kommenden Huppenbroicher war nicht gerade groß. Aber Böhnke ging für sich davon aus, dass eine Überprüfung erfolglos bleiben würde. Momentan war das

Jungvolk ohnehin unterwegs, auf Arbeit oder beim Studium, und am Abend würde es garantiert keine intensiven Ermittlungen durch die Kollegen vom Bezirksdienst mehr geben.

Wahrscheinlich wäre es effektiver, sich möglichst schnell in Baumschulen, Gartencentern, Baumärkten oder Gärtnereien umzuschauen, denn mit jedem Tag sank die Wahrscheinlichkeit, die gestohlenen Pflanzen zu finden. Vielleicht hatten sie sogar schon auf einem anderen Grundstück eine neue Bleibe gefunden.

»Was wollen Sie machen, Herr Böhnke?« Schmitz unterband sein Nachdenken.

»Ich werde gar nichts machen. Das ist einzig und allein eine Sache der Polizei.« Böhnke betrachtete den schwitzenden, kleinen Mann. »Und was machen Sie, Herr Schmitz?«

»Ich mache weiter. Ich lasse mir von den Dorftrotteln doch nicht auf der Nase herumtanzen. Neue Thujas werden gepflanzt und eine Wach- und Schließgesellschaft wird so lange Dienst schieben, bis ich mein Grundstück bis auf den letzten Winkel mit Kameras überwachen lassen kann. Das wäre doch gelacht, wenn ich das bessere Ende nicht für mich hätte.« Wütend stapfte Schmitz davon und ließ Böhnke stehen.

Der Pensionär stimmte Schmitz uneingeschränkt zu. Das letzte Wort war in dieser Angelegenheit noch nicht gesprochen. Auch er fühlte sich in seiner Ehre gepackt. Von wegen Dorftrottel!

»Wo warst du?« Vorwurfsvoll raunzte ihn Grundler an. »Wenn du schon ein Handy hast, dann nehme es gefälligst auch mit, wenn du das Haus verlässt.« Die Laus, die dem Anwalt über die Leber gelaufen war, musste ziemlich groß gewesen sein.

Böhnke scherte sich nicht um das Lamentieren seines Freundes. »Was ist?«, fragte er unbeeindruckt.

»Frosch kommt heute Mittag frei.«

»Ist doch schön für uns.« Was wollte Grundler von ihm?

»Ich hole dich ab und wir fahren zusammen zu ihm. Sein Auto steht schon vor der JVA.«

»Ich soll also mal wieder Kindermädchen spielen?«

»Ja, du sollst dich um ihn kümmern. Nimm ihn mit nach Huppenbroich von mir aus oder was auch immer.«

»Und du?«

»Ich habe Arbeit ohne Ende. Ich kann Frosch nicht auf meinen Schoß setzen und ihn behüten. Das musst du tun.«

»Seit wann weißt du von der Freilassung?«

»Offiziell seit wenigen Minuten, nicht offiziell seit heute Morgen.«

»Was heißt das: nicht offiziell?«

»Es stand heute schon in der Zeitung mit den großen Buchstaben.«

Eine knappe halbe Stunde später traf Grundler in Huppenbroich ein. »Hier hast du das Schmierblättchen«, sagte er wenig begeistert und knallte die Zeitung auf den Küchentisch. »Da fällt mir echt nichts mehr ein. Das ist doch nur sensationsgeil und schadet, statt es nützt.«

Mit einer Mischung aus Abscheu und Interesse langte Böhnke nach dem Blatt. Er suchte nicht lange, bis er die Überschrift fand.

»Heute kommt der Glückspilz frei!« Ohne Begründung stellte die Zeitung die Tatsache fest. »Was macht er? Genießt er mit dem Geld aus dem Tresor seine Freiheit? Die Haftentlassung bedeutet nicht, dass er nichts mit dem Toten im Venn zu tun hat. Noch kann ihm nichts nachgewiesen werden. Eine Fluchtgefahr besteht angeblich nicht. Der Glückspilz darf nicht reden. Sein Anwalt T. Grundler aus Aachen hat ihm davon abgeraten. Warum? Die Öffentlichkeit hat ein Recht auf Antworten. Doch der Anwalt lässt sich verleugnen.«

Böhnke blickte ungläubig zu Grundler. »Was soll das denn?«

»Kann ich dir nicht sagen. Mich hat keiner gesprochen.«

»Aber du lässt dich verleugnen.«

»Kann ich das Gegenteil beweisen? Nein. Da ruft jemand im Büro an, lässt es einmal klingeln und behauptet dann, es hätte sich niemand gemeldet. Daraus wird dann ein Verleugnen, und die Redaktion kann anhand der Telefonprotokolle beweisen, dass bei mir angerufen wurde.« Grundler winkte ab. »Aber darüber rege ich mich nicht auf. Ich finde es nur unverantwortlich gegenüber Frosch, was da geschieht. Das ruft doch nur wieder Erpresser und anderes Gesindel auf den Plan, die sich an Frosch ranmachen wollen. Nach Rurberg kann er jetzt jedenfalls nicht mehr.«

»Und nach Walheim auch nicht«, fügte Böhnke hinzu. Ihm schwante, worauf das Gespräch hinauslaufen würde.

»Da gibt es nur noch eine sinnvolle Möglichkeit: Du nimmst ihn zunächst einmal mit in deine unscheinbare Wohnung hier nach Huppenbroich.«

»Ist nicht deine beste Idee«, maulte Böhnke, der sich aber eingestand, keinen besseren Vorschlag in petto zu haben.

»Du hast aber auch keine bessere«, konterte Grundler prompt. »Ich habe schon alles vorbereitet.«

Wie Grundler vermutet hatte, gab es zwei Journalisten, einer davon mit einem Fotoapparat in der Hand, die am Portal der Justizvollzugsanstalt auf sie warteten. Sie beäugten und fotografierten den Corsa, in dem Frosch auf dem Rücksitz hockte. Danach folgten sie ihnen in einem unauffälligen, silbergrauen Ford Focus.

Grundler brachte Frosch schnurstracks zu dessen Wohnung in Walheim. Die verfolgenden Journalisten schienen ihn nicht sonderlich zu scheren. Als sie die Wohnung betraten, staunte Frosch nicht schlecht, dort Böhnke vorzufinden.

»Irgendwie müssen wir doch die Paparazzi austricksen«, klärte ihn Grundler auf, der sich ohne Umschweife allein auf den Rückweg nach Aachen machte.

Böhnke unterrichtete den verblüfften Mann über das weitere Vorgehen. Er solle sich von einem Taxi zur Einkaufspassage am Bahnhof Rothe Erde in Aachen fahren lassen und dort ein wenig bummeln. »Dann fahren sie pünktlich um 15 Uhr mit dem Aufzug in die Tiefgarage. Dort warte ich in einem Leihwagen auf Sie.« Die Geheimniskrämerei, die Grundler an den Tag legte, erschien ihm übertrieben. Aber er hatte dem Plan zugestimmt.

In Huppenbroich hätte er die Kontrolle über Frosch. Dort hatte man andere Sorgen, als sich um den vermeintlichen »Glückspilz« zu kümmern. Und man vertraute Böhnke, wenn er einem Fremden Unterkunft gewährte. So hatte der Kommissar schon einmal einen Unschuldigen vor der Festnahme durch die Polizei bewahrt, nachdem er aus der Untersuchungshaft geflüchtet war.

Nicht nur Böhnke hatte in Walheim auf Frosch gewartet. Vor dem Kommissar hatte es schon andere Besucher gegeben, die dank des Boulevards von Froschs bevorstehender Freilassung gewusst hatten. Beim Leeren des Briefkastens fiel Frosch ein nicht von der Post versandter, ohne Absender und Adresse versehener Briefumschlag in die Hände.

»Es geht weiter«, stöhnte er nach dem Lesen des Inhalts und reichte Böhnke zitternd ein Blatt Papier.

»Wir warten auf unser Geld«, las Böhnke, »und wir werden es morgen von Ihnen bekommen. Halten Sie die 500.000 Euro in einem viereckigen Aluminiumkoffer bereit. Rufen Sie morgens um 10 Uhr folgende Handynummer an.«

Es handelte sich um die Rufnummer eines deutschen Mobilnetzbetreibers, unter der sich, wie Böhnke erwartet hatte, niemand meldete. Das Gerät war nicht aktiviert. Die Wahrscheinlichkeit, dass es sich um eine Prepaid-Karte handelte, war ebenso groß wie die Wahrscheinlichkeit klein war, das Telefon orten zu können. Nach der einmaligen Benutzung würde es garantiert in irgendeinem Müllcontainer oder in einem Gewässer verschwinden.

»Wenn Sie sich nicht um 10 Uhr melden, können wir für das Leben Ihres Enkels nicht garantieren. Das nächste Weihnachtsfest kommt zu spät für ihn.«

Welch perverser Erpressungsversuch, dachte Böhnke. Er hatte nach der Vorgeschichte keinen Zweifel, dass der oder die Täter es ernst meinten. Bestärkt wurde er durch den provokanten Abschluss: »Es grüßt der rote Lutscher.«

Auf einen Hinweis, die Polizei außen vor zu lassen, hatten die Erpresser verzichtet.

Was hatte Frosch davon, die Polizei einzuschalten? Er sah das Leben seines Enkels gefährdet und würde alles tun, um es zu bewahren. Eine absolute Überwachung des Kindes konnte die Polizei nicht leisten. Der beste Schutz für den Enkel wäre es, den Erpresser ein für allemal auszuschalten. Oder ihm die 500.000 Euro zu überlassen.

Böhnke teilte Froschs Auffassung nicht. Sicherlich würden die Erpresser nicht locker lassen, solange sie das Geld nicht hatten. Sie würden aber auch nicht darauf verzichten wollen und riskieren, nach dem Tod des Enkels erwischt zu werden. Es werde mindestens einen zweiten Versuch der Geldübergabe geben, falls der erste scheitern sollte. Böhnke war fest entschlossen, dieses Scheitern herbeizuführen. Wohlweislich verschwieg er Frosch diese Absicht.

Er verließ sich darauf, dass Grundler die Aachener Kriminalpolizei auf ihre Seite ziehen konnte, auch wenn diese weiter gegen Frosch wegen des erschossenen Unbekannten im Hohen Venn ermittelte. Der Anwalt wollte seine Beziehungen spielen lassen, und wenn sie nur dazu beitrugen, dass ihnen einige Beamte hilfreich zur Seite standen.

Böhnke machte bei diesem Tanz auf zwei Hochzeiten gerne mit. Er hätte Probleme gehabt, wenn er seine Kollegen in dieser Sache hintergehen müsste. Sie mussten sich im Hintergrund halten, während er den allein gelassenen Frosch zum Tanze ausführte.

Grundler sei ein Hellseher, scherzte Böhnke, als Frosch das Taxi bestellte. »Da können Sie in der Einkaufspassage gleich den passenden Alukoffer kaufen.«

Auf seinen Rat hin verzichtete Frosch darauf, Kleidung oder persönliche Gegenstände mitzunehmen. »Unsere Pressefreunde vor der Haustür sollen ruhig glauben, Sie kommen später wieder hierhin zurück.« Für Kleidung sei längst gesorgt, beruhigte Böhnke den verunsicherten Mann. »Ist in ausreichendem Maße an Ihrem nächsten Aufenthaltsort vorhanden.«

»Wo ist der?«

»Werde ich Ihnen nicht verraten. Dann können Sie sich auch nicht verplappern.«

Interessiert beobachtete Böhnke, wie Frosch in das Taxi stieg, dem sofort nach der Abfahrt der Kleinwagen der Journalisten folgte. Er war sich sicher, erkannt zu haben, dass sie Frosch unentwegt vom Verlassen des Hauses bis zum Besteigen der Droschke fotografiert hatten. Was sollte diese Sensationsgier?, fragte er sich, während er gelassen das Haus verließ und zu einer Nebenstraße ging, in der der von Grundler georderte Leihwagen stand, den sie zuvor in Aachen abgeholt hatten.

Böhnke hatte den brandneuen Toyota am Bahnhof Rothe Erde in der Tiefgarage der Aachen-Arkaden direkt neben einem Aufzug auf einem für Behinderte reservierten Stellplatz geparkt. Den Ford der Journalisten konnte er ebenso wenig entdecken wie sonst etwas Auffälliges. Seine Überzeugung wuchs, dass der von Grundler ausgeheckte Plan, den er noch als umständlich beurteilt hatte, durchaus seine Berechtigung hatte.

Frosch ließ ihn nicht lange warten. Mit dem passenden Alukoffer in der Hand trat er aus dem Aufzug und erkannte Böhnke sofort. Er war allein in der Kabine gewesen, auch im Blickfeld von Böhnke gab es keine anderen Personen. Sie würden die Journalisten abhängen können, falls sie Frosch überhaupt bis in die Arkaden verfolgt hatten.

Frosch jedenfalls hatte die beiden Männer nicht bemerkt, was aber nichts besagte, wie Böhnke sich dachte. Er verließ die Tiefgarage und beobachtete einen roten Corsa, der sich sofort an ihren Toyota heftete. Grundler hatte an der Ausfahrt auf sie gewartet und sich dort nicht von schimpfenden Autofahrern verdrängen lassen, die unbedingt statt seiner im absoluten Halteverbot hinter der Bushaltestelle parken wollten.

Mit Grundler im Schlepptau fuhr Böhnke über Kornelimünster zur Himmelsleiter. Er war sich ziemlich sicher, dass ihnen niemand folgte. Neugierige Journalisten, die wegen Frosch auf der Pirsch sein sollten, würden ihn entweder immer noch in der Einkaufspassage wähnen oder annehmen, er würde spätestens am Abend wieder nach Walheim fahren.

In Huppenbroich würden sie ihn bestimmt nicht vermuten.

Der Grundler sei ja wohl ein merkwürdiger Vogel, meinte Frosch, nachdem Böhnke ihn über ihren Plan informiert hatte. Nach der ersten Begegnung hatte er große Bedenken gehabt. Dem Anwalt dann auch noch das Geld anzuvertrauen, hatte ihn viel Überwindung gekostet. Er hatte sich dazu nur bereiterklärt, weil er Böhnke vertraute. Er würde ihm auch weiter vertrauen müssen, spürte er. Ohne Böhnke würde er nicht mehr leben.

»Und ohne Grundler säßen Sie wahrscheinlich immer noch in U-Haft«, behauptete Böhnke. Es hatte Frosch sehr erstaunt, wie selbstsicher der Anwalt aufgetreten war und wie sehr ihm von den anderen Respekt entgegengebracht wurde, trotz seiner legeren Kleidung.

»Ist der gut?«, fragte Frosch. Er hatte sich von Grundler noch kein klares Bild machen können.

»Einen Besseren hätten Sie ohne Garantiehonorar nicht bekommen können.«

»Warum verteidigt er mich denn überhaupt?«

»Weil ich ihn darum gebeten habe«, antwortete Böhnke nüchtern.

Frosch wirkte erleichtert. »Grundler steht voll und ganz auf meiner Seite, meinen Sie?«

»Ja. Aber nur, wenn Sie unser Spiel mitspielen und keine Alleingänge unternehmen, ohne sie zuvor mit uns abgesprochen zu haben«, belehrte ihn Böhnke, als sie auf die Zufahrt zu seinem Wohnhäuschen abbogen. »Willkommen im Hühnerstall, Herr Frosch!«

Er hatte Frosch eingetrichtert, die Wohnung nicht zu verlassen, nicht zu telefonieren und sich nicht an der Fensterfront im Wohnzimmer blicken zu lassen. Seine Überlegung, den bei ihm eingezogenen Mann mit zur

Gaststätte zu nehmen, hatte er schnell wieder verworfen. Erst wollte er die Stimmung ausloten, bevor er den Huppenbroichern diesen Menschen zumutete, der nach der Boulevardmeinung ein Mörder sein konnte.

Die Schlagzeilen für die Zeitung konnte er jetzt am Abend schon formulieren: »Glückspilz haut ab!« »Holt er sein Geld?« »Bleibt Mord ungesühnt?« Nichts würde in dem Billigblatt stehen von der Auflage, dass sich Frosch tagtäglich bei der Polizei telefonisch melden und jederzeit über seinen Anwalt erreichbar sein musste.

Aber das war Schnee von morgen. Momentan interessierte ihn mehr der Schnee von gestern und von heute, sagte er sich, als er nach dem kurzen Fußmarsch die Gaststätte betrat.

»Da kommt ja unser Spion!«, meinte einer vom Stammtisch unpassend und gehässig, als er ihn beim Eingang entdeckte, und erntete einen derben Rüffel seines Nachbarn. Eine derartige Respektlosigkeit wurde dem Kommissar gegenüber dann doch nicht hingenommen.

Böhnke hatte kurz gezaudert, sich zu den Stammtischlern zu gesellen, sah dann aber keinen Grund, sich wegen der bescheuerten Bemerkung einer Schnapsdrossel selbst ins Abseits zu stellen.

»Was hat es denn noch gegeben?«, fragte er und bestellte eine Runde Els für den Stammtisch. »Aber nur für die, die mit mir anstoßen wollen.«

Es waren alle.

Nach den vielen Wortbeiträgen konnte sich Böhnke ein Bild machen. Kurz nach Böhnke war auch Schmitz abgezogen, noch bevor die beiden Polizisten aus Simmerath erschienen waren. Sie hatten die unzulänglichen Aussagen der düpierten Nachtwächter protokolliert. Danach hatten sie zu Böhnkes Erstaunen einen Rundgang durch den Ort gemacht und bei diversen Wohnungen und Häusern angeklopft. Sie wussten halt aus Erfahrung, wo mögliche Täter wohnen könnten. Doch blieben die Befragungen ergebnislos. Es war tatsächlich so, wie Böhnke es sich gedacht hatte, die jungen Leute schwirrten irgendwo an ihrem Arbeitsplatz oder ihrer Ausbildungsstelle herum und hatten nach Aussagen der Mitbewohner und Nachbarn in der Nacht geschlafen.

»Was hat Schmitz vor?«, wurde Böhnke gefragt.

Eine konkrete Antwort musste er schuldig bleiben. »Das letzte Wort ist noch nicht gesprochen. Sagt er jedenfalls. Und er hat Strafanzeige erstattet. Mehr weiß ich nicht.«

Die Stammtischbrüder aber wussten mehr. Schmitz hatte neue Thujas herankarren und eine neue Hecke pflanzen lassen. »Jetzt fährt er ein ganz großes Kaliber auf. Er lässt sein Grundstück von einer Wach- und Schließgesellschaft bewachen, die auch nachts auf Patrouille gehen. Der will's unbedingt wissen.«

»Aber er wird es nicht schaffen, der Fettwanst. Der soll sich verpissen«, tönte ein Mithörer vom Nachbartisch. Niemand kommentierte seine Bemerkung, die nur wenig besser war als die Bemerkung, Böhnke sei ein Spion.

Zusammen mit einem älteren Landwirt verließ Böhnke die Gaststätte. Ob er ihn bei einem Rundgang durch den Ort begleiten wollte, fragte der Mann, während er seine Kappe richtete. Böhnke willigte ein, es würde einen Grund geben, wenn er zu einem Spaziergang gebeten wurde.

Wortlos schlenderten sie zum Ortsrand. Schon von Weitem erkannten sie die Strahler, die das Gelände von Schmitz beleuchteten.

»Ist ja heller als das Flutlicht auf unserem Sportplatz«, staunte der Landwirt.

Böhnke wusste gar nicht, dass es dort überhaupt eine Flutlichtanlage gab.

»Gibt es auch nicht, Herr Kommissar. Ich hab doch nur Spaß gemacht. Das Licht hier ist heller, als unser Flutlicht wahrscheinlich wäre.«

Sie hatten sich dem Gelände auf zehn Metern genähert, als sich ihnen ein grimmig blickender, stämmiger Mittdreißiger in einer schwarzen Lederjacke entgegenstellte. Der kantige Schädel war fast kahl geschoren, der Stiernacken bewies, dass der Mann viel Muskeltraining betrieb.

»Halt! Hier geht's nicht weiter. Außerdem will ich Ihre Personalien sehen.«

Der Landwirt staunte mit offenem Mund Böhnke an, der den Stiernacken in aller Gemütsruhe betrachtete. Bedächtig zog er sein Handy aus der Tasche.

»Ein Anruf und Sie haben eine Anzeige wegen Nötigung am Hals. Wer sind Sie überhaupt, dass Sie uns verbieten, einen öffentlichen Weg zu begehen?«, fragte er gelassen.

Der Wachmann plusterte sich auf. »Weg von hier, sag ich!« Er wollte Böhnke packen. »Sie sind hier zu viel.«

Der Landwirt schien zum Rückzug bereit. »Lass uns gehen, Kommissar.«

Der Satz bewirkte Wunder. Der Glatzkopf glotzte Böhnke erschrocken an. »He, Paul, komma!«, rief er nach einer langen Denkpause. »Wir haben Besuch gekriegt. Vonner Polizei.«

Wenige Augenblicke später kletterte ein sportlicher Mann aus dem Bauwagen und stellte sich höflich als Leiter des Wachtrupps vor. Selbstverständlich könnten sie bis zur Grundstücksgrenze gehen, aber sie müssten verstehen, dass der Eigentümer sein Grundstück schützen wolle nach dem, was alles passiert sei.

Böhnke nickte und bat ihn, seinem Kollegen ein wenig diplomatisches Geschick einzuimpfen. Deeskalation im Vorfeld sei besser als der Ernstfall, meinte er. Insgeheim befürchtete er eine aggressive Reaktion der Bürger, wenn sie rüde von diesem Stiernacken oder dessen Kollegen angegangen werden würden. Es müsste nicht so weit kommen, dass nachts Traktoren und Mähdrescher mit gewaltbereiten Menschen auffuhren. »Sorgen Sie dafür, dass die Regeln des Anstands eingehalten werden«, empfahl er Paul, bevor er mit dem Landwirt wieder abzog.

»Das war knapp.« Böhnkes Begleiter pustete durch.

War es nicht, dachte sich Böhnke. Er hatte die Situation im Griff gehabt. Aber der Landwirt sollte ruhig glauben, Böhnke habe sie gerettet. Er schmunzelte über die beginnende Legendenbildung, wie der Kommissar es geschafft hatte, einen wutschnaubenden Stiernacken zu bändigen.

»Weißt du eigentlich, was geschehen ist?« Endlich kam der Mann zu dem eigentlichen Anlass, weswegen er Böhnke zu dem abendlichen Spaziergang eingeladen hatte.

»Nein, ich weiß es nicht.« Was gemeint war, war Böhnke klar: Es ging um die nächtliche Aktion, bei der die Thujas gefällt oder gestohlen worden waren.

»Willst du es wissen?«

»Hast du denn keine Angst, ich könnte es Schmitz flüstern?«

»Nein, Kommissar. Du bist einer von uns. Ich kenne dich.«

Welch Vorschusslorbeer! Es war Böhnke peinlich, dass ihn der Landwirt derart einschätzte. »Ich will's trotzdem nicht wissen.«

»Kannst du aber, denn es waren keine Leute aus Huppenbroich am Werke.«

Symbolisch klopfte sich Böhnke anerkennend auf die Schulter. Er hatte richtig gelegen. »Es waren irgendwelche aus irgendeinem Nachbarort, nicht wahr? Die haben die Wachleute matt gesetzt, die Thujas abgesägt und die anderen mitgenommen. Stimmt's?«

»Stimmt, Kommissar. Woher weißt du das?«

Böhnke winkte bescheiden ab. »Das war nicht schwer.« Wenn er weiterdachte, würde er dem Landwirt sagen können, dass Thuja-Gegner aus Huppenbroich Freunde aus der Region zusammengetrommelt hatten, die die Aktion durchgeführt und etliche Pflanzen als Lohnersatz mitgenommen hatten. Aber er behielt dieses Wissen, dass der Wahrheit entsprach oder ihr zumindest sehr nahe kam, für sich.

»Dann sage ich dir nicht, was passiert ist. Unsere jungen Leute sind aber aus dem Schneider, das kann ich dir wohl sagen.«

»Das habe ich auch nie angezweifelt.« Es war Zeit, das Gespräch zu beenden, sonst redete sich der redselige Landwirt noch um Kopf und Kragen und Böhnke geriet selbst in einen Konflikt zwischen seinem Einsatz für den Rechtsstaat und seinem Verständnis für seine Mitbürger.

Er erinnerte sich ein weiteres Mal an eine Aussage von Fritz Schmitz: »Das letzte Wort ist noch nicht gesprochen.«

Die Bemerkung galt gewiss auch für Frosch. Böhnkes Gast hatte die Weisungen befolgt und hockte im abgedunkelten Zimmer vor dem Fernseher.

Es sei besser, sich in die Schlafzimmer zurückzuziehen, schlug Böhnke gähnend vor. »Morgen wird es für uns einen anstrengenden und vielleicht spannenden Tag geben, denke ich mal.«

14.

Konzentriert, dennoch besonnen und gelassen wählte Böhnke zum angegebenen Zeitpunkt die Handynummer. Schon nach dem ersten Rufzeichen wurde der Kontakt hergestellt.

»Hallo! Mit wem spreche ich?«, fragte ihn ein Mann mit stakkatohafter Aussprache.

Kein Deutscher, registrierte Böhnke für sich.

»Sie sprechen mit Frosch. Ich sollte Sie anrufen«, flüsterte er zaghaft. Seine Stimme sollte ängstlich klingen, aber er wusste nicht, ob der andere diese vorgetäuschte Ängstlichkeit überhaupt mitbekam.

»Sie haben das Geld?«

»Ja«, antwortete Böhnke. Er hatte Geld. Es sah zwar wie echtes Geld aus, war allerdings falsch. Grundler hatte es vorbeigebracht; vermutlich aus dem Bestand der Polizei. Aber er hatte ihm die Herkunft nicht verraten.

»Und den Alukoffer?«

»Ja.«

»Dann fahren Sie jetzt sofort zum Camp Vogelsang. Sie wissen, wo das ist?«

Wieder antwortete Böhnke mit einem einsilbigen: »Ja.«

»Sie kennen sich dort aus?«

»Ja.«

»Mit dem Geldkoffer gehen Sie zum Eingang des Hallenbades. Verstanden?«

»Ja.«

»Dort erhalten Sie weitere Anweisungen.«

Damit war die Verbindung auch schon unterbrochen, wie Böhnke feststellen musste. Herauszufinden, von welchem Standort der Unbekannte mit ihm telefoniert hatte, war nahezu unmöglich. Selbst wenn die Polizei mit modernster Technik ans Werk gegangen wäre, blieb die Lokalisierung ein hoffnungsloses Unterfangen. Garantiert hatte der Unbekannte das Gerät nach dem Anruf wieder vom Netz genommen, dachte Böhnke und sah sich bestätigt, als sein zweiter Anruf mit »The Person you have called is temporarely not available« beantwortet wurde. Der Hinweis folgte dann noch in deutscher und französischer Sprache, was ihm eines verriet: Das Handy hatte wahrscheinlich einen deutschen Provider. Die Telefongesellschaften bei den westlichen Nachbarn machten sich ihrerseits nicht die Mühe, ihre Ansagen außer in den Landessprachen und Englisch auch in Deutsch mitzuteilen.

Böhnke musste lange auf Frosch einreden, bis er sich einigermaßen sicher war, dass der die ihm zugedachte Rolle ausfüllen konnte.

»Sie dürfen auf keinen Fall den Eindruck erwecken, Sie hätten einen Begleiter. Es muss auf die Erpresser wirken, als seien Sie tatsächlich alleine. Also, schauen Sie sich nicht suchend um, wenn Sie mit den Kerlen zusammen sind. Das könnte die Gauner nervös machen«, trichterte er ihm ein. »Und unabhängig davon«, Böhnke lächelte grimmig, »Sie werden mich ohnehin nicht sehen. Aber ich versichere Ihnen, ich werde immer in Ihrer Nähe sein. Machen Sie alles, was man Ihnen sagt.«

Auf der Fahrt zur ehemaligen NS-Ordensburg Vogelsang gingen sie die Schritte der möglichen Kofferübergabe noch einmal durch. Aber es blieb bei Böhnke das Unbehagen, dass Frosch der Aufgabe nicht gewachsen sein könnte.

Nachdem sie an der Schranke am Parkscheinautomaten ein Tagesticket gezogen hatten, näherten sie sich über der Zufahrtsstraße dem riesigen Gelände. Bis vor wenigen Jahren hatte das belgische Militär die Anlage in Besitz gehabt, auf dem während des Nazi-Regimes eine Elite-Akademie für zukünftige braune Herrscherzöglinge entstehen sollte. Die Baupläne wurden nur zu einem geringen Teil umgesetzt, auch wenn die entstandenen Gebäude bereits von gigantischem Ausmaß waren und die Besucher in Staunen versetzten, wenn sie sich vorstellten, wie der Gesamtkomplex einmal hätte aussehen sollen. So war immerhin das größte Kino der Nordeifel entstanden, das nunmehr nach jahrelangem Brachliegen restauriert wurde, und auch der Eingangsbereich der sogenannten Ordensburg, der Rest des Bauprojektes war im Planungsstadium stecken geblieben. Das eigentliche Hauptgebäude war niemals errichtet worden. Im Eingangsportal befand sich das Dokumentationszentrum und ein Teil der Verwaltung des Nationalparks Eifel. Von der Terrasse gab es den schönsten Ausblick talwärts auf den Urftsee, der durch eine Staumauer vom Obersee getrennt wurde, und auf die Ruinen des ehemaligen Dorfes Wollseifen; ein Anblick, der den Bürgern fast sechs Jahrzehnte verwehrt geblieben war, weil das belgische Militär das Gelände als Kaserne und Truppenübungsplatz genutzt und die Häuser von Wollseifen als Zielobjekte und Übungsstätte für den Häuserkampf verwendet hatte.

Aber der Blick auf das Geisterdorf und die Natur war nicht der naheliegendste Grund, warum die Menschen in Massen nach Camp Vogelsang kamen, wo sie sich auf dem riesigen Gelände verliefen. Die geschichtliche Dimension der Ordensburg zog Scharen in die Nordeifel. Nur einige verrostete Schilder wiesen auf die Zeit des belgischen Militärs hin. Die betonierten Flächen vor den Hallen und Gebäuden waren zu Parkplätzen für die Besucher des Informationszentrums umfunktioniert worden. Selbst tausend Pkw fielen hier nicht weiter ins Gewicht.

Unterhalb des Eingangsgebäudes lagen im Hang die Mannschaftsunterkünfte, symmetrisch angeordnete, lang gestreckte zweigeschossige Gebäude, die größtenteils leer standen. Frosch ging an ihnen vorbei, bergab auf den gepflasterten Wegen, um zu dem Hallenbad zu gelangen, das oberhalb eines Sportplatzes in den Hang hinein gebaut worden war. Es hatte hitzige Diskussionen darüber gegeben, ob das Hallenbad nach der Rückgabe wieder in Betrieb genommen werden sollte. Der Widerstand störte sich insbesondere an den übergroßen, Kampfeswillen und Heldenmut ausstrahlenden Gestalten, die auf Kacheln großformatig an der Rückwand hinter dem Becken dargestellt wurden. Letztendlich hatten sich die Befürworter einer Nutzung durchgesetzt, die in den abgebildeten Körpern und Gesten eine Mahnung sahen und ein zeitgeschichtliches Dokument, dass es nie wieder zu einer derartigen Glorifizierung und politischen Vereinnahmung der Menschen kommen durfte.

Frosch warf nur einen flüchtigen Blick durch die hohe Fensterfront auf die Rückfront des Bades, in dem Schulkinder Schwimmunterricht erhielten.

»Sie sind allein?«

Frosch erschrak und umklammerte den Alukoffer unwillkürlich noch fester. Er nickte, es hatte ihm die Stimme verschlagen.

Der Mann neben ihm wirkte wie ein normaler Tourist, der einen Ausflug nach Vogelsang machte. Normal gekleidet, mittelgroß, mit mittellangen, braunen Haaren. Nur die buschigen Augenbrauen hoben ihn etwas von anderen Männern ab.

»Schön, Herr Frosch. Dann lassen Sie uns einen Bummel machen.«

Das Stakkato in der Stimme fiel Frosch auf. Sein Herz pochte, hm gelang es kaum, das Zittern in den Gliedern zu beherrschen. Er bemühte sich, souverän zu wirken und sich nicht umzuschauen. Hatte Böhnke ihn im Blick?

Wortlos schlenderte er neben dem Unbekannten an den lang gestreckten Gebäuden vorbei, in denen sich früher die Mannschaftsunterkünfte befunden hatten und die inzwischen teilweise restauriert waren. Bei einem Blick ins Tal erkannte er für einen Moment die baulichen Überreste des ehemaligen Dorfes Wollseifen.

Die kleine Runde durch das Camp endete in der Cafeteria des Informationszentrums. Sie machten es sich an einem Tisch bequem und ließen sich einen Kaffee bringen. Man habe keine Eile, meinte der Erpresser ruhig.

»Sie laufen jetzt zum Eingang des Aussichtsturms und gehen bei der nächsten Führung mit nach oben. Verstanden?«, ließ er sich endlich vernehmen. Er hatte kein Wort gesagt, nur lässig in seiner Tasse herumgerührt und das Geschehen im Raum beobachtet.

Frosch nickte stumm und erhob sich.

»Vergessen Sie Ihren Koffer nicht«, gab ihm der Fremde mit auf den Weg.

Vor dem Zugang zum Aussichtsturm direkt neben der Cafeteria sah sich Frosch um. Der Erpresser war verschwunden.

Wenige Minuten später fand sich Frosch in einer Gruppe wieder, die von einem Führer begleitet den Aussichtsturm erklomm. Nur zehn Personen durften jeweils an einer Führung teilnehmen. Mehr Platz gab es oben auf der Plattform nicht, zudem war der Treppenaufgang des mehrgeschossigen Bauwerks derart eng und steil, dass der Weg nur in eine Richtung möglich war. Mit dem Guide zum Abschluss kletterten die Besucher, von denen einige schnell ins Schnaufen gerieten, über die schmale Wendeltreppe in die Höhe. Nur wenig Licht fiel durch schmale Schlitze im dicken Mauerwerk auf die ausgetretenen Stufen.

»Schlappmachen auf halber Strecke gilt nicht«, versuchte der Führer aufzumuntern, was nicht sonderlich auf Begeisterung stieß. »Wir fangen erst an, wenn alle oben sind.«

Auch Frosch hatte Mühe, den Abstand zu seinem sportlichen Vordermann nicht zu groß werden zu lassen. Oben angekommen, war nicht nur er außer Atem.

»Wenn Sie's jeden Tag einmal machen, kommen Sie wieder in Schwung. Das kann ich Ihnen versprechen.« Der scherzende Guide wirkte, als habe er gerade den Frühstücksbrötchenkauf beim Bäcker nebenan erledigt.

Die Aussicht auf die Landschaft wäre atemberaubend gewesen – wenn Frosch bei Atem gewesen wäre. Er brauchte einige Minuten, bis er wieder normal Luft bekam. Sein Blick schweifte über die aufgestaute Urft, an der sich entlang der schlängelnden Wasserlinie fast endlos der Wald über die Hügel zog. Wer mit dem Boot über den Obersee zur Staumauer gekommen war, musste sich mit einem Ausblick begnügen oder sich über ausgewiesene Wege auf eine Wanderung machen.

»Das Gelände darf von Menschen nicht mehr betreten werden«, hörte er den Führer, »der obere See dient ausschließlich der Trinkwasserversorgung. Dort ist auch kein Schiffsverkehr erlaubt.«

»Der Ausblick ist unbezahlbar, nicht wahr?« Sein Nachbar hatte Frosch freundlich angesprochen; der große, sportliche Mann, der vor ihm die Treppenstufen hinaufgesprungen war.

Frosch nickte zustimmend.

»So unbezahlbar wie Ihr Enkel, Herr Frosch.« Die Freundlichkeit war aus der Stimme gewichen und hatte einer brutalen Strenge Platz gemacht.

Frosch zuckte zusammen, verkrampfte und bekam kein Wort über die Lippen.

»Sie lassen jetzt den Koffer hier stehen und gehen zur gegenüberliegenden Seite. Wenn wir wieder heruntersteigen, warten Sie, bis alle gegangen sind. Sie sind der Letzte der Gruppe. Verstanden?«

Erneut nickte Frosch stumm. Ihm stockte der Atem, es wurde ihm ein wenig schwindlig.

»Wohl keine Kondition, was?«, sprach ihn der Witzbold von Führer an, als er sich an der Wand abstützte.

Frosch beobachtete, wie der zweite Erpresser mit dem Alukoffer als Erster den Rückweg antrat, und ließ den anderen Besuchern den Vortritt, ehe er selbst an die Treppe trat.

»Runter ist leichter«, munterte ihn der Führer auf. Er hatte offensichtlich ebenso wie die anderen nicht mitbekommen, dass der Koffer seinen Träger gewechselt hatte. Nur langsam kam Frosch vorwärts. Die ältere Frau vor ihm betrat ängstlich jede einzelne der Stufen, die steil nach unten führten. Schon bald waren die anderen auf der Wendeltreppe nicht mehr zu sehen.

»Wir haben Zeit«, tröstete ihn der Führer, der als letzter ging und der Froschs wachsende Ungeduld erkannt und falsch verstanden hatte. »Die da unten auf den Aufstieg warten, müssen sich gedulden, bis wir alle angekommen sind. Hauptsache ist doch wohl, dass wir gesund bleiben. Oder?«

Als Frosch endlich wieder im Informationszentrum stand, war der zweite Erpresser mit dem Aluminiumkoffer erwartungsgemäß verschwunden.

Aber auch der erste mit den markanten Augenbrauen sowie Böhnke waren weit und breit nicht zu sehen.

Böhnke hatte aus sicherer Entfernung und für Frosch nicht erkennbar das Geschehen im Bereich des Treppenaufgangs beobachtet. In der Meute der vielen Touristen in Vogelsang war es für ihn einfach, unentdeckt zu bleiben.

Er war dem Mann gefolgt, der Frosch ins Informationszentrum begleitet hatte. Der Mann war gemächlich zum Parkplatz gegangen und hatte sich, nicht weit entfernt von Böhnkes Leihwagen, in einen dunkelgrünen Passat einer älteren Baureihe gesetzt und dort begonnen, in der Zeitung mit den großen Buchstaben zu lesen.

Der Passat hatte ein Dauner Kennzeichen.

»Tobias, du musst das abchecken!« Spontan hatte er den Anwalt übers Handy angerufen.

»Bis wann?«

»Bis gestern.« Böhnke war es sofort aufgefallen: wieder ein Dauner Nummernschild. Wie bei dem herrenlosen Wagen im Hohen Venn.

Grundlers Beziehungen zur Polizei schienen wieder so gut zu sein wie vor seiner beruflichen Auszeit. »Wo bist du denn schon wieder auf den gestoßen?«, fragte er bereits wenige Minuten später beim Rückruf. »Der Passat ist auf einen Bauunternehmer in Daun zugelassen. Er hat den Wagen gestern als gestohlen gemeldet.«

Bingo, dachte sich Böhnke. »Selbes Muster wie bei dem anderen Auto. Was bedeutet das?«

»Für mich bedeutet das, dass es kein Zufall ist«, antwortete Grundler.

Böhnke wollte ihm nicht widersprechen. »Weißt du denn auch, ob noch weitere Fahrzeug als gestohlen gemeldet sind?«

»Gute Frage«, lobte der Anwalt. »Die habe ich selbstverständlich auch gestel…«

»Und?« Böhnke unterbrach ihn barsch, bevor sein Freund wieder eine Lobeshymne auf sich selbst und auf seine herausragenden Qualitäten anstimmen konnte.

»Da gibt es nicht mehr. Es sind nur die zwei.«

»Sagen deine Freunde von der Polizei?«

»Sagen meine Freunde.« Wer sie waren, verschwieg er. So leicht und plump ließ er sich seine Informationsquelle nicht entlocken.

»Wo bist du denn, Tobias?«, fragte Böhnke.

»Nicht weit von dir entfernt.«

»Und was machst du gerade?«

»Aktuell telefoniere ich mit dir. Und außerdem will ich meine alte Schrottkiste entsorgen.« Grundler lachte vergnügt. »Du wirst schon sehen, was ich damit meine.«

Böhnke schreckte auf, als gegen das Fenster auf der Beifahrerseite geklopft wurde. Er hatte sich auf den Passat konzentriert, in dem der Fahrer immer noch in der Zeitungslektüre vertieft war. Er hatte gar nicht gewusst, dass man sich so lange mit dem Boulevardblättchen beschäftigen konnte.

Frosch stand neben dem Wagen.

Ungehalten öffnete Böhnke. »Da will ich für Sie hoffen, dass niemand Sie beobachtet hat«, schimpfte er.

Frosch sah ihn verständnislos an, als er einstieg, aber Böhnke sah keinen Grund, ihm eine Erklärung zu geben.

»Worauf warten Sie?«, fragte Frosch nach einer längeren Pause.

»Auf die Abfahrt des Passats da hinten.« Mit dem Kopf deutete Böhnke die Richtung an, wissend, dass

Frosch mit der Antwort wenig anfangen konnte. Aber es kümmerte ihn nicht. Frosch hatte seinen Part fast perfekt absolviert. Jetzt gab es andere Hauptdarsteller. Er konnte nur hoffen, dass niemand kurz zuvor auf Frosch geachtet hatte.

»Haben Sie denn schon den Parkschein bezahlt?«

Was für eine dämliche Frage, dachte sich Böhnke. Wie er würden auch die Gauner längst das Ticket bezahlt und damit freigeschaltet haben.

Er musste sich noch eine halbe Stunde gedulden, ehe sich endlich der Kerl mit dem Alukoffer näherte. Der Erpresser warf ihn in den Kofferraum und stieg in den Passat, der sofort losfuhr.

Böhnke setzte unverzüglich zur Verfolgung an.

»Was machen wir?«, fragte Frosch.

»Wir beobachten und hoffen darauf, nicht selbst beobachtet zu werden«, antwortete der Kommissar kurz angebunden.

Frosch verstand zwar wieder nichts, erkannte aber, dass er seinen Fahrer besser nicht stören sollte.

Der Passat steuerte die Ausfahrt an und näherte sich dem Kasten vor der Schranke, in dem der Parkausweis entwertet werden musste. Ehe Böhnke reagieren konnte, hatte sich ein roter Corsa zwischen ihm und den Passat gedrängt und fuhr mit einem lauten Knall auf den bereits stehenden Vordermann auf. Das hatte Grundler also damit gemeint, als er von der Entsorgung seiner Schrottkiste gesprochen hatte.

Der Anwalt war aus seinem Wagen gesprungen und zu den beiden Männern aus dem Passat geeilt.

Böhnke gesellte sich zu ihnen. »Machen Sie sich klein«, hatte er beim Aussteigen Frosch zugezischt. »Die beiden Typen brauchen Sie nicht in meinem Auto zu sehen.«

Er spielte Grundlers Spiel mit. »Ich habe alles gesehen. Ich kann gerne Ihr Zeuge sein«, sagte er zu dem Fahrer. »Das war ein ganz klarer Auffahrunfall.«

»Schwachsinn!«, brauste Grundler auf. »Sie sollten mal Ihre Augen untersuchen lassen. Die haben grundlos eine Vollbremsung gemacht. Da konnte ich den Zusammenstoß nicht verhindern.« Er wandte sich an den Schrankenwärter, der von der gegenüberliegenden Seite herübergekommen war und nicht gerade begeistert über diesen Zwischenfall war. »Ich verlange, dass Sie die Polizei rufen!«, rief ihm Grundler zu.

In der Zwischenzeit hatte Böhnke den Unfallschaden betrachtet. Der Corsa hatte sich in das Heck des Passats hineingebohrt und war mit seinem querstehenden linken Vorderrad garantiert nicht mehr fahrtüchtig. Bei dem massiven Passat lag lediglich ein großer Blechschaden vor.

»Wir sollten schon mal die Personalien und die Versicherungsscheine austauschen«, schlug Grundler vor. »Und dann rufen wir endlich die Polizei.«

Den Schrankenwärter schien das Unfallgeschehen nicht vorrangig zu interessieren. Er hatte die hinter Böhnkes Leihwagen wartenden Autofahrer zur benachbarten Ausfahrt gewunken und betätigte sich dort als Schrankenöffner.

Die beiden Insassen des Passats wirkten ratlos. Ihr Versuch, den Kofferraum zu öffnen, musste zwangsläufig scheitern, weil das Heck zu sehr verzogen war und die Haube klemmte. An den Aluminiumkoffer würden die beiden nur herankommen, wenn Grundlers Corsa vom Abschleppdienst entfernt worden war.

»Wir brauchen keine Polizei«, sagte endlich der Mann mit der Stakkatostimme. »Ist doch alles klar.«

»Ist es nicht«, widersprach Grundler heftig. »Ich bestehe auf ein offizielles Unfallprotokoll. Was soll ich sonst meiner Versicherung erzählen?« Er langte in das Handschuhfach und kramte eine Digitalkamera hervor. »Jetzt mache ich erst einmal Fotos von Ihnen und Ihrem Fahrzeug. Sie können die Dateien gerne von mir für Ihre Versicherung bekommen, wenn Sie mir eine E-Mail-Adresse nennen.«

Das war zu viel für die beiden Männer. Ehe sich Böhnke, Grundler und der immer noch sprachlos erstaunte Frosch versahen, waren sie von der Straße weggerannt und im Unterholz verschwunden.

»Sollen Sie ruhig abhauen«, lachte Grundler, »hoffentlich haben die Ihren Geldkoffer noch nicht untersucht, Herr Frosch.«

»Glaub ich nicht«, meinte Böhnke. »Wenn die festgestellt hätten, dass wir sie geleimt haben, hätten sie auf dem Parkplatz wahrscheinlich anders reagiert. Der Kerl hat den Koffer garantiert nicht untersucht, bevor er damit zum Wagen gekommen ist.« Er ging zu dem Schrankenwärter und redete auf ihn ein.

»Aber jetzt dalli, dalli«, meinte er bei seiner Rückkehr. »Ich will noch nach Daun.«

»Was ist mit den Autos?«, fragte Frosch verstört und entlockte mit seiner Frage Grundler ein theatralisches Stöhnen.

»Ist doch längst geregelt. Warum, meinen Sie, hat Herr Böhnke wohl mit dem Schrankenwärter gesprochen? Was sollen wir uns mit so einem Kleinkram herumschlagen? Die Polizei und der Abschleppdienst sind in ein paar Minuten hier. Und die beiden Ganoven lassen sich bestimmt nicht mehr hier blicken. Nicht wahr, Commissario?«

Böhnke sah keinen Anlass zu widersprechen. »Und das Beste an der Sache ist, dass Sie absolut nichts mit der Sache zu tun haben und Ihnen keiner der Erpresser die Verantwortung zuschieben kann, Herr Frosch.«

Für die nächste Tour solle er gefälligst einen Leihwagen mit einem Navi besorgen, raunzte Böhnke seinen Freund an. Das sei ja eine Himmelfahrt von Vogelsang nach Daun.

»Wenn man die Strecke kennt und sich nicht dauernd verfährt so wie du, dann ist die Fahrt ganz einfach, auch ohne Navi«, feixte Grundler. »Du kannst nur nicht richtig Verkehrsschilder lesen.« Er klatschte vergnügt in die Hände. »Und Blitzen erkennst du auch nicht«, lästerte er schadenfroh, als sie wenige Augenblicke später auf der Bundesstraße zu schnell an einem aufblitzenden Starenkasten vorbeigefahren waren. »Das Foto kannst du behalten, du bezahlst ja auch.«

Böhnke konnte sich nicht erinnern, jemals in Daun gewesen zu sein. Doch!, fiel ihm ein, in einem Reisebüro hatte er einmal ermittelt. Aber jetzt hatte er sich total verfranzt und war in Schleiden-Gemünd angekommen und von dort irrtümlich in Richtung Euskirchen abgebogen.

»Keine Sorge, ich glaube schon, dass wir vor Mitternacht unser Ziel erreichen«, spottete der Anwalt, der es dankend ablehnte, das Steuer von Böhnke zu übernehmen. »Ich habe heute schon ein Auto zu Schrott gefahren. Das reicht mir.«

Kurz vor Feierabend erreichten sie das Betriebsgelände der Bauunternehmung Donner in einem Gewerbe- und Industriegebiet von Daun. Zuvor hatten sie den sichtlich beunruhigten Frosch an einem Schnellimbiss am Ortseingang abgesetzt.

»Sie bleiben hier auf Ihrem Hintern sitzen und rühren sich nicht von der Stelle«, hatte ihm Grundler streng befohlen.

Es sei zu seinem besten, wenn er außen vor bliebe, hatte Böhnke versöhnlich ergänzt. »Je weniger Menschen von Ihrem Verbleib wissen, umso besser ist es für sie«, meinte er. Und je weniger Frosch von seiner Ermittlungstätigkeit mitbekam, umso weniger könne er unbedacht ausplaudern. Aber diesen Grund behielt Böhnke für sich.

Der Fuhrpark war beachtlich und umfasste alles, was das Herz eines verhinderten Baggerführers begehrte: Sattelschlepper, Kräne, Bulldozer, Bauwagen und viele Transportwagen, alle dunkelgrün lackiert und allesamt mit einem Kennzeichen mit der Buchstabenkombination DAU-DO versehen.

»Keine voreiligen Schlüsse«, sagte Böhnke zu Grundler. »Obwohl ich wahrscheinlich das Gleiche denke wie du.«

Mit den Gerätschaften in diesem Fuhrpark wäre es ein Leichtes gewesen, eine Gartenmauer zu durchbrechen, eine Hauswand einzureißen und einen Tresor mit einem Kran auf einen Lastwagen zu hieven.

Vermehrt fuhren Kleinbusse auf das Gelände. Ihnen entstiegen Bauarbeiter, die sich größtenteils nicht auf Deutsch unterhielten. Vermutlich handelte es sich um Osteuropäer.

Böhnke stieß Grundler an: »Da schau her!« Aus einem Kleinlaster waren die beiden Männer geklettert, die sich in Vogelsang verflüchtigt hatten, und gingen wie ihre Kollegen in eines der Gebäude.

»Verstehst du das?«

»Noch nicht«, antwortete Böhnke. »Aber das wird sich bald ändern. Hoffe ich jedenfalls.«

Entschlossen stiefelte er zur Eingangstür eines Bungalows neben der Zufahrt zum Firmengelände, an der ein Schild auf das Büro des Unternehmens hinwies.

Sie hätten Glück, meinte eine zuvorkommende Sekretärin, die bereits dabei war, ihren Arbeitsplatz im Empfangsbereich aufzuräumen. Der Chef wäre gerade gekommen und hätte sogar Zeit.

Böhnkes Behauptung, er suche einen Bauunternehmer, der für ihn ein Mehrfamilienhaus bauen könne, hatte ihm die Türen geöffnet.

Hans Donner empfing sie mit gewinnender Höflichkeit. Er erweckte den Eindruck, als habe er schon mit der Muttermilch eine mildtätige, friedliebende Heiligkeit eingesogen.

Böhnke ließ sich von diesem Eindruck nicht beeinflussen. Zu oft hatte er hinter der Maske eines Saubermanns die Fratze eines Schwerverbrechers vorgefunden.

Donner hatte bei ihrem Eintreten sofort ein auf Französisch geführtes Telefonat beendet und war von seinem Schreibtisch auf sie zugetreten. Auf Anfang 50 schätzte Böhnke den braun gebrannten, groß gewachsenen Mann in Edeljeans, aber mit Schlips und Hemd.

»Ich komme frisch aus dem Urlaub von den Kanaren«, sagte Donner freundlich. »Jetzt muss ich erst einmal Ordnung ins Geschehen bringen. Sie wissen ja, wie das ist. Kaum hat der Chef den Laden verlassen, geht es drunter und drüber.« Er führte seine Besucher zu einem Konferenztisch, der einen großen Teil des Büros ausfüllte. »Was kann ich für Sie bauen, meine Herren?«, fragte er, als er sie mit einer einladenden Geste aufforderte, auf den Schwingsesseln Platz zu nehmen.

Böhnke betrachtete Grundler, der kopfnickend eine Visitenkarte zückte. »Bevor Sie für uns bauen, müssen wir erst Ihre Referenzen und Ihre Redlichkeit überprüfen. Wir haben keine Lust, mit einem Unternehmen zusammenzuarbeiten, das vielleicht die Gesetze und das Arbeitsrecht missachtet, wenn Sie wissen, was ich meine.«

Die dreiste Provokation konnte Donner überhaupt nicht aus der Ruhe bringen. »Kann ich verstehen, Herr Grundler«, sagte er mit einem flüchtigen Blick auf das Kärtchen. »Es gibt viele schwarze Schafe in der Baubranche. Aber wenn Sie etwas Illegales bei mir finden sollten, zahle ich Ihnen Ihr Geld zurück. Das können wir sogar in einem Vertrag festhalten.«

An was für einen Wohltäter waren sie da geraten? Böhnke traute seinen Ohren nicht.

»Entschuldigen Sie mich kurz«, bat Böhnke, zückte sein Handy und wählte die Nummer des Erpressers. Aber dessen Mobilfunkgerät war ausgeschaltet.

»Ich habe gehört, Ihnen seien in letzter Zeit Autos gestohlen worden«, meinte Grundler, ganz in Böhnkes Sinne.

»Stimmt«, bestätigte Donner. »Ist 'ne merkwürdige Sache. Heute Morgen ist mir ein Passat gestohlen worden, den die Polizei vor knapp einer Stunde in Camp Vogelsang als Unfallwagen sichergestellt hat. Ich hab keinen blassen Schimmer, was damit war. Ich habe den Diebstahl sofort angezeigt.« Mit keiner Regung gab der Bauunternehmer zu erkennen, ob er mehr wusste, etwa etwas über den Koffer mit dem getürkten Geld.

»Die Geschichte mit einem anderen Wagen ist noch kurioser«, fuhr er fort.

»Wieso?« Böhnke brauchte sein Interesse nicht einmal zu mimen.

Donner lächelte ihn als möglichen neuen Kunden höflich an. »Sie müssen wissen, dass wir nicht weit von hier entfernt in Belgien zwischen Eupen und Malmedy eine Niederlassung haben. Es bleibt ja nicht aus, dass wir hier grenzüberschreitend arbeiten, besonders, wenn man, wie wir, der einzige Spezialist für die Sanierung von Herrenhäusern und Schlössern ist. Und marode Gebäude gibt es en masse in der Eifel, im Venn, in den Ardennen und im gesamten Ostkanton, quasi von Aachen bis Luxemburg. Also«, erneut lächelte er Böhnke an, »wenn Sie Ihr Geld lieber in ein Chateau als in ein Mehrfamilienhaus investieren wollen, sind Sie bei mir ebenfalls an der richtigen Adresse.«

Zur Sache!, wollte ihn Böhnke ermahnen. Und Donner tat ihm sogar ungesagt den Gefallen.

»Also, wie gesagt gibt es in Belgien eine Niederlassung. Da bleibt es nicht aus, dass Fahrzeuge beim Feierabend mal hier, mal dort abgestellt werden. Es hat daher einige Tage gedauert, bis der Diebstahl entdeckt wurde. Dann wurde ich von der deutschen Polizei befragt und erst dann stellte sich heraus, dass ein alter Ford Scorpio verschwunden war.«

»Aha.« Böhnke sortierte die Fakten. Jemand hatte den Wagen gestohlen, auf der internationalen Straße abgestellt, um sich mit Frosch zu treffen, und war bei dem Treffen erschossen worden. Trittbrettfahrer hatten die Kennzeichen gestohlen, um sie bei einem Banküberfall einsetzen zu wollen. So konnte es gewesen sein. Aber wer hatte den kennzeichenlosen Wagen in Brand gesetzt?

Er überlegte kurz und legte sich einen neuen Plan zurecht. »Ich habe eben auf dem Hof festgestellt, dass Sie viele Osteuropäer beschäftigen. Was ist der Grund dafür?«

»Das Geld, lieber Herr Böhnke. Schlicht und einfach das liebe Geld. Ich habe einige Baustellenleiter aus Deutschland, die Bauarbeiter stammen dagegen aus allen Herren Ländern, vornehmlich aus dem Osten Europas. Nur mit billigen Arbeitskräften können wir in Deutschland und auch in Belgien konkurrenzfähig bleiben und unseren Kunden bezahlbare Preise anbieten.« Rund 150 Mann beschäftige er, erklärte er. »Alle sind sozialversicherungspflichtig angemeldet und vorschriftsmäßig registriert. Wir hatten erst vor ein paar

Wochen eine unangemeldete Kontrolle des Gewerbeaufsichts- und des Ordnungsamtes und ich kann voller Stolz sagen: Unser Betrieb ist sauber.«

Böhnke erwischte sich dabei, diesem Saubermann tatsächlich zu glauben.

Erneut kam Donner seiner unausgesprochenen Bitte zuvor. Er war an ein Regal mit Aktenordnern getreten. »Hier habe ich gewissermaßen die Steckbriefe aller bei mir Beschäftigten. Sie können gerne hineinschauen«, sagte er lächelnd und überreichte Böhnke einen Ordner.

Verwaltungsmitarbeiter, Poliere, Bauarbeiter waren in unterschiedlich dicken Abteilungen aufgeteilt. Konzentriert blätterte Böhnke durch die Angaben über die Arbeitskräfte. Er wurde schnell fündig und entnahm dem Ordner zwei Blätter, die er Grundler zeigte.

Auch er erkannte die beiden Männer aus Vogelsang wieder. Es waren Bauarbeiter aus Polen.

Ob er sie sprechen könne, fragte Grundler den überraschten Donner.

»Nein«, antwortete der Bauunternehmer. »Sie sehen doch, es ist Feierabend. Die sind längst nach Hause unterwegs. Warum wollen Sie ausgerechnet mit den beiden Männern sprechen?«

»Legen Sie für die Männer Ihre Hand ins Feuer?«, fragte Böhnke zurück.

»Warum sollte ich? Die arbeiten hier bei mir offiziell für ein paar Monate und machen sich dann wieder vom Acker. Solange sie ordentliche Papiere haben, beschäftige ich sie, und wenn sie weg sind, kommen andere.«

»Dann wechselt die Belegschaft oft?«, fragte Böhnke.

»Oft nicht, das hängt auch von der Dauer des Arbeitsvertrages und einer möglichen Verlängerung ab. Aber es gibt ein Kommen und Gehen Einzelner«, antwortete Donner; wohl doch eine ehrliche Haut, die nicht anders konnte, als die Wahrheit zu sagen. Oder war er von einer Durchtriebenheit, die Böhnke noch nie erlebt hatte?

»Haben Sie auch belgische Mitarbeiter?«

Donner bestätigte. »Vielleicht ein Dutzend. Muss ich allein schon machen, wenn ich mit Belgiern oder in Belgien Geschäfte machen will. Die wollen natürlich auch Landsleute auf ihren Baustellen sehen.«

»Und da gibt es dieselbe Fluktuation wie bei den Osteuropäern?«

»Nein, da habe ich etliche treue Seelen.« Donner schluckte. »Allerdings stehe ich jetzt vor einem Rätsel.«

»Wieso?«, fragte Böhnke. Sein Puls stieg. Er spürte, ohne es begründen zu können, dass er eine Fährte aufnahm.

»Seit einigen Tagen vermisse ich einen Hilfsarbeiter aus Belgien. Ein armes Schwein, der gewissermaßen sein Gnadenbrot bei mir bekommt, weil er den Bauhof in Belgien sauber hält.«

»Und der ist verschwunden?«

»Spurlos«, bestätigte Donner.

»Vor oder nach dem Diebstahl des ersten Fahrzeugs?«

Donner überlegte. »Wenn Sie mich so fragen, würde ich sagen, fast gleichzeitig.«

»Hm«, Grundler meldete sich räuspernd. Er gab Donner den Ordner zurück. »Können Sie mir die Unterlagen über den Mann heraussuchen?«

Bereitwillig kam der Bauunternehmer der Bitte nach. »Hier haben Sie alles über Henry Nehlissen. Können Sie mir vielleicht etwas mehr über ihn sagen?« Er reichte Grundler ein Blatt, auf dem sich auch ein Passfoto eines einfaltslos dreinblickenden und einfach wirkenden Mannes mit schütterem Haar befand.

»Vielleicht. Haben Sie ein Faxgerät?«

Freundlich leitete Donner den Anwalt in das Vorzimmer. Grundler jagte das Blatt durchs Gerät und bat um ein Telefon.

»Sie können wieder zu meinem Kollegen gehen«, forderte er Donner unmissverständlich auf. Er wollte das Telefonat nicht in dessen Gegenwart führen.

Nach einigen Minuten – Grundler hatte sein Telefonat beendet und war zu Donner und Böhnke zurückgekehrt –, in denen sie Donner nach seinen Bauprojekten der letzten Zeit befragten, ohne sich tatsächlich dafür zu interessieren, meldete sich Grundlers Handy mit »Why worry?« von den Dire Straits. Das Gespräch war nur von kurzer Dauer.

Sein Kopfnicken bestätigte Böhnke, dass ihre Ahnung richtig gewesen war.

»Ihr Hilfsarbeiter Henry Nehlissen ist tot. Das hat mir gerade die Kripo in Aachen bestätigt.«

Donner erblasste, was wegen seiner braunen Gesichtsfarbe fast unmöglich hätte sein müssen; für Böhnke das letzte, überzeugende Zeichen, dass der Mann durch und durch sauber war. Wie Donner sich erfolgreich als Bauunternehmer durchsetzen konnte, war ihm schleierhaft. Dem konnte man auf der Nase herumtanzen, ohne dass er es bemerkte.

»Er ist am helllichten Tag im Hohen Venn erschossen worden«, sagte Grundler sachlich.

»Wie? Warum? Wieso?«, stammelte Donner ungläubig.

»Sobald ich's weiß, verrate ich es Ihnen«, antwortete der Anwalt. Sein Blick signalisierte Böhnke, dass sie zum Ende ihres Besuchs kommen sollten. Hier würden sie heute nicht weiterkommen.

»Wir werden Sie in der nächsten Woche mit unseren Plänen aufsuchen«, versprach Böhnke. Dass er damit nicht Baupläne meinte, sagte er nicht. »Vielleicht können wir dann auch mit den beiden polnischen Mitarbeitern reden. Es ist sehr wichtig.«

»Warum?« Zum ersten Mal hatte Donner seine Stimme angehoben. »Haben die Dreck am Stecken?«

»Vielleicht«, antwortete Böhnke. »Es hat etwas mit einem Unfall in Vogelsang zu tun.« Törichterweise hatte er damit schon zu viel gesagt.

»Wollen Sie mir etwa damit andeuten, dass der von mir als gestohlen gemeldete Passat von den beiden Männern gefahren wurde? Wissen Sie, was das bedeutet?« Donner schüttelte ungläubig den Kopf.

Ja, hätte Böhnke antworten können.

Erneut räuspernd mischte sich Grundler ein. »Ich glaube, ich muss mal Klartext reden.«

Unterbrochen von häufigen Zuckungen Donners erstattete er einen Bericht, in dem er gerade so viel preisgab, wie es nötig war. Als Ergebnis blieb jedenfalls die Erkenntnis, dass die beiden polnischen Mitarbeiter im Büro den Passat als gestohlen gemeldet hatten, den sie für eine Straftat gebraucht hatten.

Donner sicherte sofort seine Mitarbeit zu, als Grundler die nächsten Schritte erläuterte.

»Das würde ich Ihnen auch raten, Herr Donner. Denn wenn ich feststellen sollte, dass Sie Dreck unter den Fingernägeln haben, mache ich Sie für alle Zeiten platt!«

Frosch hatte artig im Imbiss gewartet, wo ihn das Personal schon argwöhnisch beäugte. So lange hielt sich sonst niemand bei einem Burgerbrater auf. Er habe mit niemandem gesprochen, versicherte Frosch ungefragt, als ihn Böhnke und Grundler abholten. Er brauchte lange, ehe er seine Sprache wiederfand, nachdem sie ihm das Foto des Hilfsarbeiters vorlegten. Er erkannte ohne Zaudern den Mann mit dem Vornamen Henry als denjenigen wieder, dem er das Geld hatte übergeben wollen. Aber was insgesamt in den letzten Stunden abgegangen war, hatte ihn restlos überfordert.

»Ich habe Ihnen doch gestern Abend gesagt, dass es ein anstrengender und vielleicht auch spannender Tag werden wird«, sagte ihm Böhnke auf der Rückfahrt. Er war zufrieden und zugleich besorgt.

»Ich weiß auch nicht, wie ich es ändern könnte«, meinte Grundler, der Böhnkes Besorgnis teilte, was Frosch wiederum nicht verstand.

Als sie endlich Frosch in einer Pension in Kalterherberg untergebracht hatten, nachdem sie zuvor in einer Pension in Rohren unmittelbar neben der Sommerrodelbahn und dem Skihang abgeblitzt waren, lieferte Grundler seinen alten Freund in Huppenbroich ab.

»Bis Montag«, meinte er.

Böhnke hoffte, dass es dabei bliebe und er einen unbeschwerten Samstagabend mit Lieselotte verbringen konnte. Außerdem brauchte er einige ruhige Stunden für sich, um die Faktenlage noch einmal genau unter die Lupe zu nehmen. Da kam das Wochenende wie gerufen.

15.

Tatsächlich schien Schmitz auf Deeskalation zu setzen. Als Wurfpost fand Böhnke bei seiner Rückkehr einen Zettel im Briefkasten, mit dem Schmitz zu einer Besichtigung seiner Baustelle am Wochenende einlud. Alle Huppenbroicher könnten am Samstag und am Sonntag von Mittag bis Abend das Gelände betreten und sich darüber informieren, was er beabsichtige. Ein Modell seines Hauses und vergrößerte Kopien der Bauzeichnungen konnten eingehend betrachtet werden. Er selbst, sein Anwalt und sein Bauunternehmer würden ausgiebig Rede und Antwort stehen. Keine Frage sollte unbeantwortet bleiben. Außerdem kündigte Schmitz eine Spende für Huppenbroich an. Am Sonntagnachmittag werde er dem Ortsvorsteher einen Scheck überreichen, damit neue und zusätzliche Spielgeräte für den Kinderspielplatz angeschafft werden konnten.

Die Reaktion auf diese Ankündigung war für Böhnke vorhersehbar.

»Du wirst doch nicht etwa dem Kerl auf den Leim gehen?«, wurde der Ortsvorsteher beim Stammtisch prompt gefragt. »Der will sich doch nur einschleimen«, behauptete ausgerechnet ein Zugezogener, der bei jeder sich bietenden Gelegenheit über fehlende oder defekte Spielgeräte auf dem Kinderspielplatz lamentierte. Und das nur, weil seine gelegentlich zu Besuch in Huppenbroich weilenden Enkel nichts mit sich anzufangen wussten, wenn ihnen die Zeit beim Großvater zu langweilig wurde.

In Anbetracht der leeren Gemeindekassen in Simmerath war mit einer Sanierung des örtlichen Kinderspielplatzes in den nächsten Jahren nicht zu rechnen.

»Können wir es uns daher überhaupt erlauben, auf die Spende zu verzichten?«, fragte der Ortsvorsteher zurück und eröffnete damit eine hitzige Diskussion, die ergebnislos endete, weil der müde Bierzapfer irgendwann zur Nachtruhe mahnte.

Als Böhnke nach Hause kam, war zu seiner Überraschung Lieselotte bereits angekommen. Sie habe sich schon den Samstag freigenommen, sagte sie ihm freudestrahlend.

»Wenn ich aber gewusst hätte, dass du erst um Mitternacht aus der Kneipe kommst, dann wäre ich erst morgen früh gekommen. Du schnarchst immer so, wenn du Alkohol getrunken hast. Da kann ich nicht schlafen.«

Diesmal blieb ihre Nachtruhe ungestört, weil Böhnke gerade einmal zwei Mineralwasser konsumiert hatte. Ihre schnippische Bemerkung, sie habe auch ohne ihn einen sehr interessanten Abend in Huppenbroich gehabt, verunsicherte ihn ein wenig. Aber sie verriet ihm nicht, wie sie sich ohne ihn vergnügt hatte.

Selbstverständlich begleitete er Lieselotte bei der Grundstücksbesichtigung. Sie schlossen sich dem Ortsvorsteher an, der immer noch unschlüssig war, ob er die Spende von Schmitz annehmen sollte.

Das sei doch gar keine Frage, meinte Lieselotte bestimmend. »Wir können das Geld gut in Huppenbroich gebrauchen. Oder wollen Sie warten, bis Ihre Enkel Kinder haben?«

Mit dieser deutlichen Aussage seiner Liebsten hatte Böhnke nicht gerechnet. Sie hatte in ihren Gesprächen über Schmitz und dessen Absichten immer wie ein Kesselflicker geschimpft, dass er den Eindruck gewonnen hatte, Lieselotte hätte den Mann am liebsten geteert und gefedert nach Köln zurückgeschickt. Ihm selbst hatte sie fast schon eine Kumpanei unterstellt, als er über das lukrative Angebot von Schmitz gesprochen hatte. Und jetzt dieser Ratschlag!

»Pekunia non olet«, bemerkte sie lakonisch. »Oder für dich Lateinbanausen: Geld stinkt nicht.« Als geborene Huppenbroicherin liege ihr das Wohl des Ortes sehr am Herzen.

Was der Hausverkauf mache, wollte sie während des Weges zum Grundstück wissen. »Wer zieht denn ins Häuschen von Schmitze Billa ein?«

Der Ortsvorsteher lächelte versonnen. »Darf ich Ihnen nicht verraten, Frau Kleinereich. Aber ich habe eine neue Interessentin.«

»Und die beiden anderen Angebote stehen auch noch? Da können Sie den Preis ja kräftig in die Höhe treiben.« Hier zeigte sich die geschäftstüchtige Unternehmerin.

Der Ortsvorsteher hörte über die Bemerkung hinweg. »Das Angebot aus Köln ist wohl vom Tisch. Oder meinen Sie, ich lasse mir etwa nachsagen, wir würden über kurz oder lang zu einem Vorort von Köln? Erst ein Schmitz, dann ein Müller. Das muss wirklich nicht sein.«

Böhnke war hellhörig geworden. »Meinst du etwa den Kölner Oberbürgermeister Werner Müller?«

»Ja«, antwortete der Ortsvorsteher überrumpelt.

»Schade«, kommentierte Lieselotte. »Der passt hierhin. Den finde ich gut.«

»Glücklicherweise«, brummte Böhnke widersprechend. »Wir haben schon genug Zweitwohnungsbesitzer im Dorf.«

Ein Schützenumzug oder eine Fronleichnamsprozession durch Huppenbroich hätte nicht mehr Menschen auf die Straßen ziehen können als Schmitz' Einladung. Von allen Seiten strömten schon am Samstag die Neugierigen zu seinem Grundstück. Auch das Wetter spielte mit. Wie schon in den letzten Tagen zeigte sich die Eifel von ihrer schönsten Seite, begünstigt durch das frühlingshafte Wetter mit wenig Wind und viel Sonnenschein. Schmitz hatte sogar einen Getränkewagen auffahren lassen, was bei dem Wirt des Dorfgasthauses ein grimmiges Stirnrunzeln erweckte.

Es gab Freibier. Und diese Gelegenheit ließ sich der geneigte Freund des Gerstensafts nicht entgehen, auch wenn er sich mit einem Obergärigen aus Köln begnügen musste, statt ein zünftiges Pils aus der Eifel genießen zu können. Aber lieber schlecht getrunken als fast verdurstet. Und umsonst schmeckte es eh immer am besten.

Schmitz kam ihnen mit ausgebreiteten Armen entgegen, nachdem er Böhnke erkannt hatte.

»Das war wirklich eine gute Idee von Ihnen, das mit der Deeskalation. Sie sehen ja das große Interesse. Und alle sind zufrieden, wenn sie die Baupläne gesehen haben. Wir konnten alle Zweifel ausräumen.« Er deutete mit einer ausladenden Armbewegung über das weitläufige Gelände, über das viele Menschen stromerten. »Ich habe vor, den zukünftigen Schmitz-Park einmal im Jahr über Pfingsten für eine Skulpturen-Ausstellung der Öffentlichkeit zu präsentieren und dabei ein Dorffest zu veranstalten.«

In der Tat erkannte Böhnke viele zufriedene Männer und Frauen, darunter auch einige Stammtischbrüder, die bislang massiv gegen Schmitz gewettert hatten.

Nur Lieselotte behielt ihre distanzierte Haltung bei. »Du fällst uns tatsächlich in den Rücken, Rudolf-Günther«, schimpfte sie auf dem Rückweg.

Er spitzte die Ohren. Wenn seine Liebste ihn derart streng mit seinem Vornamen ansprach, war Hängen im Schacht und äußerste Obacht geboten.

»Du arbeitest ja doch für Schmitz. Deeskalation nennt man es also, wenn man dem Volk Zückerchen gibt.«

Böhnke machte sich nicht die Mühe, sie über das Missverständnis aufzuklären. Lieselotte hätte ihm ohnehin nicht zugehört. Er hatte doch nur den Einsatzleiter des Wachtrupps gebeten, ein wenig Diplomatie walten zu lassen im Umgang mit den Bürgern.

»Wie viel Geld bekommst du eigentlich für deinen Verrat an Huppenbroich.«

»Bis ich damit zugeschissen bin«, antwortete er genervt und lief weiter geradeaus über die Kapellenstraße, als Lieselotte zum Haus abbog.

Als er nach einem ausgiebigen Spaziergang nach Hause kam, hatte Lieselotte ihre ansonsten immer herrschende gute Laune wiedergefunden. »Was machen wir mit dem vielen Geld von Schmitz, Commissario?«, fragte sie froh gelaunt nach einem schmatzenden Kuss auf seine Stirn.

»Ich will kein Geld«, knurrte Böhnke, »und ich bekomme auch keins.«

Sie nahm ihm die Antwort nicht ab. »Ich bestehe darauf, dass du das Geld in die Stiftung von Sabine steckst.«

Mit dieser Forderung konnte er leben. Dank einer immensen Erbschaft nach dem Tod eines Onkels aus Düsseldorf hatte die Partnerin von Grundler eine Afrika-Stiftung gegründet, die die Ausbildung von Kindern auf dem schwarzen Kontinent förderte. Ursächlich für diesen Stiftungszweck war Grundlers Auszeit gewesen, in der er die Not und das Elend in den ärmsten Ländern miterlebt und die ersten Hilfsmaßnahmen eingeleitet hatte. Schon einmal hatte Böhnke der Stiftung einen Millionenbeitrag zufließen lassen, den er als Honorar von einem Printenfabrikanten erhalten hatte. Der Unternehmer hatte spontan die gleiche Summe privat hinzugefügt. Heinrich von Sybar war damit auf dem besten Weg, sein zweiter guter Freund zu werden, zumal er Böhnke zum Mitglied der Stiftungsrates seiner eigenen, in der Gründung befindlichen von-Sybar-Stiftung machen wollte. Dessen Bitte, er möge als Trauzeuge auftreten, hatte Böhnke gerne angenommen. Die bei Lieselotte in Anbetracht der Hochzeit aufkeimenden Überlegungen zu ihrer eigenen Beziehung hatte er noch im Ansatz erstickt. »Dazu sind wir zu jung«, hatte er gebrummt.

Seine Frage, ob sie ihn ein zweites Mal zum Gelände von Schmitz begleiten würde, verneinte Liselotte beim Mittagessen am Sonntag.

»Das ist auch nicht anders als wie gestern«, meinte sie in bester Öcher Grammatik. Also machte er sich allein auf den Weg.

Nach seinem Besuch hätte Böhnke ihr in zweifacher Hinsicht widersprechen können. Es waren noch mehr Menschen als am Vortag auf dem Gelände unterwegs; auffallend viele dabei aus den Nachbarorten. Inzwischen hatte es sich wohl herumgesprochen, dass es in Huppenbroich Freigetränke gab. Und das angenehme Frühlingswetter lockte geradezu zu einem ausgedehnten Spaziergang. Es war durchaus möglich, dass es noch einmal winterlich kalt wurde. Da nahm man gerne jede Gelegenheit war, durch die Natur zu wandeln und obendrein ein Freibier zu genießen.

»Wissen Sie was, Herr Böhnke?« Ein zufriedener Schmitz hatte sich ihm genähert. »Ich glaube, das Eis ist geschmolzen und ich kann den Wachdienst wieder abbestellen. Die sind hier alle so höflich und nett, da passiert bestimmt nichts mehr.«

Böhnke wusste nicht, worüber er sich mehr wundern sollte, über das untypische Verhalten seiner Mitbürger aus Huppenbroich und der Umgebung oder über die beinahe schon gefährliche Naivität von Schmitz.

»Na, so isses halt. Mit Speck fängste Mäuse«, lachte der kleine Dicke aus Köln.

Böhnke verkniff sich einen Kommentar. Er vergaß nicht so schnell wie anscheinend viele seine Mitbewohner.

Die zweite Beobachtung, die ihn stutzen ließ, wäre ihm vor ein paar Tagen nicht aufgefallen. Da sah man mal wieder, wie klein die Welt war.

»Darf ich Ihnen meinen Bauunternehmer vorstellen«, versuchte sich Schmitz in ungelenker Höflichkeit. »Den besten, den es in der Eifel gibt«, pries er den braun gebrannten, souverän auftretenden Mann neben ihm an, der ihm kurzerhand das Wort abschnitt.

»Schön, Sie wiederzusehen, Herr Böhnke«, sagte Donner und wirkte dabei wieder ehrlich. »Das ging ja schneller als gedacht.«

»Aber es bleibt trotzdem bei morgen«, knurrte Böhnke beim festen Händedruck.

»Sie kennen sich bereits?«, staunte Schmitz.

»Die Besten aus der Eifel kennen sich alle«, übertrieb Donner lachend, »auch wenn sie, wie unser lieber Herr Kommissar, aus der Kaiserstadt Aachen stammen und auch keine echten Huppenbroicher sind.«

Woher wusste der Kerl …? Böhnke sah den Bauunternehmer grimmig an. Er konnte sich nicht erinnern, in Daun ein Wort über seine Vergangenheit und seine Herkunft gesagt zu haben.

»Glauben Sie etwa, ich habe mich nicht über Sie informiert, Herr Böhnke? Trotz meiner blauen Augen bin ich nicht blauäugig. Sie sind nicht der Typ, der Mehrfamilienhäuser bauen will. Da war ja wohl klar, dass ich Sie und Ihren Freund Grundler habe überprüfen lassen«, klärte ihn Donner mit allergrößter Selbstverständlichkeit auf.

»Wie und durch wen?«, fragte Böhnke streng.

Donner winkte höflich, aber entschieden ab. »Das werde ich Ihnen nicht sagen. Und wenn Sie behaupten, ich würde hinter Ihnen herschnüffeln, dann behaupte ich dasselbe über Sie. Also sind wir quitt.« Er sah Böhnke versöhnlich an. »Aber Sie können beruhigt sein. Sie verdienen meinen vollen Respekt. Ich möchte Sie nicht zum Feind haben.«

»Das habe ich mir auch gedacht«, mischte sich Schmitz unpassend ein. »Deshalb wollte ich ja auch den Herrn Kommissar als Freund, der mir in Huppenbroich hilft, Frieden zu schaffen.«

Was ging hier bloß vor? Böhnke fühlte sich unwohl und vereinnahmt; er würde mit den beiden Typen Tacheles reden müssen.

Entschuldigend hatte sich Donner abgewandt und erläuterte einem jungen Mann, der sich als Architekturstudent ausgegeben hatte, die möglicherweise versteckten Fallstricke in den Bauplänen.

Böhnke begann einen Spaziergang entlang der dichten, grünen Thujahecke, bei dem er mehrfach freundlich grüßte und respektvoll zurückgegrüßt wurde. Das Zeug passte einfach nicht in diese Landschaft der Nordeifel, in der die Forstbehörden inzwischen daran gingen, die Irrtümer der Aufforstung zu beheben. Schnell wachsende Fichten waren nach dem Zweiten Weltkrieg gepflanzt worden, bei dem der Wald im Bombenhagel viel von seiner Eigentümlichkeit verloren hatte. Jetzt besannen sich die Förster und Waldbesitzer wieder des ursprünglichen Bewuchses mit Buchen- oder Mischwäldern. Und dann kam so ein Kerl aus Köln daher und wollte sich mit Koniferen zudecken. Einzeln stehende, schlanke Lebensbäume gingen vielleicht noch als optischer Blickfang eines großen Gartens durch, aber als dichte, undurchdringliche Hecke über Hunderte von Metern, und das noch in der von Buchenhecken geprägten Region, das war einfach ein Unding. Aber die Anpflanzung war nicht zu verhindern. Noch einmal würden Kettensägen nicht zum Einsatz kommen. Böhnke glaubte nicht, dass Schmitz tatsächlich den Wachdienst zum Rückzug auffordern würde; der war viel zu gerissen, um darauf zu verzichten. Er würde sicherlich erst eine Kameraüberwachung installieren, bevor er das Wachpersonal abzog.

Langsam schlenderte Böhnke zum Ausgang zurück und beobachtete Donner, der sich suchend umschaute. Der Bauunternehmer wirkte verstört, als irre er hilflos in einem Labyrinth umher, ohne einen Ausweg zu finden. Als er Böhnke erkannte, hastete er auf ihn zu.

»Es ist etwas Schreckliches passiert, Herr Böhnke«, keuchte er und stützte sich vornübergebeugt auf seinen Oberschenkeln ab. »Mein Polier.« Er musste verschnaufen, seine Bräune war einer Blässe gewichen. »Mein Polier ist tot. Erschossen. Habe ich gerade erfahren.« Er fuchtelte mit dem Handy herum, das er immer noch in der Hand hielt. »Ich muss los. Es ist schrecklich. Die Kripo ist schon da.« Er schaute Böhnke bittend an. »Wollen Sie mit?«

Warum sollte er? Böhnke betrachtete den sichtlich erschütterten Mann. »Ich glaube, ich würde momentan nur stören. Es bleibt dabei, ich komme morgen.«

Nicht spekulieren, mahnte er sich. Was hatte er an Fakten? Einen erschossenen Hilfsarbeiter aus Belgien im

Hohen Venn, einen erschossenen Polier, der wie der Hilfsarbeiter beim selben Bauunternehmer arbeitete, und zwei Erpresser, die als Arbeiter bei dem Unternehmer beschäftigt waren. Und sonst noch? Frosch, dem man 500.000 Euro abspenstig machen wollte, einen Bordellkönig aus Lüttich, einen kriminellen Einzelgänger. Hatte er etwas vergessen? Und da gab es noch das abgefackelte Auto, mit dem der Hilfsarbeiter unterwegs gewesen war, das ebenso als gestohlen gemeldet worden war wie der Wagen, mit dem die Erpresser zur Burg Vogelsang gefahren waren. Wie sollten diese Puzzlesteine zusammenpassen? Gab es überhaupt einen Zusammenhang? Und welche Rolle spielte dabei Donner?

»Für mich keine«, kommentierte Lieselotte beim Fernsehabend seine Überlegungen während des langweiligen Tatorts. »Mich interessiert das Gedöns nicht. Verrat mir lieber, was wir mit Schmitz machen können, beziehungsweise gegen ihn. Jetzt, wo er gespendet hat, kann er gerne wieder abhauen.«

16.

Frosch fügte sich anstandslos der von Böhnke angeordneten Zurückgezogenheit in Kalterherberg. Der Ort machte seinem Ruf als kälteste Stelle der Eifel alle Ehre und wartete am Morgen nach einer frostigen Nacht mit Eisglätte und Rutschgefahr auf. Dennoch war es maßlos übertrieben, wenn Kalterherberg in manchen Wetterberichten als Hauptstadt von Westsibirien bezeichnet wurde. Bei Böhnkes Anruf versicherte Frosch, er würde seine Rolle als Alleinreisender auf der Suche nach ein wenig Ruhe überzeugend spielen. Aber der Kommissar hätte bestimmt nichts dagegen, wenn er seine Zeit mit einer Gleichgesinnten aus Buxtehude verbringen würde, die er am Vorabend in einem Restaurant kennengelernt hatte. »Ich sage bestimmt nichts von dem Geld.«

Sollte Frosch doch mit der Frau eine angenehme Zeit erleben, dachte sich Böhnke, der langsam ungeduldig wurde, weil ihn Grundler warten ließ.

Er habe beim Autoverleiher viel Zeit verloren, weil der entgegen der Zusage keinen Wagen mit Navigationsgerät bereitgestellt hatte, entschuldigte der Anwalt seine halbstündige Verspätung. Es müsste noch geholt werden, hatte man ihm gesagt. »Wird höchste Zeit, dass du dir selbst ein Auto anschaffst, Commissario«, sagte er, »dann brauchst du nie auf einen Chauffeur zu warten.« Grundler fluchte, weil die Programmierung des Leitsystems nicht so funktionierte, wie er es wollte.

»Du bist mit deinem Navi auch nicht schneller am Ziel als ich«, frotzelte Böhnke, »selbst wenn ich mich einmal verfahren sollte.«

Der Bauunternehmer erwartete sie bereits in seinem Büro. Er hatte sich unter Kontrolle. »Auch wenn der Anlass ein anderer ist als gedacht, freue ich mich, Sie zu sehen«, sagte er in der ihm eigenen Höflichkeit. »Ich habe übrigens eben erst eine Anfrage bekommen, ob ich ein Haus in Huppenbroich sanieren könnte. Da hat sich der Aufwand für mich gestern insofern doch noch gelohnt. Jemand ist offensichtlich auf mich aufmerksam geworden. Aber das ist sekundär.« Zuvorkommend füllte er am Konferenztisch die Kaffeetassen. »Der Mord an meinem Polier macht mir mehr zu schaffen als irgendwelche Aufträge.«

»Mord?« Grundler war hellhörig geworden. »Wie kommen Sie auf Mord?«

»Hat die Kripo gesagt«, antwortete Donner. »Am besten wird es wohl sein, ich sage Ihnen, was man mir gesagt hat und was ich weiß.«

»Warum wollen Sie das überhaupt?«, unterbrach ihn Böhnke.

Donner lächelte. »Glauben Sie etwa, ich weiß nicht, dass Sie und Ihre Kollegen auch mich auf Ihrer Verdächtigenliste haben? Ich hoffe, ehrlich gesagt, dass Sie den Mörder finden, Herr Böhnke.«

»Das ist Sache der Polizei.«

»Vollkommen richtig. Aber was spricht dagegen,

dass Sie parallel zur Polizei ermitteln und sich vielleicht sogar ergänzen?«, entgegnete Donner höflich. »In gewisser Weise würde ich Ihnen dazu gerne einen Auftrag erteilen und Ihnen selbstverständlich auch ein Honorar bezahlen.« Der Polier war am Nachmittag in seinem Garten erschossen worden. Nachbarn hatten einen Knall gehört und wenig später den Toten entdeckt, so berichtete er weiter. »Die Polizei vermutet, er wurde mit einem Gewehr umgebracht. Der Schütze muss wohl aus großer Entfernung mittels eines Zielfernrohrs geschossen haben.«

Böhnke und Grundler schauten sich an. Gewehr, größere Entfernung, Zielfernrohr. Das hatten sie schon gehabt beim Tode des Hilfsarbeiters. Das sprach für denselben Täter.

»Die Polizei sieht Parallelen zu einem Mord im Hohen Venn vor ein paar Wochen«, bestätigte Donner, ohne dass sie ihn darauf aufmerksam gemacht hätten. »Das kann eigentlich nur der Mord an meinem Hilfsarbeiter sein.«

Davon konnte man ausgehen, dachte sich Böhnke. Ein Vergleich der Projektile würde Gewissheit bringen. Aber wer steckte dahinter? Etwa die beiden Polen?

»Kann unmöglich der Fall sein«, widersprach Donner. »Bei dem Anschlag im Hohen Venn waren beide mit dem Polier zusammen auf einer Baustelle in Gerolstein. Und gestern Nachmittag haben sie zusammen mit anderen Landsleuten ein Fußballspiel in Koblenz besucht.«

»Haben Sie«, sagte Grundler, »vielleicht die Arbeitspläne Ihrer Arbeiter und Bauleiter zur Hand?«

»Selbstverständlich.« Donner holte einen Ordner aus

dem Aktenschrank. »Hier finden Sie alle Baustellen der letzten beiden Monate.«

»Gibt es auf den Baustellen feste Trupps oder werden sie jedes Mal bunt zusammengewürfelt?«, fragte der Anwalt.

»Wir bemühen uns, eine Baumaßnahme mit einem festen Stamm abzuwickeln. Das erleichtert gewisse Arbeitsgänge«, antwortete Donner, »obwohl inzwischen die Baustellen so weit automatisiert sind, dass Ausfälle beim Personal problemlos behoben werden können.«

»Wenn Sie das Personal haben«, schränkte Grundler ein. »Aber das bekommen Sie ja schnell in Osteuropa.« Ob er die kostengünstige Praxis kritisierte oder lediglich feststellte, war nicht herauszuhören.

»Na, gut.« Böhnke beendete die kurze Sprachlosigkeit. Er griff nach dem Ordner. »Verraten Sie mir freundlicherweise den Namen des Poliers und die Projekte, die er betreut hat.« Irgendwo musste er ansetzen, wenn er nicht orientierungslos in den Papieren herumblättern wollte.

Zu seiner Freude wurde er schnell fündig. Die beiden Polen hatten unter Anleitung des Poliers zuletzt in Belgien gearbeitet und waren auf dem Bauhof stationiert, auf dem auch der Hilfsarbeiter eine Beschäftigung gefunden hatte. Und zwar waren sie zu dem Zeitpunkt dort, an dem der Tresor geraubt worden war. Die beiden Polen waren die letzten Mitglieder der damaligen Baukolonne, die anderen waren, wie Donner auf Böhnkes Nachfrage erklärte, inzwischen wieder in ihre Heimatländer zurückgekehrt.

»Die beiden stehen übrigens auch kurz vor ihrem Abflug. Die haben Ende dieser Woche Schicht bei mir. Dann laufen ihre Arbeitsverträge aus. Ich sah keine Veranlassung, die Verträge zu verlängern, und auch die Männer wollten zurück in die Heimat.« Donner schüttelte den Kopf. »Es ist schon erstaunlich, wie die handeln. Wenn sie genug Geld haben, um in ihrer Heimat mit einem Hausbau zu beginnen, machen sie sich hier vom Acker. Wenn sie ihre Reserven aufgebraucht haben, kommen sie wieder in den Westen. Die finden überall einen Job.«

»Und die fahren sofort zurück in ihre Heimat, oder wie?« Grundler wirkte ungläubig. »Haben die denn keine Vorladung bei der Polizei wegen der Geschichte in Vogelsang?«

»Woher soll ich das wissen? Wenn die Bauarbeiter meinen Bauhof verlassen, ist für mich das Kapitel geschlossen.«

»Wo finde ich die Typen?« Grundler war aufgesprungen.

Böhnke hielt sich zurück. Warum sollte er auch vorpreschen, wenn Grundler in seinem Sinne handelte? Heute schien tatsächlich sein Glückstag zu sein.

»Sie sind beide hinten im Fuhrpark bei der Maschinenpflege. Es hat keinen Sinn, sie für die paar Tage bei einem neuen Bauprojekt einzusetzen. Sie machen in dieser Woche das, was ich als Sick und Flick bezeichnen möchte«, antwortete Donner. »Kommen Sie mit, meine Herren!«

Zielstrebig eilte Donner über den Hof. »Sie brauchen keine Angst zu haben, dass die beiden abhauen, wenn Sie mit ihnen reden. Ich habe ihre Papiere und ihre Autoschlüssel im Büro.« Er bremste ab und deutete nach rechts auf zwei Bauarbeiter in blauer Arbeitskleidung, die an einem Bagger werkelten.

»Marek, Jannek. Besuch für euch!«

Die beiden Männer schauten verdutzt auf.

»So schnell sieht man sich wieder«, sagte Grundler frech grinsend. »Erst in Vogelsang und jetzt hier.«

Es schien für einen Augenblick, als wollten die beiden Männer Mitte 30 fortlaufen.

»Wir sind nicht wegen des Unfalls hier«, sagte Grundler übertrieben beschwichtigend. »Es gibt Schlimmeres. Nämlich Mord!« Urplötzlich änderte sich sein Verhalten. Es sah den Polen streng ins Gesicht. »Wir verdächtigen Sie, am Mord an Ihrem Kollegen in Belgien und an dem Polier beteiligt gewesen zu sein.«

»Und es ist nur eine Frage von Minuten, bis meine Kollegen vom Kommissariat hier sind«, fuhr Böhnke fort. Er musste vor den Männern den Anschein erwecken, als sei er tatsächlich ein Polizist.

Grundler verstärkte den Eindruck, als er sich als Anwalt und Böhnke als Kriminalhauptkommissar vorstellte. Das »außer Dienst« unterschlug er wissentlich.

»Ist nicht«, versuchte der Mann namens Marek, sich zu verteidigen.

»Ist wohl«, widersprach Böhnke heftig. »Wenn ihr Scheiß gebaut habt, kriegt ihr kein Geld und keine Papiere.«

Auch Donner mischte sich mit ungewohnter Strenge ein. »Ich will keine Mörder bei mir.«

»Sind wir nicht«, stammelte Jannek. »Wir sind keine Mörder, Chef.«

»Wer erpresst, ermordet auch«, behauptete Böhnke barsch. Die Behauptung war zwar nicht zwingend, aber effektvoll. »Sie haben Walter Frosch erpressen wollen. Beim ersten Versuch der Geldübergabe wurde Ihr Komplize, der Hilfsarbeiter aus Belgien, erschossen, der zweite Versuch in Vogelsang scheiterte. Und gestern haben Sie den Polier töten lassen, weil er Ihre Verbrechen durchschaut hatte.« Wieder spielte Böhnke mit falschen und dabei auch noch mit schlechten Karten. Aber er war davon überzeugt, mit dieser Methode Erfolg zu haben. Es hatte durchaus Vorteile, wenn er sich nicht an die rechtlichen Spielregeln halten musste wie seine ehemaligen Kollegen. Ihnen hätte jeder Strafverteidiger vorgeworfen, mit unzulässigen Mitteln ein Geständnis entlocken zu wollen. Aber diese Regeln galten für ihn nicht mehr.

»Das stimmt nicht«, wehrte sich Marek zaghaft.

»Doch«, fauchte ihn Grundler an. »Das stimmt genauso wie Ihre Beteiligung am Raub eines schweren Tresors aus der Villa von de Munck.«

Zum ersten Mal flackerten die Augenlider von Jannek.

Sie waren auf dem richtigen Weg, triumphierte Böhnke innerlich. Der Pole hatte sich gegen seinen Willen verraten.

»Sie landen als Mörder lebenslänglich hinter Gittern«, behauptete er überzeugend. »Sie sehen Ihre Heimat nie mehr wieder. Und wofür? Für nichts.« Er winkte abfällig ab.

»Wir sind keine Mörder«, rief Marek, wobei sich seine Stimme überschlug.

»Mörder und Erpresser«, unterbrach ihn Grundler wütend.

»Und Räuber«, ergänzte Böhnke. »Aus dieser Nummer kommen Sie nur heraus, wenn Sie uns die Wahrheit sagen.«

Die Männer knickten leichter ein, als er erhofft hatte. Sie hatten viel zu verlieren und nur wenig zu gewinnen.

»Ich kann dafür sorgen, dass Sie glimpflich davonkommen, wenn Sie jetzt die Wahrheit ausspucken«, log Grundler. »Nicht wahr, Herr Kommissar?«

Auch wenn Böhnke schwieg, verstanden die Bauarbeiter sein angedeutetes Kopfnicken als Bestätigung. Er selbst würde immer behaupten, er habe die Frage nicht gebilligt und nicht beantwortet.

»Ich lasse Sie jetzt allein«, meldete sich Donner zu Wort. »Es ist wohl besser, wenn ich nicht alles mitbekomme. Dann brauche ich mich später auch nicht dazu zu äußern. Sie können mir ja anschließend sagen, was Sie mir zu sagen haben.«

Der Heilige war wohl doch ein Scheinheiliger, dachte sich Böhnke. Der verzieht sich, wenn es für ihn heikel werden könnte.

»Also, was ist geschehen?«, fragte er die Bauarbeiter.

Die beiden erzählten ihm eine Geschichte, die Böhnke zufrieden stellte und zugleich neue Fragen aufwarf.

Der Polier hatte Marek, Jannek und andere Kollegen mit dem Raub bei de Munck beauftragt. Jeder hatte dafür 2.000 Euro auf die Hand bekommen. Sie hatten mit dem schweren Baugerät von Donner den Tresor aus dem Haus und vom Grundstück geschafft. Der Polier hatte die Pläne des von Donner sanierten Chateaus kopiert und kannte alle Stellen für den effektivsten Einsatz des Geräts. Von ihm stammte auch der Plan, den aufgebrochenen Tresor im Westwall zu verstecken.«

»Was befand sich in dem Tresor?«, fragte Böhnke interessiert.

»Schmuck und paketweise Rauschgift«, antwortete Jannek freimütig. »Der Polier hat uns gesagt, dass es sich um Kokain und Heroin handelt.«

»Und was hat er mit der Beute gemacht?«

»Keine Ahnung.«

»Und wie kam es zur Erpressung von Frosch?«

»Als wir in der Zeitung gelesen haben, dass in dem Tresor noch 500.000 Euro gewesen sind, waren wir echt sauer. Wir fünf waren mit 10.000 Euro abgespeist worden. Da wollten wir uns das Geld holen.«

»Und habt Frosch erpresst?«

»Ja.« Ihn ausfindig zu machen, sei kein Problem gewesen. Die Zeitung hätte ja genug über ihn geschrieben.

»Die Erpressung ist aber schiefgelaufen, weil euer Hilfsarbeiter erschossen wurde«, sagte Böhnke.

»Ja.«

»Von wem?«, fragte Grundler dazwischen.

Die Polen wirkten ahnungslos. »Das wissen wir nicht.«

»Und dann habt ihr Frosch wieder erpresst?« Böhnke hatte aufgehört, sich über sein ständiges »Und« zu ärgern. Es gab Wichtigeres.

»Was dann gehörig in die Hose ging«, lästerte Grundler. »Haben Sie eigentlich mit dem Polier über Ihre Pläne gesprochen?«

»Ja. Wir waren doch stinksauer auf ihn, weil er uns ja nur die 10.000 Euro gegeben hat.«

»Und was hat er gesagt?«

»Er hat gesagt, dass sei unsere Sache. Er will nichts damit zu tun haben und halte sich da raus.«

Merkwürdig, dachte sich Böhnke, der Kerl hätte doch damit rechnen müssen, dass er auffliegt, wenn die Erpressung schiefgeht.

Er kam nicht dazu, sich weitere Gedanken zu machen. Mit hohem Tempo fuhren vier Streifenwagen auf den Betriebshof und bremsten quietschend neben ihnen.

Donner hatte das aus seiner Sicht einzig Richtige getan und die Polizei alarmiert.

17.

Es ergab doch keinen Sinn, dass die beiden Polen den Polier töten ließen. Vielmehr wäre die Umkehrung sinnvoll gewesen – der Erschossene hätte die beiden Männer erledigt, weil sie ihm gefährlich werden konnten, meinte Grundler auf der Rückfahrt, ohne von Böhnke Widerspruch zu ernten.

»Wir müssen etwas übersehen haben«, glaubte er.

Jetzt war Böhnke anderer Meinung. »Wir haben nichts übersehen. Wir haben allenfalls die Fakten nicht richtig zusammengesetzt oder wir haben noch nicht alle Fakten beieinander, um das Rätsel zu lösen.«

Das sei doch im Prinzip für sie nicht mehr von Bedeutung, meinte der Anwalt. »Du wolltest Frosch aus der Schusslinie nehmen und ihm ein sicheres Überleben ermöglichen. Ich glaube, ich kann ihm morgen die Vollmacht über sein Konto überlassen.« Er lächelte geradezu spitzbübisch. »Jetzt hat die Polizei einen Aluminiumkoffer mit ihrem eigenen Falschgeld in der Asservatenkammer und weiß nichts damit anzufangen.«

Böhnke zauderte. Sein Gefühl sagte ihm, dass die Sache nicht so unspektakulär für Frosch enden würde, von der für ihn ungeklärten Geldfrage einmal abgesehen.

Er werde noch einen Abstecher machen, meinte Grundler, als er Böhnke in Huppenbroich absetzte.

»Wohin?«, fragte der Pensionär.

»Commissario, dein Kombinationsgeschick lässt zu wünschen übrig.«

Böhnke ließ sich von der Lästerei nicht aus der Ruhe bringen. Er hatte seinen Plan und er hoffte, seinen Informanten gleich noch treffen zu können. »Dann wünsche ich dir viel Spaß bei deinem Abstecher. Ich mache auch noch einen kleinen Ausflug.«

»Wohin?«

»Wo bleibt dein Kombinationsgeschick, mein Freund?« Geradezu genüsslich antwortete er mit einer Gegenfrage.

Gemächlich legte er den Weg zum Grundstück von Schmitz zurück. Er rechnete nicht damit, dort schon auf seinen Gesprächspartner zu treffen. Doch er hatte sich getäuscht. Der Mercedes mit dem Dauner Kennzeichen und dem markanten DN-1 stand neben dem verwaisten Bauwagen. In rund 100 Metern Entfernung entdeckte er Donner, der die Thujahecke entlanglief und sich häufig niederkniete.

Als er Böhnke erkannte, eilte der Bauunternehmer winkend auf ihn zu. »Hatte gar nicht damit gerechnet, dass Ihr Fahrer Grundler Sie noch vor Einbruch der Dunkelheit in Huppenbroich abliefert«, schmunzelte er. »Glauben Sie mir, es ist schon von Vorteil, wenn man sich auf den Straßen der Eifel auskennt. Von der Vulkaneifel in die Nordeifel, da hat sich schon so mancher total verfranzt.« Donner deutete mit dem ausgestreckten Arm in Richtung der Koniferen. »Übrigens, haben Sie schon gesehen?«

»Was denn?«

Der Bauunternehmer führte Böhnke zu den auf die neben dem Feldweg gepflanzten Bäume. »Die machen es nicht mehr lange.« Er machte eine ausholende Armbewegung über die gewaltige Hecke. »Die machen es nicht mehr lange«, wiederholte er sich.

»Wie kommen Sie darauf?« Böhnke verstand nicht.

»Sehen Sie!« Donner hatte sich hingekniet. »Die Pflanzen werden am Boden schon braun. Das ist die Folge eines starken Pflanzengiftes. Ich hätte von Zufall oder normalem Verlust gesprochen, wenn einige Koniferen braun angelaufen wären. Aber hier ist flächendeckend und gründlich mit Pflanzengift gearbeitet worden.« Er sah Böhnke nachdenklich ins Gesicht. »Jetzt fragen Sie mich bitte nicht, wer wann am Werk war. Sie haben doch selbst miterlebt, was hier am Wochenende los war. Die Aktion kann nicht einer allein begangen haben, da müssen mehrere gemeinsam am Werk gewesen sein. Einer allein konnte unmöglich unbeobachtet die Tat begehen. Aber wen wollen wir konkret behelligen? Es gibt zwar viele Täter, aber keine Zeugen.«

Insgeheim musste Böhnke grinsen. Aber er heuchelte Betroffenheit. »Das wird Schmitz nicht begeistern, kann ich mir vorstellen. Ich habe ihm mehrfach vorgeschlagen, er solle Buchen pflanzen. Dann wäre ihm das hier garantiert nicht passiert.«

Donner nickte zustimmend. »Ich hoffe, er hört jetzt endlich auf mich. Ich denke, er wird es auch tun und zu den Buchen greifen.«

»Da bekommt er sogar noch Geld für.« Böhnke erinnerte sich an den Zeitungsbericht, in dem von Zuschüssen für das Pflanzen von neuen Buchenhecken die Rede war.

»Meinen Sie etwa, der hat die Kröten nötig? Aber ich werde ihn schon überzeugen. Ich glaube nicht, dass er je Ruhe bekommt, wenn er starrköpfig bleibt.«

Die vergifteten Lebensbäume seien eigentlich ja nicht das Thema, worüber sie sprechen wollten, meinte Böhnke nach einer kurzen Pause. »Haben Sie etwas erfahren?«

Nach dem Abtransport der beiden polnischen Bauarbeiter und vor seiner Anhörung durch die Polizei hatte Böhnke in einem unbeobachteten Augenblick Donner beiseite genommen und ihm zugeflüstert, er hätte gern einige Informationen über den erschossenen Polier.

Sein eigener Bericht schien Donner zu erschüttern. »Es ist erschreckend, wie wenig ich über meine eigenen Beschäftigten weiß«, meinte er am Ende seines Vortrags. Werner Hansmann war ein ambitionierter Betonbaumeister gewesen, der bei seinem Versuch, sich an einer Fachhochschule zum Bauingenieur zu qualifizieren, gescheitert war. Seit mehr als zehn Jahren war der nun 38-Jährige bei Donner als Polier und Baustellenleiter beschäftigt. Der Junggeselle mit wechselnden Damenbekanntschaften wohnte in Belgien und führte einen aufwendigen Lebenswandel, der nach Donners Auffassung zu kostspielig für das Portemonnaie war. Vor rund drei Jahren hatte Hansmann über eine Finanzklemme geklagt. Donner hatte ihm mit einem Kredit aus der Notlage geholfen, den Hansmann verabredungsgemäß und ohne Verzug zurückzahlte. Seit zwei Jahren hatte Hansmann nach Donners Worten »in Saus und Braus« gelebt, ohne dass es sich der Bauunternehmer erklären konnte.

»Er ist sogar Mitglied in einem exklusiven Club in Büllingen, in dem eigentlich nur die oberen Zehntausend aus Ostbelgien Mitglied werden können.« Wenn er kombinieren dürfe, so meinte Donner, dann sei sein Polier in krumme Geschäfte verwickelt gewesen. »Entweder hat er das Kokain und den Schmuck selbst verscherbelt oder er hat es im Auftrag eines Dritten getan.«

Böhnke ließ diese Vermutung im Raum stehen. Er hätte fragen können, woher Hansmann von dem wertvollen Inhalt des Tresors wusste. Aber er stellte die Frage nicht.

Nachdenklich schaute er über die angeblich todkranken Lebensbäume. Erst jetzt erkannte auch er die braunen, welken Zweige dicht über dem Boden. Bei Gelegenheit würde er Lieselotte fragen, mit welchem Gift ein schnelles Absterben der Thujas möglich war. Als Apothekerin konnte sie ihm bestimmt eine Antwort geben.

Mit der Zusicherung, in Kontakt zu bleiben, verabschiedete er sich von Donner. Er hatte es mit vielen Mördern zu tun, dachte er sich auf dem Rückweg; Koniferenmörder, über die er schmunzeln konnte, und tatsächliche Mörder, denen er das Handwerk legen wollte, bevor sie erneut für Frosch gefährlich werden konnten.

Ihm war nicht entfallen, dass es verschiedenartige Erpresserbriefe gegeben hatte. Schlüsse daraus zu ziehen, war eine Sache, die er später in Angriff nehmen würde.

Über seine eigene Vergesslichkeit schimpfend, fiel ihm ein, welche Frage er Donner noch hätte stellen wollen. Welcher Interessent hatte bei dem Bauunternehmer wegen einer Haussanierung in Huppenbroich nachgefragt? Viele socher Objekte gab es nicht mehr. Eigentlich war der Ort ein Schmuckstück in einer Kulturlandschaft, in der die Natur die Hauptrolle spielte. Nur wenige Häuser fielen optisch wegen einer der Natur unangepassten Architektur oder wegen ausgebliebener Renovierungen aus der Reihe. Infrage kam dabei vorrangig die leer stehende Bleibe der verstorbenen Schmitze Billa.

»Sitzt du gut?« Das war eine derjenigen Fragen, bei denen Böhnke aus der Haut fahren konnte, umso mehr, wenn sie ihm zur Abendbrotzeit bei einem Telefonat gestellt wurde.

»Wie soll ich sonst mein Schwarzbrot essen?«, knurrte er kauend zurück. »Was willst du, Tobias? Willst du mir etwa erzählen, dein Abstecher sei schön gewesen?«

»Schön, das kann ich nicht sagen, aber interessant und geheimnisvoll.«

»Ich liebe Geheimnisse«, stöhnte Böhnke ungehalten, »besonders, wenn ich keinen blassen Schimmer habe.« Er schluckte. »Nun pack endlich aus, Kerl!«

»Du jagst doch so gerne Erpresser«, sagte Grundler fast schon frohlockend. »Da kannst du morgen wieder auf die Pirsch gehen.«

Böhnke brauchte nicht lange nachzudenken. »Du warst also in Froschs Wohnung in Walheim und hast dort im Briefkasten einen Erpresserbrief gefunden?«

»Genau, du Schlaumann. Gestern in Deutschland abgestempelt. Muss irgendwo an der Grenze zu Belgien in einen Briefkasten geworfen worden sein.«

»Woher weißt du das?«

»Von meinen Freunden von der Polizei. Du hast doch nicht etwa geglaubt, dass wir ohne die handeln können? Wenn die grünen Jungs schon kooperativ sind und mir den Toten aus dem Venn identifizieren, können wir sie nicht außen vor lassen. Ist doch klar, oder?«

»Klar«, brummte Böhnke hörbar unzufrieden.

»Ist alles nur zum Wohle meines Mandanten«, fuhr Grundler fort. »Und außerdem brauche ich doch neues Spielgeld für morgen. Denn morgen hat Frosch seinen nächsten Einsatz. Man will immer noch eine halbe Million Euro von ihm.«

»Nein«, unterbrach ihn Böhnke streng. »Nicht Frosch hat einen Einsatz, sondern ich. Der ist der Aktion mit Sicherheit nicht gewachsen. Der zittert doch immer noch wegen der Geschichte in Vogelsang.«

»Wenn du meinst.« Grundler konnte sich für den Vorschlag nicht begeistern. »Im Prinzip ist das schon richtig, was du sagst. Ich weiß nur nicht, wie die Erpresser reagieren, wenn sie dich sehen und nicht Frosch.«

»Das weiß doch keiner. Oder meinst du, die wissen, wer Frosch ist und dass ich nicht Frosch bin, wenn ich mich als Frosch ausgebe? Kümmer du dich darum, dass Froschs Familie geschützt wird. Alles andere wird sich ergeben. Also, was ist geplant?«

»Frosch soll morgen um elf mit einer schwarzen Sporttasche der Marke Adidas in der Hand vor dem

Haupteingang des Roten Hauses in Monschau warten. Dort würde man ihn ansprechen.«

»Kein anderes Erkennungszeichen?«

»Nein.«

»Okay«, sagte Böhnke entschlossen. »Dann erwarte ich dich morgen rechtzeitig bei mir mit Geld und Tasche, mein Freund.«

18.

Frosch wirkte gelöst und locker. Die Gegenwart der Frau aus der Lüneburger Heide tat ihm gut. »Ist toll hier in der Pension. Ich werde wohl noch ein paar Tage länger bleiben«, sagte er beim morgendlichen Telefonat beschwingt.

Böhnke verzichtete darauf, ihn über den erneuten Erpressungsversuch zu informieren. Damit hätte er Froschs Glück nur getrübt oder ihn vielleicht zu irgendeiner spontanen Handlung veranlasst, die er nicht gebrauchen konnte.

Kurz darauf fuhr Grundler in einem silberanthrazitfarbenen Meriva vor. »Wer so viel Geld wie ich transportieren muss, braucht einen größeren Kofferraum als beim Corsa.« Er grinste frech. »Und wenn ich dann auch immer noch alte Männer mitnehmen muss, ist es schon ganz praktisch, wenn der Einstieg etwas höher ist.«

»Blödmann.« Böhnke hatte nichts übrig für Scherze auf seine Kosten am frühen Morgen. »Her mit der Kohle und her mit dem Brief!«

Wie konnten die Erpresser überhaupt wissen, dass ihr Brief vor dem Übergabetermin gelesen wurde?

»Interessante Frage«, bestätigte Grundler. »Die habe ich mir auch gestellt. Wahrscheinlich denken die, dass Frosch zu Hause herumhängt.«

So könnte es sein. »Und wenn er nicht reagieren würde?«

»Dann zünden sie ihm das Haus unter dem Hintern an oder machen sich an seinem Enkel zu schaffen oder schreiben einen neuen Brief.«

»Oder, oder, oder …«, bremste ihn Böhnke. »Ein einfacher Anruf übers Festnetz bei Frosch genügt, um festzustellen, dass niemand in dem Haus ist.«

»Ist ja gut«, beschwichtigte Grundler. »Du kannst ja bei deinem Treffen fragen, warum sich die Erpresser sicher waren, dass ihr Brief rechtzeitig gelesen wird.«

»Das werde ich tun, mein Freund. Da kannst du absolut sicher sein.«

Den Haupteingang zum Roten Haus als Treffpunkt zu wählen, war aus Sicht der Gauner nicht die schlechteste Idee. Im Stadtzentrum von Monschau, tief unten unmittelbar neben der Rur, tummelten sich den gesamten Tag Touristen aus aller Welt, um dieses Prunkstück des idyllischen Ortskern im Talkessel zu besichtigen. Hier war es wegen des Menschenauflaufs fast unmöglich, einen polizeilichen Zugriff durchzuführen. Es gab zu viele Menschen auf zu wenig Raum. Böhnke unterschied sich lediglich durch die Sporttasche von den Touristen, die in einem vielsprachigen Stimmengewirr auf dem Platz standen oder herumliefen. Das Rote Haus, ehemals Wohnsitz eines Monschauer Tuchfabrikanten, hatte seinen Namen nach seinem Anstrich erhalten. Die Farbe erinnerte an die Farbe des in Monschau hergestellten roten Tuchs.

Böhnke hielt sich nicht besonders gern in der Monschauer Altstadt auf. Für ihn herrschte dort Tourismus pur. Nur Lieselotte zuliebe kam er zur Adventszeit zum beachtlich großen Adventsmarkt, bei dem ebenfalls das Rote Haus der Blickfang war. Dessen 24 Fenster stellten die 24 Türchen eines großen Adventskalenders dar. Dahinter befanden sich Attrappen kostbarer Geschenke. Insofern hatte Böhnke die Adventszeit mit ihren Geschenken in den Frühling verfrachtet. Auch er hatte die Attrappe einer wertvollen Fracht bei sich.

Er ließ sich auf einer Bank neben dem Roten Haus nieder und blickte über die Rur in ihrem schmalen felsigen Bett mit den gemauerten Uferwänden und auf die kleinen, alten Häuser hinauf aus dem Tal in die steil aufragenden Berge, die den historischen Stadtkern umgaben. Längst war das wirtschaftliche und behördliche Zentrum bergauf gewandert, aus der Enge des Rurtals auf den Eifelrücken, war Imgenbroich der Hauptort der Stadt und die im Tal gelegene Keimzelle von Monschau fest in der Hand der Touristen.

Plötzlich wurde Böhnke von einem Banknachbarn angesprochen, jedoch auf Niederländisch. Also falscher Alarm. Er wartete also weiter geduldig auf die Anweisung eines Unbekannten, was er als Nächstes zu tun hatte.

»Sind Sie Herr Frosch?« Jemand hatte ihn von hinten angesprochen.

Das lief ja besser als gedacht, durchfuhr es Böhnke. Der Typ kannte Frosch gar nicht.

»Ja«, behauptete er mit gespielter Ängstlichkeit. Langsam drehte er sich um, während er die Tasche fest umklammerte. »Ja, ich bin Herr Frosch. Und wer sind Sie?«

Der untersetzte Mann wirkte nicht selbstbewusst, eher wie ein Handlanger. Er schüttelte sein schulterlanges Haar. »Wenn einer fragt, bin ich das.« Er gab sich forsch, aber das Zucken und Blinzeln verriet seine Unsicherheit. »Sie haben das Geld?«

Böhnke nickte. »Wenn Sie sehen wollen?« Er deutete auf die Tasche auf seinen Knien.

Der knapp 30-Jährige, dessen Deutsch einen leichten französischen Akzent verriet, ging auf die Bemerkung nicht ein. »Wir machen einen kleinen Spaziergang.«

»Wohin?«

Wieder überhörte der Mann in einfacher Kleidung die Frage. »Kommen Sie, Herr Frosch!«

Das Treffen verlief nicht so, wie es Böhnke mit Grundler geplant hatte. Hoffentlich ging das gut, dachte er sich.

»Was wäre passiert, wenn ich nicht gekommen wäre?«

»Dann hätte Ihr Haus gebrannt«, antwortete der Mann trocken. Er hatte den Weg zum Parkplatz an der ehemaligen Felsquellbrauerei eingeschlagen. »Und Sie hätten von uns einen neuen Liebesbrief erhalten.«

»Von wem?«

Der Unbekannte lächelte stumm vor sich hin. Er schien nicht an einem Gespräch interessiert.

Schweigend gingen sie nebeneinander durch die engen Gassen mit den kleinen, alten Häusern, in denen sich Cafés und Souvenirläden befanden.

Auf dem Parkplatz sah sich der Unbekannte kurz suchend um. »Wir gehen weiter«, sagte er.

»Wohin?«

»Lassen Sie sich überraschen.« Er erhöhte die Schrittgeschwindigkeit, ohne auf Böhnke zu achten. Zu jeder Besichtigungstour durch Monschau gehört ein Besuch der Glasbläserwerkstatt und der Senfmühle. Das schien sich auch der Mann zu denken, den Böhnke der deutschsprachigen Ostprovinz Belgiens zuordnete. Er steuerte die Touristenattraktionen an, ohne sie allerdings zu betreten.

»Machen wir heute einen Wandertag, oder was?« Böhnke war ungehalten. Doch seine zornige Frage verpuffte wirkungslos.

»Kommen Sie!«, forderte ihn der Mann ungerührt auf und machte sich wieder auf den Weg in Richtung Innenstadt. Unvermittelt betrat er eine schmale, steile Treppe; eine Abkürzung beim Aufstieg zu den Resten der Burg, die über dem Ort thronte.

Böhnke kannte den mühevollen Weg hinauf nur als steile Auffahrt mit dem Auto oder mit dem Kleinbus und einem nicht minder steilen, aber glücklicherweise nur kurzen Fußweg über holpriges Kopfsteinpflaster durch die Vorburg zum Hauptgebäude. Lieselotte hatte ihn hierhin mehrmals zu den Monschau Classics im Hochsommer mitgeschleppt, um sich dort bei Opern und Operetten zu vergnügen. Aber direkt von der Talsohle hinauf bis zur Burg, diese Strecke hatte er noch nicht zurückgelegt.

Er ließ sich Zeit, sollte doch der Kerl auf ihn warten. Er wollte und konnte dessen Tempo nicht mitgehen.

Sie befanden sich im steilsten Teil des Weges mit den schmalen ausgetretenen Steinstufen und dem abgegriffenen Geländer, das ein wenig Hilfe bot. Auf einer kleinen Plattform auf halber Höhe blieb der Mann abrupt stehen und schaute sich nach Böhnke um. Er lief die wenigen Schritte zu dem schnaufenden Pensionär zurück und stieß ihn heftig. Nur mit Mühe konnte sich Böhnke auf den Beinen halten.

»Her mit der der Tasche!«, schnauzte ihn der Unbekannte an. Er riss und zerrte, bis Böhnke die Tasche losließ. Der Mann schritt mit der Beute schnell bergauf, Böhnke kämpfte derweil mit dem Gleichgewicht und der Atemlosigkeit. Hinter einer Ecke verschwand der Mann aus seinem Blickwinkel.

Langsam ging Böhnke weiter. Eile mit Weile, sagte er sich, laufen ohne zu schnaufen. Er hoffte, dass er nicht zu spät kommen würde.

Seine Hoffnung war berechtigt. Als er die Serpentinen hinter sich gelassen hatte, fand er den Mann auf der Erde liegend vor. Grundler kniete auf ihm.

»Ich bin mit dem Auto bis zum Burgeingang gefahren und euch entgegengegangen. War ja klar, dass eure Ortsbesichtigung einmal enden musste.«

Der erste Teil ihres Plans war in Erfüllung gegangen. Teil zwei würde wahrscheinlich schwieriger werden.

Grundler hatte dem Mann Handschellen angelegt. »War ganz einfach«, sagte er übertrieben lässig. »Ich habe ihn von oben kommend angerempelt und umgestoßen, als er strauchelte. Ehe der Kerl sich versah, hatte ich ihn verhaftet, Herr Kommissar.«

Der Fremde horchte erschrocken auf. »Was…?«

»Sie halten die Klappe und reden nur, wenn der Herr Kommissar Sie etwas fragt. Verstanden?« Energisch packte Grundler zu und stellte den Mann auf die Beine. »Abmarsch!«, befahl er zackig.

Nun bestimmte Böhnke die Geschwindigkeit in dem wieder steiler werdenden Stück. Vor Grundlers Meriva neben den Burgtor blieben sie stehen.

»Ihre Fragen bitte, Herr Kommissar. Die Kollegen kommen gleich«, sagte Grundler überzeugend.

Böhnke betrachtete den inzwischen sehr nervösen Mann, der von dieser Entwicklung der Geschehnisse vollkommen überrumpelt worden war. »Ich will Ihren Namen gar nicht wissen, das ist Zeitverschwendung. Damit werden sich die Freunde auf der Polizeistation beschäftigen. Das wird noch ein langer Tag für Sie werden.« Böhnke redete beinahe belanglos auf den irritiert um sich schauenden Mann ein. »In wessen Auftrag sind Sie hier?«, fragte er und registrierte das leichte Zusammenzucken des Mannes.

Der Ganove blieb stumm.

»Kein Problem, wenn Sie schweigen. Ich weiß es. Sie sind doch nur ein bezahlter Handlanger.«

»Der aber kräftig bluten muss, nicht wahr, Herr Kommissar?«

»Stimmt. Er wird kräftig bluten müssen.«

Grundler lächelte grimmig. »Der Tote, der im Venn erschossen wurde, der geht auf Ihre Kappe. Dann den erschossenen Polier von Donner in Daun. Da haben wir schon zwei Morde, die man Ihnen anhängen wird. Das bedeutet, Sie kommen nie mehr aus dem Bau heraus. Lebenslänglich bei zwei Morden ist da garantiert. Oder was meinen Sie, Herr Kommissar?«

Böhnke nickte. »Auf Mord steht lebenslänglich,

jedenfalls bei uns in Deutschland. In Belgien ist es nicht anders, denke ich mal.«

»Sie sehen, wenn Sie die Klappe halten, gehen Sie für alle Zeiten in den Knast. Und glauben Sie etwa, dass sich Ihr Auftraggeber um Sie kümmern wird?« Grundler hatte wieder die Gesprächsführung übernommen. »Garantiert nicht«, antwortete er sich selbst. »Der lässt sie schmoren, bis Sie ins Krematorium kommen.« Er sah den Mann versöhnlich ins Gesicht. »Vielleicht kann ja ein Geständnis und ein guter Anwalt dafür sorgen, dass Sie mildernde Umstände bekommen. Was meinen Sie, Herr Kommissar?«

»Geständnis ist immer gut«, brummte Böhnke. Er befürchtete, Grundler könnte ihn in eine Lage bringen, die mit seinem Beamtenstatus nicht mehr vereinbar war. Deshalb setzte er weiter auf Allgemeinplätze. »Ob bei einem zweifachen Mörder mildernde Umstände greifen, da habe ich meine Bedenken.«

»Also, mein Freund. Jetzt mal zur Sache!« Grundler hatte den erstarrten Mann am Kragen gepackt. »Willst du tatsächlich lebenslänglich im Knast verschwinden für Taten, die du vielleicht gar nicht begangen hast?« Er klopfte den Mann ab und griff nach der Geldbörse in der hinteren Hosentasche.

»Herr Kommissar, Sie sind mein Zeuge. Ich entwende nichts. Ich suche lediglich nach den Personalien des Mannes.« Er fand zweierlei: einen Notizzettel mit einer Handynummer und einen Personalausweis im Scheckkartenformat.

»Paul Meertens heißt du. Belgier, 38 Jahre alt. Und bald verurteilt als Mörder.«

»Ich bin kein Mörder.« Stotternd widersprach Meertens.

»Sondern?«

Meertens sah sich unruhig um. »Ich sollte doch nur das Geld holen.«

»Für wen?«

Meertens schüttelte den Kopf.

»Wenn du's sagst, bist du ein toter Mann, hat man dir gedroht. Stimmt's?«

Meertens schluckte schwer.

»Davor können wir dich bewahren. Was meinen Sie, Herr Kommissar?«

Böhnke überlegte einen Moment, ehe er die passende Floskel gefunden hatte. »Es gibt wirkungsvolle Möglichkeiten, um Zeugen vor Schaden zu bewahren.«

»Du hast's gehört, Paul. Dir passiert nichts. Also, wer hat dich für welche Aufgabe angeheuert? Wetten, dass du ein Kleinkrimineller bist, der für ein paar Kröten alles tut?«

Erneut schluckte Meertens schwer. »Ich sollte den Koffer holen und dann eine Nummer anrufen. Ich weiß nicht, wem sie gehört.«

»Okay, selbst wenn ich dir glaube«, Grundler gab sich versöhnlich, »das war doch nicht dein erster Auftrag, oder?«

Mit einem Kopfnicken bestätigte Meertens. »Ich habe in einem Dorf bei Aachen ein Auto abgefackelt.«

Das von Frosch in Walheim, schoss es Böhnke durch den Kopf.

»Und dann eines auf der internationalen Straße.«

»Ein Scorpio ohne Kennzeichen?«

Wieder bestätigte Meertens.

»Was hast du dafür bekommen?«

»Geld. Beides Mal 1.000 Euro.«

»Und wie viel sollte jetzt rausspringen, wenn du den Koffer ablieferst?«

»10.000 Euro.«

»Von wem?«

»Ich weiß es nicht.«

»Du weißt es wohl, du willst es nur nicht sagen«, brüllte ihn Grundler an. »Wer hat dir das Geld in die Hand gedrückt.«

Meertens erschrak und schluckte wieder schwer.

Ein Knall schreckte sie auf. Zeitgleich brach Meertes zusammen. Das Projektil hatte seine Stirn durchdrungen. Er war tot, bevor sein Körper auf dem Erdboden zu liegen kam.

»Scheißspiel«, fauchte Grundler, der sich wie Böhnke hinter dem Meriva niedergehockt hatte. »Ruf die Jungs an. Aber sag ihnen nichts von der Handynummer.«

»Wieso? Was hast du vor?«

Grundler lachte böse. »Du hast doch auch als Ohrenzeuge mitbekommen, dass uns Meertes einen Namen genannt hat. Den Kerl knöpfen wir uns vor.«

Böhnke betrachtete nachdenklich den toten Mann, der mit offenem Mund und offenen Augen wirkte, als könne er nicht glauben, dass jemand ihn erschossen hatte.

»Mach, was du willst, Tobias. Aber halte mich aus illegalen Dingen raus.« Er fuhr fort, ehe sein Freund ansetzen konnte. »Ich möchte dich bitten, Pütting dazu zu bewegen, mich heute Abend anzurufen.«

»Okay.« Grundler grinste frech. »Aber nur, wenn du bestätigst, dass uns Meertens seinen Auftraggeber verraten hat.«

Mit dieser Bedingung konnte Böhnke leben. In gewisser Weise hatte Meertens einen verräterischen Hinweis gegeben: die Telefonnummer.

19.

Was er für ihn tun könne, fragte Pütting zuvorkommend, als er Grundlers Bitte tatsächlich nachkam und Böhnke anrief.

»Vielleicht können Sie mir mit Ihrem Insiderwissen im deutschsprachigen Belgien helfen«, erläuterte ihm Böhnke schmeichelnd. »Wissen Sie etwas über einen angeblich elitären Club in Büllingen?«

»Sie meinen bestimmt den Club der Elite«, antwortete der Anwalt. »Darin haben sich tatsächlich alle diejenigen versammelt, die meinen, zur oberen Gesellschaftsschicht der Ostprovinz zu gehören. Nicht nur aus der deutschsprachigen Gemeinschaft, sondern aus der gesamten Region«

»Sie auch?«

»Um Himmels willen.« Pütting lachte. »In dieser ehrenwerten Gesellschaft möchte ich gar nicht Mitglied sein. Großkotze, Neureiche, ein paar Möchtegerne, die als Hofnarren gehalten werden, und so weiter und so fort. Ist, ehrlich gesagt, nicht meine Geschmacksklasse.«

»Woher wissen Sie denn davon?«

»Von Mandanten, die immer wieder versuchen, mich für diesen Club zu gewinnen. Aber mir ist die Sache zu halbseiden und riskant.«

»Wieso?«

Pütting lachte wieder. »Ich möchte nicht unbedingt dabei sein, wenn mal eine geheime Koksparty oder eine Sex-Orgie auffliegt.«

»Sie kennen Namen?«

»Natürlich. Aber erstens kenne ich nicht alle, zweitens kenne ich sie nur vom Hörensagen und drittens werde ich sie Ihnen nicht verraten. Sind ja Mandanten oder möglicherweise zukünftige Mandanten von mir darunter. So wie der, der sich von seiner deutschen Frau scheiden lassen muss, weil sie seiner Kokserei und seinen Sexeskapaden auf die Schliche gekommen ist.«

»Deshalb also der Kontakt zu meinem Freund Dr. Dieter Schulz, der bekanntermaßen die Frau vertritt?«

So sei es, bestätigte Pütting. Hinzu käme, dass man seinen Mandanten aus dem Club ausgeschlossen habe und mit Vergeltungsmaßnahmen drohe, falls er der Öffentlichkeit etwas über die ehrenwerte Gesellschaft berichte. Die hätten einen Verhaltenskodex, an den sich jedes Mitglied, ob ausgeschieden oder nicht, tunlichst halten muss, wenn ihm kein Ungemach widerfahren soll.«

»Na, gut«, sagte Böhnke nachdenklich. »Ich verstehe schon, dass Sie mir die Namen Ihrer Mandanten oder möglichen Mandanten nicht nennen wollen und wohl auch nicht können. Aber gibt es in diesem Club nicht auch Mitglieder, die Sie niemals vertreten würden?«

Pütting lachte lauthals. »Sie sind gut, Herr Böhnke. Man sollte zwar niemals nie sagen, aber es gibt zwei Typen, denen ich aus dem Weg gehe.«

»Deren Namen haben Sie mir schon einmal genannt?«, hakte Böhnke nach.

Er könne sich nicht erinnern, und damit weder bestätigen noch dementieren, entgegnete der Anwalt. »Und es wäre mir sehr lieb, wenn Sie jetzt die Namen nicht in den Mund nehmen würden, denn dann müsste ich unser Telefonat unverzüglich beenden.«

»Einverstanden.« Pütting hatte ihm genug verraten. Grundler würde daraus, verbunden mit der Handynummer, die richtigen Schlüsse ziehen.

»Zu Koks und Sex passen eigentlich noch Waffen. Oder sehe ich das falsch?«, fragte er.

»Das magische Dreieck«, bestätigte Pütting. In der Tat gebe es in dem Club etliche Waffennarren, die nicht nur Schusswaffen sammeln würden, sondern auch Schießwettbewerbe veranstalteten.

»Bei denen immer derselbe Mensch gewinnt«, sprach Böhnke dazwischen.

»Nicht unbedingt«, entgegnete der Anwalt. »Soviel ich aus Gesprächen mit Mandanten mitbekommen habe, gibt es zwei oder drei richtig gute Schützen. Einer davon lebt übrigens nicht mehr.«

»Wieso?«

»Ich habe die Todesanzeige der ehrenwerten Gesellschaft gelesen. Darin stand, dass einer der besten Sportschützen von ihnen gegangen sei.«

»Den Namen, bitte. Den können Sie mir ja wohl nennen, ohne Schwierigkeiten zu bekommen.«

»Ich meine, der Mann hieß Hausmann.«

Allmählich fügte sich das Bild vor Böhnkes Augen zusammen. Aber es fehlten noch einige Puzzlestücke.

Ob er mit dieser Information, die er für ihn hätte, etwas anfangen könne, wisse er nicht, sagte Grundler am Telefon. »Interessant ist sie aber auf jeden Fall und, ehrlich gesagt, für mich ein wenig verwirrend.«

»Inwiefern?«

»Hausmann, der Tote im Venn und Meertens wurden aus größerer Entfernung mit derselben Munition erschossen und mit demselben Gewehr. Haben die Ballistiker herausgefunden.«

Böhnke ahnte nicht zu Unrecht, dass Grundler sein Wissen aus Polizeikreisen hatte.

»Die Theorie, es gebe einen Schützen, ist nicht bestätigt«, fuhr der Anwalt fort. »Es kann auch sein, dass es zwei Schützen gibt, die beide das Gewehr nutzten.«

»Es kann demnach theoretisch sein, dass Hausmann im Venn am Werke war und dann selbst von einem anderen mit dieser Waffe erschossen wurde.«

»Kann sein«, bestätigte Grundler. »Vielleicht sogar von Meertens.«

Das hingegen glaubte Böhnke nicht. Dafür war Meertens ein zu kleines Licht gewesen. Ihm sagte die Information durchaus zu. Sie passte in gewisser Weise ins Bild, wenn er auch nicht absolute Gewissheit hatte. »Die Tatwaffe. Hat man die gefunden?«

»Nein. Unsere grünen Freunde glauben, dass es sich um ein nicht gemeldetes und nicht registriertes Gewehr handelt. Vermutlich eine Spezialanfertigung.«

»Womit wir wieder beim Club der Ehrenwerten angekommen sein könnten«, sagte Böhnke scheinbar zusammenhanglos.

»Inwiefern?«

»Du strickst deine Fäden, ich meine«, antwortete Böhnke lächelnd.

»Und wenn wir sie zusammenknüpfen?«

»Das hängt davon ab, ob sie zusammenpassen. Du mit deiner Cowboy-Methode, die finde ich nicht unbedingt gut.«

»Wieso nicht?«, fragte Grundler. »Ich habe inzwischen herausbekommen, wem die Handynummer gehört.«

»Wem?« Böhnke war gespannt. Wenn jetzt der richtige Name fiel, war die Sache durch.

Doch Grundler musste ihn enttäuschen. »Die gehört einem Franck Meyer.« Er hatte den Namen französisch ausgesprochen.

»Ein Belgier?«, fragte Böhnke enttäuscht. Er hatte einen anderen Namen erhofft.

»Wie kommst du darauf?«, wollte Grundler wissen.

Böhnke überhörte die Frage. »Das nützt mir im Moment nichts, es sei denn, du hast irgendetwas über diesen Meyer herausgefunden, das passt.«

»Habe ich nicht. Meyer ist ein unbescholtener Bürger aus der Nähe von Stavelot.« Grundler hustete kurz. »Apropos Stavelot. Bevor ich es vergesse. Die Gendarmerie hat dort eine Einbruchsserie aufgeklärt. Bis vor wenigen Monaten gab es beiderseits der deutsch-belgischen Grenze in der Eifel und in den Ardennen immer wieder Hauseinbrüche nach der bekannten Methode. Rein, hehlertaugliche Sachen geklaut und wieder raus. Jetzt weiß man, dass Hausmann dahintersteckte. Der hat seine Bauarbeiter auf Beutezug geschickt.«

»Haben die beiden Polen ausgeplaudert«, unterbrach Böhnke den Bericht.

»Sie haben ihre Beteiligung zugegeben«, bestätigte Grundler, »nachdem man bei Hausmann eine Art

Bestellliste und Gegenstände gefunden hat, die aus Einbrüchen stammten. Die Polizei geht davon aus, dass er aus Geldnot gehandelt hat. Sein Konto war hoffnungslos überzogen.«

Damit wäre Hausmann der Mann für einen noch übleren Mann gewesen, dachte sich Böhnke. Aber wer war dieser Strippenzieher? Für Böhnke kamen nur zwei Gestalten infrage. Er atmete tief durch und erzählte Grundler seine Version der Geschichte, bei der Hausmann den Tresorraub für einen anderen gemanagt hatte und ein Jahr später sterben musste, weil er zu viel wollte.

»Es würde mich nicht wundern, wenn Hausmann selbst den Hilfsarbeiter im Venn erschossen hat, nachdem ihm seine polnischen Mitarbeiter von der Lösegeldübergabe erzählt haben.«

»Mag sein«, sagte Grundler nachdenklich. »Es kann aber auch sein, dass der Mann von demjenigen erschossen wurde, der von Hausmann über die Übergabe informiert wurde.«

»Oder von einem, der für den Todesschuss beauftragt wurde«, räumte Böhnke eine weitere Möglichkeit ein.

Nach seinem nachdenklichen Spaziergang durch Huppenbroich, bei dem er wohlwollend eine zunehmende, aufsteigende Bräune an der Thujahecke von Schmitz feststellte, kehrte Böhnke dennoch unzufrieden in sein Häuschen zurück. Offensichtlich hatten nicht nur die Polen Frosch erpresst, sondern auch andere. Aber wer? Das war die Frage, auf die er noch keine Antwort fand.

»Keine Ahnung«, brummte er sich selbst zu. Er

beeilte sich im Hauseingang, weil er das Telefon im Wohnungsinneren läuten hörte.

»Ich höre.«

»Das ist gut, denn Gebärdensprache klappt nicht am Telefon«, bemerkte Pütting lachend. Er habe interessante Neuigkeiten für ihn, fuhr er fort. »Ich habe herausgefunden, dass es im Club der Ehrenwerten sogar einen belgischen Jugendmeister im Sportschießen gab.«

»Gab oder gibt?«, unterbrach Böhnke hastig.

»Gibt. Der Mann lebt ja noch.«

»Und heißt?«

»Piccolini«, antwortete der belgische Anwalt. »Ich muss Ihnen allerdings ausdrücklich mitteilen, dass ich Ihnen diesen Namen nur in diesem Zusammenhang nenne. Sie können daraus nicht schließen, dass ich Piccolini unterstelle, einen Menschen erschossen zu haben.«

Wie war noch die Bemerkung gewesen? Böhnke erinnerte sich schnell: »Tod ist nicht sein Geschäft.« Aber wie auch immer, Piccolini hatte garantiert seine Finger im Spiel bei dieser Sache. Er durfte nicht ungeschoren davonkommen.

»Noch eine Frage«, bat er nach längerer Denkpause. »Sagt Ihnen der Name Franck Meyer etwas? Ist ein Belgier aus Stavelot.«

»Wie kommen Sie denn auf den?« Pütting konnte seine Verblüffung nicht verbergen. »Das ist der Geschäftsführer des Clubs der Ehrenwerten.«

»Und selbstverständlich ein angesehener Bürger in Ost-Belgien«, ergänzte Böhnke unzufrieden. »Haben

Sie denn wenigstens etwas über den, das ich verwenden könnte?«

»Habe ich, Herr Böhnke. Und das kann ich Ihnen unbesorgt weitergeben. Meyer wird nämlich schon seit einigen Tagen vermisst. Die Polizei sucht nach ihm, befürchtet aber, ihn irgendwann nur noch als Moorleiche aus dem Venn zu ziehen.« Bevor Böhnke nach dem Grund für diese Befürchtung fragen konnte, erklärte Pütting: »Er hat in seinem Schreibtisch einen Brief mit nahezu kryptischem Inhalt hinterlassen. Sein Psychotherapeut deutete ihn so, dass er damit seine Tötung umschreiben wollte. Es ist nur nicht geklärt, ob er damit einen Anschlag auf sich oder eine Selbsttötung gemeint hat. Aber im Prinzip geht man davon aus, dass Meyer tot ist.«

»Wer ist *man*?«

»Mein Lebensgefährte. Er ist Abteilungsleiter bei der Polizei«, antwortete Pütting knapp, keine weitere Fragen zu seiner Privatsphäre duldend.

»Wenn Sie mir jetzt noch sagen könnten, dass Meyer und Piccolini die besten Freunde sind, dann bin ich glücklich.«

Erneut musste Pütting lachen. »Eines kann ich Ihnen definitiv sagen, Piccolini hat keine Freunde. Der weiß wahrscheinlich nicht einmal, was Freunde sind. Er lebt und arbeitet nur mit Geschäftspartnern. Und dazu dürfte Meyer gehören beziehungsweise gehört haben, in welcher Weise auch immer.«

Die neuesten Informationen von Böhnke bestärkten Grundler in der Absicht, den unangreifbaren Piccolini doch noch zu packen. »Ich werde behaupten, dass Meertens mir gesagt habe, er hätte die Handynummer von Piccolini erhalten und dass Piccolini sein Auftraggeber war. Im Auftrag von Piccolini hat er zwei Autos abgefackelt und Frosch drangsaliert. Wäre doch gelacht, wenn unsere Freunde von der belgischen Polizei damit keinen ›Pack-an‹ hätten. Du bist mein Zeuge, dass Meertens das gesagt hat.«

Böhnke wollte protestieren, doch Grundler kam ihm zuvor. »Wenn du zu Protokoll gibst, dass Meertens ein Geständnis abgelegt hat, du dich aber nicht genau an den Namen des Auftraggebers erinnern kannst, reicht mir das schon. Du darfst nur nicht sagen, er habe den Namen *nicht* genannt.«

»Ich kann mich nicht erinnern«, brummte Böhnke wenig erfreut. Verflixt und zugenäht, schimpfte er mit sich und Grundler. Er musste davon ausgehen, dass mehrere Erpresser aus unterschiedlichen Gründen Jagd auf Froschs halbe Million machten. Alles andere ergab wenig Sinn. Zunächst hatten die Polen auf eigene Faust gehandelt und waren gescheitert. Dann hatte ein Unbekannter Meertens losgeschickt. Der war gescheitert – und wurde hingerichtet.

»Mach dir doch deswegen keinen Kopf«, hatte Grundler versucht, ihn zu beschwichtigen. »Wenn es uns gelingt, Piccolini aus dem Rennen zu nehmen, lichten sich die Reihen. Und wenn du sagst, dass Piccolini alles ist, nur kein Mörder, dann fällt mir nur noch einer ein, der unbehelligt zu Werke gehen kann.«

»Du meinst den, den ich auch meine?«

»Genau.«

»Und wie kommen wir an den ran?«

»Der kommt zu uns, beziehungsweise zu Frosch. Pass auf!«

»Was ist eigentlich mit Piccolini?«

»Den hat man eingebuchtet, nachdem ich eine Anzeige gemacht habe mit allen Details; sieht nicht gut für ihn aus, denke ich mal. Es gibt die von uns lancierte Aussage von Meertens, es gibt in Hausmanns Unterlagen eindeutige Hinweise, dass er für Piccoloni tätig war, und die Polizei hat in einem Waffenschrank von Piccolini im Clubgebäude das Gewehr gefunden, mit dem wahrscheinlich die drei Männer erschossen wurden. Piccolini streitet zwar alles ab und kann sich nicht erklären, wie die Waffe in seinen Besitz gekommen ist. Aber er hat ein Problem: Zum Zeitpunkt zweier Taten war er allein und hat daher kein Alibi.«

»Was nicht unbedingt zwingend ist«, schränkte Böhnke schnell ein.

»Das stimmt. Aber bei einer Tat will er mit einem Bekannten bei einem Geschäftsessen gewesen sein, was der Bekannte auch uneingeschränkt bestätigte.«

»Was stimmt denn daran nicht?«

»Tja, zufälligerweise wurde der Bekannte von Fernsehkameras eingefangen, als er bei einem Fußballspiel auf der Tribüne gejubelt hat, zur gleichen Zeit, als er ungefähr 100 Kilometer weiter entfernt mit Piccolini zusammen gespeist haben soll. Er hat sofort seine Lüge zugegeben. Und dann wirkt es natürlich schwer, wenn du als Tatverdächtiger danach sagst, du hättest dich in dem Tag geirrt. Kommt nicht gut an bei der Staatsanwaltschaft, besonders dann nicht, wenn dieser Zeuge behauptet, er sei mit Kokain von Piccolini für diese Aussage bezahlt worden. Ist dumm gelaufen, würde ich sagen.«

»Von wem weißt du das alles, Tobias?«

»Commissario, ich habe Freunde, die haben Kollegen, die wiederum intime Beziehungen zur ostbelgischen Polizei pflegen. Muss ich mehr sagen?«

Er musste nicht.

Wie sollte er mit Frosch verfahren?, fragte sich Böhnke. Er war sich nicht sicher, ob die Erpressungsversuche ein Ende nehmen würden. Er war eher vom Gegenteil überzeugt. Aber wie lange konnte er Frosch noch verbergen? Wie lange konnte die Polizei dessen Enkel schützen, wenn sie ihn überhaupt schützte?

»Mir geht es gut«, behauptete Frosch, als Böhnke ihn in der Pension anrief. »Alles im Lot oder wie man bei uns in der Firma sagen würde, alle Schrauben justiert und fixiert.« Er hatte mit seinem Chef telefoniert. »Keine Sorge, Herr Böhnke, nicht mit meinem Handy, sondern mit dem von Gertrude. Ich soll zur Arbeit zurückkommen, wenn ich mich dazu in der Lage fühle, haben sie mir gesagt.«

»Wollen Sie denn nicht nach Hause?«

»Zunächst nicht. Ich mache noch mit Gertrude Urlaub hier. Dann fahre ich mit ihr nach Buxtehude, um ihre Wohnung zu renovieren. Die Frau tut mir gut. Und wenn ich dann noch die halbe Million Euro bekomme, dann ist alles palletti.«

»Weiß Ihre Gertrude von dem Geld?«, fragte Böhnke argwöhnisch.

»Wie komme ich denn dazu, Herr Böhnke? Nein, nein, für sie bin ich ein verwitweter Werkzeugmacher mit einem kleinen Häuschen in Aachen-Walheim. Wann meinen Sie denn, ist die Geschichte vorbei?«

»Keine Ahnung. Ich würde sagen, wenn niemand Sie mehr erpressen will.«

20.

Die Ruhe dauerte nur wenige Tage. Aus unerklärlichen Gründen eröffnete der Boulevard eine neue Jagd auf Frosch. »Lebt der Glückspilz noch?«, hieß die reißerische Frage. Fast schon in Form einen Fahndungsaufrufes und eines Steckbriefes wurden die Leser aufgehetzt. Unter dem Deckmäntelchen der Besorgnis fragte das Blatt: »Kann er sein Vermögen überhaupt genießen? Ist er vielleicht schon in Nizza oder in Monaco bei den Reichen und Schönen? Wir gönnen es ihm. Der Witwer hat das Glück verdient. Aber wo ist er? Sein Haus in Walheim ist schon seit Tagen verwaist. Nur sein Anwalt Tobias G. wurde gesichtet, als er sich an dem Briefkasten zu schaffen machte. Er ist für uns nicht zu sprechen. Schade, die Leser wollen wissen, wie es dem Glückspilz geht.«

Der Anwalt ließ alles an sich abperlen. »Mich hat vielmehr interessiert, warum die jetzt wieder losschießen«, sagte er zu Böhnke, nachdem er ihn über den Zeitungsartikel informiert hatte. »Und ich bin fündig geworden. Es ist ja nicht so, dass dieser Schreiberling vom Boulevard sonderlich beliebt ist in der Aachener Journalistenszene. Ein freiberuflicher Reporter hat es mir sagen können. Die beiden haben im Klömpchesklub im neuen Tivoli gegessen, und dabei hat der Schmierfink ausgeplaudert, dass er den Tipp aus Belgien bekommen habe, mal wegen Frosch nachzuforschen. In einem Nachtclub. Für eine Prise Koks, die der Journalist bekommen hat. Wenn du mich fragst, der hat sich seinen Verstand aus dem Hirn geschnupft. Ist aber seine Sache. Der Freiberufler hat's mir jedenfalls ausgeplaudert.«

»Vertrauenswürdig?«

»Absolut. Ich stelle ihn dir mal bei Gelegenheit vor. Calva ist echt eine Type, wie es nicht viele gibt.«

»Was passiert jetzt?«

»Commissario, ist doch wohl klar, was jetzt passiert. Das war ein deutlicher Fingerzeig. Wir müssen nach Walheim.«

»Und Frosch?«

»Verschwinden. Soll die Koffer packen und bei seiner neuen Liebe untertauchen.«

Böhnke erreichte Frosch auf der Autobahn.

»Als ich das heute gelesen habe, bin ich sofort weg«, sagte der Mann am Handy. Er hörte sich gefasst an. »Das war doch wohl in Ihrem Sinne. Oder?«

Er habe richtig gehandelt, bestätigte Böhnke.

Es wurde Zeit für ihn. Grundler wartete bereits vor der Haustür im neuen Wagen, um mit ihm nach Walheim zu fahren.

Schnurstracks ging Grundler auf den blauen Toyota zu, der auf der anderen Straßenseite parkte. »Da muss ich ja froh sein, dass die Journalisten nicht in der Einfahrt von Frosch geparkt hatten«, hatte er geschmunzelt. Sein Gespräch mit den beiden Fahrzeuginsassen war nur kurz. Er war noch nicht wieder zu Böhnke zurückgekommen, da war der andere Wagen auch schon verschwunden.

»Was hast du gemacht, Tobias?«

»Ich habe dem Kerl, der keine Kamera mit sich trug, lediglich gesagt, dass ich seinem Chef in Aachen von seiner Kokainsucht erzählen werde, wenn er sich nicht auf der Stelle verpisst. Dann kann er sich einen neuen Job suchen und wird garantiert keinen finden. Wer will schon einen wegen Rauschgiftkonsums geschassten Boulevardjournalisten in seiner Redaktion haben? Das hat er wohl eingesehen. Der wurde richtig handzahm.« Grundler rieb sich vergnügt die Hände. »Der hat mir sogar verraten, in welchem Club er das Kokain bekommen hat. Ist quasi seine Stammkneipe.«

»Was machst du mit der Info?«

»Viel«, sagte Grundler schmunzelnd. »Die Polizei in Belgien bekommt Arbeit und ich bekomme den Namen des Etablissementbetreibers. Und außerdem ist der Schreiberling seinen Job los. Ich werde ihn in der Redaktion verpfeifen.«

»Nicht gerade die feine englische Art«, bemerkte Böhnke.

»Vollkommen richtig. Aber du hast ja mitbekommen, dass ich laut Boulevard ein windiger Anwalt bin. Ich werde also nur meinem Ruf gerecht. Der Scheißkerl hat keine Hemmungen, Menschen in Lebensgefahr zu bringen. Da soll ich ihn schonen? Nein, mein Freund!«

Die Fahrt nach Walheim endete ohne greifbares Ergebnis. Im Briefkasten befand sich keine Post irgendeines Erpressers. Die Stunden, die sie in der Wohnung verbrachten, hätten sie genauso in einem Café oder im Büro verbringen können.

»Satz mit X«, bemerkte Grundler lakonisch, »kommen wir also später noch einmal wieder.«

»Du kommst morgen wieder«, widersprach Böhnke schnell, »nicht wir. Ab nach Hause!«

In Huppenbroich warteten bereits der Ortsvorsteher und Donner vor Böhnkes Haustür.

»Das nenne ich Timing«, lobte Grundler sich selbst. »Wir haben Sie maximal fünf Minuten warten lassen. Stimmt's?«, fragte er nach der freundlichen Begrüßung.

»Was soll das?«, knurrte Böhnke wirsch; untrügerisches Zeichen dafür, dass er nicht mitkam.

»Commissario, wo bleibt denn dein Kombinationsgeschick?«, flachste Grundler. »Ortsvorsteher, Bauunternehmer und ich. Na, was bedeutet das wohl?«

»Blödmann, du willst mir doch nicht etwa verklickern, dass du Schmitze Billas Haus gekauft hast?«

»Ich doch nicht«, sagte Grundler mit gespielter Entrüstung, »ich vertrete nur die Interessen meiner Mandantin.«

Wer kam infrage? Böhnke kramte seine Gedanken, bis endlich der Groschen bei ihm fiel.

»Du willst mir also sagen, dass du im Auftrag von Sabines Stiftung das Haus kaufst und jetzt mit dem Ortsvorsteher den Kaufvertrag festzurren willst.«

»Ich wusste ja schon immer, dass du ein Cleverchen bist«, schmunzelte Grundler. »Und Herr Donner wird mir gleich vorschlagen, wie wir die Hütte, ohne ihren ortstypischen Charakter zu verändern, zu einem Haus der Stiftungen machen können.«

»Stiftungen?« Böhnke war wegen der Mehrzahl hellhörig geworden.

»Ja. Stiftungen. Auch die zukünftige Stiftung von Heinrich Müllender, dem Printenfabrikanten, bei der du bekanntlich Vorsitzender des Stiftungsrates werden sollst, soll in diesem Haus angesiedelt werden.« Der Anwalt lächelte vor sich hin. »Als Sabine diesen Vorschlag machte, habe ich mein eigenes Kaufangebot zurückgezogen und meinen Freund Müller aus Köln ebenfalls zum Rückzug bewegen können.«

»Grundler, du bist und bleibst ein schmieriger Winkeladvokat«, meinte Böhnke beeindruckt und voll Hochachtung.

»Genau«, entgegnete Grundler vergnügt, »ich bin ein windiger Anwalt.«

Mit dieser Entwicklung konnte Böhnke gut leben; ebenso wie mit Donners Bemerkung, Schmitz würde jetzt ernsthaft eine Buchenhecke in Erwägung ziehen. Es blieben im Prinzip nur noch zwei Verbrechen, die aufzuklären wären: »Wer steckt hinter den Zerstörungsaktionen und insbesondere hinter dem Giftanschlag auf die Thujas? Und wer hinter der Erpressung von Frosch?«

»Deine Sorgen möchte ich haben«, lästerte Lieselotte, als er ihr beim abendlichen Telefongespräch Bericht erstattete. Sie fand es toll, dass Sabine das Haus kaufen wollte und sie fand es, im Gegensatz zu Böhnke, richtig, dass Grundler den Boulevardjournalisten verpfeifen wollte. »Commissario, wenn du für den Schmierfink Redlichkeit einforderst, musst du auch verlangen, dass er redlich arbeitet. Und das tut er erwiesenermaßen nicht. Also, was soll denn dann dein Mitleid? Das ist bei diesem Schmierenfuzzi genauso wenig angebracht wie bei Schmitz aus Köln.«

21.

Der nächste Tag brachte, was Grundler erwartet hatte: Ein Brief ohne Absender lag in Froschs Postkasten. Mit Genugtuung hatte er registriert, dass die Straße frei von parkenden Autos oder neugierigen Schaulustigen war. Vorsichtig öffnete er den Umschlag, mit einer Pinzette griff er nach dem Blatt. Er wollte der Polizei bei der Spurensuche nicht überflüssige Mehrarbeit verschaffen. Es war jetzt schon am Rande der Legalität, wenn er sich in dem Haus aufhielt und einen Erpresserbrief öffnete. Auf dem kleinen Blatt befand sich nur eine Zahlenfolge, unzweifelhaft eine Telefonnummer.

Bevor er zu Böhnke fuhr, machte Grundler einen Abstecher zur Polizeistation in Roetgen und übergab die in Plastiktüten eingepackten Beweismittel. Allerdings war bei ihm wie bei den Beamten die Hoffnung nicht groß, Fingerabdrücke oder andere verwertbare Spuren auf dem Umschlag oder dem Blatt zu finden. Grundler und Böhnke hatten bei den Ordnungshütern ein Stein im Brett, nachdem sie den dubiosen Autounfall auf der Schnellstraße aufgeklärt hatten, bei dem Böhnke fast gestorben wäre. Dabei hätte er beinahe das gleiche Schicksal erlitten wie Peter von Sybar, der so gern Karnevalsprinz in Köln geworden wäre. Den Betonklotz hätten sie wahrscheinlich wieder weggenommen, wenn sie gewusst hätten, was tatsächlich auf der Burg Monschau passiert war. Der Pensionär und der Anwalt hatten nicht mehr bei den Kollegen in Imgenbroich zu Protokoll gegeben, als sie unbedingt mussten. Böhnke habe den Mann vor dem Roten Haus getroffen, man sei zur Burg gegangen. Als er und Grundler ihn zur Rede stellten, sei der Mann erschossen worden. Gelogen hatten sie damit im eigentlichen Sinne nicht.

»Ja, bitte?«

»Frosch«, meldete sich Böhnke mit leiser, ängstlicher Stimme.

»Schön von Ihnen zu hören. Sie können sich denken, was ich von Ihnen will.«

Die Stimme am Telefon klang verzerrt, verändert, nicht original. Sie erinnerte Böhnke an Niederländisch. Das könnte passen, frohlockte er. »Sie wollen mein Geld«, flüsterte er.

»Es ist nicht Ihr Geld.« Die Stimme hatte einen zornigen Klang bekommen.

»Aber es gehört mir.« Böhnke glaubte, die Rolle des Eingeschüchterten und sogar Entmutigten gut zu spielen.

»Es gehört Ihnen nicht.«

»Wem denn?«

So plump ließ sich der andere nicht aufs Glatteis führen. »Ich will das Geld, ist das klar«, sagte er nach einer kurzen Pause unmissverständlich.

»Ja, aber ...«

»Nichts aber. Ich will das Geld und Sie werden es mir geben!«

»Das kann ich nicht. Wenn ich es Ihnen gebe, kommen die anderen und wollen es auch.«

»Nonsens. Es gibt keine anderen.«

»Doch«, widersprach Böhnke, bemüht, energisch zu wirken und zugleich entnervt. »Ich weiß nicht, wer mich alles erpresst. Aber ich kann doch nur einmal zahlen.«

»Ihr Pech. Ich will das Geld und ich bekomme das Geld von Ihnen. Spätestens morgen Abend.«

»Wo?«

»In Winterspelt.«

»Nie gehört.« In der Tat hatte Böhnke diesen Namen noch nicht gehört.

»Sie Banause. Das liegt mitten in der Schneeeifel. Am besten fahren Sie durch Belgien über Butgenbach und Sankt Vith. Sie finden meinen Kollegen an einem Tisch in der Gaststätte Haus Hubertus. Sie betreten pünktlich um 21 Uhr das Lokal.«

»Und woran erkenne ich Ihren Kollegen?«

»An einem roten Lutscher. Und machen Sie nicht den Fehler, die Polizei einzuschalten. Denken Sie an Ihren Enkel und seine Zukunft.«

»Nein, nein. Ich komme nicht.« Böhnke hatte die Stimme angehoben.

»Hein, was soll das?«

Der Mann aus Belgien hatte den ersten Fehler gemacht. »Hein«, französisch ausgesprochen ohne das h, sagten weder Niederländer noch Deutsche.

»Ich gebe Ihnen das Geld nur, wenn Sie selbst kommen. Ich will Ihnen in die Augen schauen. Oder haben Sie Angst?«

»Sie kleiner Fritz, was wollen Sie? Ich lasse Sie am ausgestreckten Arm verhungern.«

»Ich will Sie sehen oder es gibt die 500.000 nicht.«

Der andere schwieg. »Mann, Sie wissen, dass Sie fast Ihr eigenes Todesurteil unterschreiben«, sagte er nach einer langen Pause. »Ich kann Sie doch nicht mehr laufen lassen. Sie gehen doch sofort zur Polizei. Das geht nicht.«

»Warum nicht? Man kennt Sie wohl zu gut?«

»Papperlapapp. Das geht nicht. Aber vielleicht habe ich ja in Winterspelt eine Überraschung für Sie.«

»Was?«

»Ende des Gesprächs«, entgegnete die undefinierbare Stimme schroff. »Morgen, 21 Uhr, Winterspelt, Haus Hubertus, roter Lutscher!«

»Ich will keinen Handlanger und keinen Komparsen. Ich verlange den Chef!« Für seine Verhältnisse fast unvorstellbar, brüllte Böhnke in den Hörer.

Der Einsatzleiter der Kripo im Polizeipräsidium Trier wollte sich mit dem kleinen Erfolg zufriedengeben, selbst auf die Gefahr hin, dass Froschs Enkel weiterhin in der Schusslinie stehen würde. Er habe nichts zu wollen und nichts zu verlangen, wollte der Kollege ihm widersprechen, aber Böhnke schaltete auf stur.

»Ich habe eine Polen-Gang ausgehoben, einen der größten Kriminellen aus Belgien zu packen gekriegt und jetzt will ich auch diesen Verbrecher.« Er hätte beinahe »diesen Arsch« gesagt, aber dann hatte sich im letzten Moment doch noch seine gute Erziehung durchgesetzt. Und jetzt scheiterte sein Plan vielleicht daran, dass er sich mit der Polizei in Rheinland-Pfalz auseinandersetzen musste. Im Großraum Aachen und damit in

Nordrhein-Westfalen hätte er es wahrscheinlich leichter gehabt. Aber jetzt hatte er es mit Kollegen zu tun, in deren Zuständigkeitsbereich er ein nahezu Unbekannter war.

»Sie wollen also tatsächlich in die Höhle des Löwen?« Der Einsatzleiter schwenkte doch noch ein.

»Ja. Und zwar als Dompteur. Aber Sie wissen ja auch, was außerhalb des Löwenkäfigs ist?«

»Nein. Was?«

»Da stehen Kontrolleure mit scharfen Waffen, um sofort zu schießen, wenn ein Löwe dem Dompteur an den Kragen will. Mit anderen Worten: Ich erwarte, dass Sie den Überblick behalten, wenn ich parliere.«

Böhnke war angespannt, als er das Hotel-Restaurant an der Hauptstraße in Winterspelt betrat. Seit dem frühen Nachmittag hatte er sich in dem ihm bislang unbekannten Ort nahe der Grenze zu Belgien und in Reichweite zu Luxemburg in der Schneeeifel aufgehalten. Es gefiel ihm auf Anhieb. Mehr als eine Stunde war er mit dem Auto unterwegs gewesen und befand sich jetzt, wie er den Hinweistafeln entnehmen konnte, im deutsch-belgischen Naturpark Eifel-Ardennen. Größer als Huppenbroich war das Dorf gewiss, aber auch überschaubar, wahrscheinlich sogar überschaubarer, weil es in einer welligen, weniger bewaldeten Region lag. Viele Wege gab es nicht, über die sich der Erpresser nach der Geldübergabe verflüchtigen konnte. Man würde ihm auf den Fersen bleiben.

Neugierig schaute sich Böhnke in dem Lokal um. Es war gut besucht, die meisten Tische waren besetzt. Nur an einem Tisch saß ein einzelner Mann. Er hielt einen roten Lutscher in der Hand. Vor ihm stand ein angetrunkenes Glas Bier.

Böhnke war enttäuscht. Mit einem Helfer des Erpressers hatte er nicht gerechnet. Er hatte auf den richtigen Mann gehofft.

»Ist der Platz frei?«, fragte er leise.

»Wenn Sie Herr Frosch sind, dann ja«, antwortete der Deutsch-Belgier, ein Normalbürger mittleren Alters. »Sie bestellen sich jetzt ein Bier, gehen zur Toilette und stellen hinter der ersten Klotür im Männerbereich den Koffer ab. Dann kommen Sie wieder. Alles klar?«, fragte ihn der Befehlsempfänger.

Böhnke nickte stumm und tat, wie ihm gesagt worden war.

Als er aus der leeren Toilette zurückkehrte, stand sein Bierglas bereits auf dem Tisch.

Der Mann mit dem Alltagsgesicht und der Alltagskleidung hatte geduldig gewartet und wartete weiter, bis Böhnke einen Schluck getrunken hatte. Niemand ging und niemand kam aus Richtung der Toilettenräume. Konnte es bedeuten …?

Der Mann unterbrach Böhnkes Überlegung. »Wenn Sie entschuldigen. Jetzt bin ich an der Reihe. Sie warten bitte bis zu meiner Rückkehr.« Er lächelte. »Ich muss mich doch vergewissern, ob Sie den Koffer richtig bestückt und an der richtigen Stelle abgestellt haben.«

Nachdenklich sah ihm Böhnke nach, als er durch die Tür verschwand.

Er staunte nicht schlecht, als wenige Minuten später die Tür geöffnet wurde. Nicht sein Tischnachbar erschien, sondern ein anderer Mann, der zielstrebig auf ihn zusteuerte, dann aber stutzte.

»Sie sind nicht Frosch«, stellte er mit Erstaunen fest.

Lässig griff Böhnke zum Bierglas. »Nein, Böhnke ist mein Name. Kriminalhauptkommissar.« Das »außer Dienst« schluckte er mit seinem Bier. Er wischte sich den Mund ab und machte eine einladende Geste. »Nehmen Sie doch Platz, Herr de Munck.«

Erneut stutzte der kräftige Mann, dessen schwarzer Vollbart es unmöglich machte, sein Alter zu schätzen. »Haben wir miteinander telefoniert?«, fragte er argwöhnisch.

»So ist es.« Innerlich triumphierte Böhnke. Diese Frage hätte nicht kommen dürfen. Wer außer dem Erpresser selbst wusste von ihrem gemeinsamen Gespräch?

»Woher kennen Sie mich?« De Munck setzte sich an den Tisch und winkte den Kellner fort, der eine Bestellung aufnehmen wollte.

»Wer kennt Sie nicht?«, erwiderte Böhnke. »Nachtclubbesitzer, Mitglied der ehrenwerten Gesellschaft Ostbelgiens.« Er lächelte hintersinnig. »Ich kann auch sagen, Opfer eines Raubs, bei dem ein Tresor verschwand. Nicht gerade befreundet mit einem Herrn namens Piccollini. Schließlich Erpresser und Mörder.« Er wirkte souverän. Vom grimmigen Bick de Muncks ließ er sich nicht einschüchtern.

»Was wollen Sie?«

»Die Geschichte, wegen der Menschen sterben mussten und wegen der ein anständiger Mann in ständiger Angst lebt und sogar an Selbstmord denkt.«

»Und was haben Sie davon? Ich habe Ihnen doch gesagt, Sie werden die Sache nicht überleben. Vielleicht haben Sie hier irgendwo Ihre Kollegen versteckt und wollen mich verhaften, aber das bringt Ihnen rein gar nichts. Ich habe das Geld und schnappe mir Frosch und seine gesamte Verwandtschaft. Für jeden Monat, den ich im Knast verbringen sollte, stirbt einer von seiner Sippe. Und der Enkel zuerst, Herr Böhnke.« De Munck schien es ernst zu meinen, nicht ohne Grund hieß es in Unterweltskreisen, er sei der Mann, der über Leichen gehe.

Nur an Piccollini reichte er nicht heran. Vor dem hatten alle Angst.

»Sie können gehen, das ist mir egal«, sagte Böhnke. Er gähnte ungeniert. »Ich habe Ihnen doch schon den größten Dienst erwiesen, den man Ihnen erweisen kann. Ich habe Ihren großen Feind Piccollini hinter Gitter gebracht.« Er lächelte diabolisch. »Der hat drei Morde am Hals. Der kommt nicht mehr raus aus dem Bau. Der Staat konfisziert sein Vermögen. Also haben Sie freie Fahrt.« Böhnke griff zu seinem Bier. »Wie soll ich denn gegen Sie vorgehen? Ich habe doch keine Beweise und es gibt keine Zeugen, wenn Sie mir jetzt Ihren Standpunkt darlegen sollten.«

»Was wissen Sie überhaupt?« De Munck sah keinen Anlass, sich selbst zu belasten.

»Na, gut.« Böhnke stöhnte. »Ich werde Ihnen also erzählen, was ich herausgefunden habe. Sie brauchen nichts zu sagen.« Noch einmal griff er zum Bierglas.

»Im Auftrag von Piccollini hat die Baukolonne von

Hausmann in Ihrem Haus den Tresor geraubt. Den vermeintlich leeren Tresor haben sie im Westwall bei Aachen entsorgt, wo er von Frosch gefunden wurde. Als bekannt wurde, dass sich noch 500.000 Euro in einem verschlossenen Innenfach befanden, konnten Sie sich nicht als Eigentümer bei der Polizei melden, weil Sie weder preisgeben wollten, was geraubt wurde, noch, was es mit dem Geld auf sich hat. Nachdem Frosch das Geld mangels rechtmäßigen Besitzer zugesprochen bekommen hatte, begann die Hatz auf ihn. Die Baukolonne erpresste ihn, Piccollini und Sie. Haben Sie Hausmann töten lassen? Woher wussten Sie …?« Böhnke hielt inne und überlegte. »Natürlich, so war es: Hausmann hat gegenüber Meyer, dem Geschäftsführer der ehrenwerten Gesellschaft, mit seiner Aktion geprahlt. Dafür musste er sterben. Bei der geplanten Übergabe in Monschau hat Meyer den kleinen Handlanger Meertes erschossen und musste danach selbst verschwinden.« Er lächelte sinnierend. »Hausmann spielte ein falsches Spiel als Polier und als vermeintlicher Freund von Piccollini. Piccollini spielte ein falsches Spiel mit Hausmann und Meyer, und Sie spielten falsch mit Meyer und Piccollini.« Böhnke kratzte sich sein kurzes, graues Haar.

»Ich frage mich nur, warum? Und ich glaube auch zu wissen, warum. Aber Sie können mich gerne korrigieren. Piccollini hat Ihnen eine größere Menge Kokain geliefert, die Sie nicht bezahlen konnten. Da hat er Ihren Safe geraubt und wollte sich später das Geld auch noch als Schadensersatz holen. War nicht gerade eine gute Idee, Herr de Munck, Frosch in die Boulevardpresse zu zerren. Wäre vielleicht besser gewesen, Sie hätten es nicht getan. Dadurch wurden nämlich Ihre Mitbewerber, wenn ich Sie so bezeichnen darf, auf das Geld aufmerksam.«

De Munck hörte mit unbewegter Miene zu.

»Aber Piccollini wäre nicht Piccollini gewesen, wenn er Ihnen nicht noch einen mitgegeben hätte. Ich behaupte, er hat das bei Ihnen geraubte und von Ihnen noch nicht bezahlte Kokain zu Schleuderpreisen auf den Markt geworfen und Ihnen damit Kundschaft abspenstig gemacht. Da standen Sie plötzlich dumm da. Kein Kokain, kein Geld, keine Kundschaft. Da kann ich nur sagen: Dumm gelaufen. Und mich fragen: Warum haben Sie ihm nicht freiwillig die 500.000 Euro aus dem Tresor gegeben?«

»Wollte ich doch«, platzte de Munck heraus. »Ich hatte das Geld gerade am Tag zuvor bekommen, da hat er in der Nacht den Tresor geraubt.«

Böhnke grinste. »Woher das Geld stammt, brauche ich nicht zu wissen. Ist mir auch egal.« Er zückte seine Geldbörse. »Ich bezahle auch das Getränk Ihres Mitarbeiters. Sie können gehen. Ich habe nichts gegen Sie in der Hand. Sie haben keine Aussage gemacht. Aber ich kann Ihnen versprechen, dass meine belgischen Kollegen fieberhaft daran arbeiten, Sie zu überführen. Sie werden keinen Schritt mehr unbeobachtet machen können. Also«, er wedelte mit der Hand, »machen Sie, dass Sie fortkommen!«

»Wie?« De Munck wirkte irritiert. »Sie wissen, dass Piccollini keinen Mord begangen hat und lassen ihn doch dafür büßen?«

Böhnke lächelte böse: »Wollen Sie sich etwa für ihn einsetzen und zu seinen Gunsten aussagen? Mir ist es lieber, dass ein Schwerverbrecher wegen einer nicht begangenen Tat verurteilt wird, als dass ich zwei laufen lassen muss. Aber Sie können sicher sein, Ihnen wird man bald auch einen Mord nachweisen können. Wussten Sie schon, dass die Leiche von Meyer heute im Venn entdeckt wurde? Auf seinem Handy wurde eine SMS als Entwurf gefunden. Darin hat er geschrieben, dass Sie ihn töten lassen wollen.«

De Munck erstarrte. »Was erzählen Sie da?«

»Muss ich mich tatsächlich wiederholen. Falls ja, fahren Sie nach Belgien. Dort wartet man wahrscheinlich schon auf Sie. Und noch etwas.« Böhnke sah de Munck streng ins Gesicht. »Sie glauben doch selbst nicht, dass das Geld in meinem Koffer echt ist.«

Zornesröte stieg de Munck ins Gesicht. »Sie. Ich warne Sie!«

Er war aufgesprungen und wollte nach Böhnke packen. Doch stieß ihn der Kommissar heftig zurück; ein wenig zu heftig, de Munck rempelte die Tischkante an, geriet ins Stolpern und fiel rückwärts mit dem Hinterkopf gegen die Ecke der Holzbank.

»Notarzt und Polizei!«, brüllte Böhnke in die schockstarre Gastwirtschaft. »Es ist dringend.«

»Ist es nicht, Commissario.« Grundler war vom Nebentisch aufgestanden und hatte de Munck untersucht. »Ganz klarer Fall von Notwehr, würde ich sagen.«

22.

Lieselotte hatte unbedingt am Wochenende die Grillsaison einläuten wollen und Grundler mit Sabine nach Huppenbroich eingeladen.

Alle vier wirkten zufrieden. Sabine, weil sie das Haus von Schmitze Billa für ihre Stiftung kaufen konnte, Grundler, weil er vom Boulevard als Anwalt des Jahres ausgezeichnet wurde, Böhnke, weil Frosch endlich unbesorgt leben konnte, und Lieselotte, weil Schmitz tatsächlich Vernunft angenommen hatte und eine Buchenhecke pflanzen ließ.

Ob er Gewissensbisse habe, weil Piccollini für Verbrechen sühnte, die er nicht begangen hatte, wollte Grundler von seinem alten Freund wissen.

»Nein«, antwortete Böhnke. Es sei eine Sache der Gerechtigkeit gegenüber allen Opfern von Piccollini, dass er im Gefängnis schmorte, auch wenn dadurch das Recht zu kurz kam. Ihn bedrückte vielmehr, den Tod von de Munck verursacht zu haben.

»Der hätte dich umgebracht«, hielt Grundler dagegen. »Der hatte die Drahtschlinge doch schon in der Hand.«

Diesen Fund hatten sie erst gemacht, als sie den Toten auf dem Boden abgesucht hatte. »Wenn du die Schlinge um den Hals gehabt hättest, hätte ich dich auch nicht mehr retten können. Sei froh, dass es so gekommen ist.« Er lachte boshaft. »Das ist fast wie in Huppenbroich.

Keiner will's gewesen sein. Da hat sich auch keiner an den Thuyas von Schmitz zu schaffen gemacht.«

Lieselotte schickte Böhnke zum Gartenschuppen. Er solle den Spiritus holen, damit der Grill endlich Zunder bekomme, hatte sie ihn beauftragt.

Der Kommissar trollte sich widerwillig.

Wo sollte das Zeug bloß sein? Der Schuppen am Ende des Grundstücks zwischen Holunderbüschen war unübersichtlich, wenig sortiert und für ihn ein selten besuchter Ort. Das war eher das Reich seiner Partnerin. Nach längerem Stöbern in dem lichtlosen Raum wurde er fündig.

»Lotte, komm mal!«, rief er mit lauter Stimme. Sein bestimmender Tonfall verhieß nichts Gutes. Wenn er seine Liebste mit »Lotte« ansprach, musste er ziemlich ungehalten über sie sein.

Beschwingt und keineswegs verunsichert näherte sich die Apothekerin. »Findest du mal wieder nichts?«

»Doch«, antwortete Böhnke streng. »Mehr als ich wollte.« Er hielt ihr einen braunen Plastikkanister vor die Augen. »Das ist ein extrem wirkungsvolles Pflanzengift. Hast du etwa …?«

Lieselotte sah ihn mit offenem Blick an. »Ich kann meine Freunde in Huppenbroich doch nicht im Stich lassen. Da ist mir die Idee mit dem Pflanzengift am Tag der offenen Tür bei Schmitz gekommen. Jeder, der wollte, hat von mir eine mit dem Gift gefüllte Spritze erhalten. Hast du dich denn nicht gewundert, warum sich so viele Leute an den Thujas gebückt haben? Das war eine Widerstandsaktion im Sinne des Naturschutzes in der Eifel. Und du hast überhaupt nichts gemerkt, Commissario.« Schelmisch lächelnd streckte sie ihm die Handgelenke entgegen. »Du kannst mich ja jetzt verhaften. Oder du bringst das Zeug zum Ordnungsamt. Gewissermaßen als Fundsache.«

ENDE

KURT LEHMKUHL
Printenprinz

978-3-8392-1432-9 (Paperback)
978-3-8392-4177-6 (pdf)
978-3-8392-4176-9 (epub)

»Ein routiniert geschriebener Kriminalroman mit einem interessanten Ermittlerduo.«
Trierischer Volksfreund

Der pensionierte Kommissar Rudolf-Günther Böhnke muss sein beschauliches Eifeldorf Huppenbroich verlassen, um den an Mord Peter von Sybar aufzuklären, einem betuchten Printenproduzent aus Aachen, der Prinz der klammen Jecken in Köln werden sollte. Ist der Mörder im karnevalistischen, beruflichen oder privaten Umfeld zu suchen? Böhnke ermittelt im Trubel der fünften Jahreszeit und erhält dabei erstaunliche Einblicke hinter die Kulissen des närrischen Brauchtums …

KURT LEHMKUHL
Nürburghölle

978-3-8392-1017-8 (Paperback)
978-3-8392-3401-3 (pdf)
978-3-8392-3400-6 (epub)

»Ein spannendes Werk.« *Aachener Nachrichten*

Der Nürburgring in der Eifel. Beim berühmten 24-Stunden-Rennen werden zwei Fahrer, der Dürener Journalist Helmut Bahn und der Aachener KfZ-Mechaniker Berthold Theberath, in einen schweren Unfall verwickelt. Theberath stirbt. Bahn überlebt, vermutet jedoch einen Anschlag auf sich, da er wenige Tage zuvor einen Drohbrief erhalten hatte. Vor dem Crash sollen zudem zwei Schüsse gefallen sein. Die Polizei sieht keine Anhaltspunkte für ein Attentat und geht von einem Rennunfall aus. Auch der pensionierte Kommissar Rudolf-Günther Böhnke, den Bahn zum Rennen eingeladen hatte, zweifelt an der Anschlagstheorie. Doch dann erhält der Journalist ein Paket mit grausigem Inhalt und Böhnke nimmt die Ermittlungen auf. In der neuen »Erlebnis-Welt Nürburgring« stößt er auf eine heiße Spur …

GMEINER SPANNUNG

WWW.GMEINER-VERLAG.DE
Wir machen's spannend

Das Neueste aus der Gmeiner-Bibliothek

Unsere Lesermagazine

Bestellen Sie das kostenlose KrimiJournal in Ihrer Buchhandlung oder unter www.gmeiner-verlag.de

Informieren Sie sich ...

www ... auf unserer Homepage:
www.gmeiner-verlag.de

@ ... über unseren Newsletter:
Melden Sie sich für unseren Newsletter an unter www.gmeiner-verlag.de/newsletter

f ... werden Sie Fan auf Facebook:
www.facebook.com/gmeiner.verlag

Mitmachen und gewinnen!

Schicken Sie uns Ihre Meinung zu unseren Büchern per Mail an gewinnspiel@gmeiner-verlag.de und nehmen Sie automatisch an unserem Jahresgewinnspiel mit »mörderisch guten« Preisen teil!

GMEINER SPANNUNG

WWW.GMEINER-VERLAG.DE
Wir machen's spannend